怎样写古诗词

张应中　著

商务印书馆国际有限公司

图书在版编目（CIP）数据

怎样写古诗词 / 张应中著 . — 北京 : 商务印书馆国际有限公司，2015.5（2025.9 重印）

ISBN 978-7-5176-0132-6

Ⅰ . ①怎… Ⅱ . ①张… Ⅲ . ①诗词–创作方法–中国 Ⅳ . ① I207.21

中国版本图书馆 CIP 数据核字 (2015) 第 073601 号

怎样写古诗词

作　　者　张应中

出版发行　商务印书馆国际有限公司

地　　址　北京市朝阳区吉庆里 14 号楼
佳汇国际中心 A 座 12 层

邮　　编　100020

电　　话　010–65592876（编校部）
010–65598498（市场营销部）

网　　址　www.cpi1993.com

印　　刷　北京中科印刷有限公司

开　　本　880mm × 1230mm　1/32

字　　数　167 千字

印　　张　8.125

版　　次　2025 年 9 月第 1 版第 14 次印刷

书　　号　ISBN 978-7-5176-0132-6

定　　价　35.00 元

目　录

第一章　诗词格律

工欲善其事，必先利其器。欲学旧体诗词，先得熟悉诗词格律，此是与新诗（自由诗）之大不同处。写作律诗、绝句，填词，写作实用性很强的对联，鉴赏诗词和楹联，都得懂汉字的平仄四声，懂格律。所以格律虽细事，却与传统文化密切相关，即使不写作诗词，学习研究也不无裨益。

诗歌起源于劳动。原始的诗歌与舞蹈、音乐结合在一起，三者密不可分，诗是可以歌唱的，具有音乐美。中国的旧体诗词是特别讲究音乐美的艺术。

我们平常所说的旧体诗，实际上包括古体诗和近体诗两大类。

一般说来，人们习惯把唐以前的诗称为古体诗或古风，古体诗要求押韵，不大讲究平仄和对仗，形式比较自由。故此也有人说，古体诗就是古代的自由诗。近体诗又称“今体诗”，萌芽于南北朝，南朝梁文学家沈约倡导诗歌的声律，提出“四声八病”（“八病”即平头、上尾、蜂腰、鹤膝、大韵、小韵、旁纽、正纽等八种声病）的观点，自觉地运用平、上、去、入四声来协调诗的音律，主张作诗应力求做到“一简之内，音韵尽殊；两句之中，轻重悉异”（沈约《宋书·谢灵运列传》）。这是一大创举，到唐初就形成了近体诗。近体诗根据句数的多少又分为绝句、律诗和排律。而词又是在近体诗的基础上产生的，李白已经做有《菩萨蛮》《忆秦娥》，词至宋代达到极盛时期。

近体诗的音乐性比古诗更严格了，体现在格律上，包括句数、字数、平仄、韵脚、对仗等方面都有相应的规范，铿锵顿挫，节奏感强，因而特别具有音乐美。平仄、韵脚、对仗是格律的主要方面，也是吟诗填词首先要掌握的知识点，下面试做简单说明。

第一节　平　仄

一、四声与平仄

欲明平仄，得先懂四声。四声包括平、上、去、入，是古代汉语的四种声调。语音的高低、升降、长短构成了汉语的声调。四声中的平声包括阴平和阳平。阴平声是一个高平调（不升不降叫平），如中、央。阳平声是一个中升调（不高不低叫中），如重、阳。

上声是一个低升调（有时是低平调），如养、肿。去声是一个高降调，如漾、众。入声是一个短促的调子，普通话里没有，但很多方言里有，如安徽芜湖话“吃吃喝喝”（读如“气气赫赫”）。入声也是自然界的一种基本声调，如蟋蟀的叫声“唧唧”，母鸡的叫声“咯咯”，人敲木门的声音“笃笃”等等。《康熙字典》前面载有一首歌诀，名为《分四声法》：“平声平道莫低昂，上声高呼猛烈强，去声分明哀远道，入声短促急收藏。”王力说这种叙述不够科学（王力《诗词格律》），确是这样，如上声是“舒徐和软，其腔低”（卢前《词曲研究》），并不猛烈，但借此可以知道古代四声的大概。安徽全椒县奎光书院的项东升与一位诗人将这四句歌诀加以改造为：“平声平直可延长，上声抑而后上扬。去声高降如坠石，入声短促急收藏。”准确多了。启功说驴的叫声包括了四声。我觉得公鸡打鸣好像也有四声。四声分为平仄两大类，上去入三声并称为仄声。但要注意的是：普通话里没有入声字，入声字分派到平上去三声里去了。尽管现在中华诗词学会提倡新声韵，以普通话的语音为标准，但不科学，后面有机会再说。我们要分辨、记住哪些字是入声字，可根据方言，或查《词源》、或查韵书《平水韵》等。例如唐诗人王维的一首《相思》诗：“红豆生南国，春来发几枝。愿君多采撷，此物最相思。”按平水韵读，平仄应是：“平仄平平仄，平平仄仄平。仄平平仄仄，仄仄仄平平。”若按普通话来读，那么“国”“发”“撷”这三个入声字都转为平声，变成了“平仄平平平，平平平仄平。仄平平仄平，仄仄仄平平”，就不合近体诗的平仄要求了。又如诗词中比较常见的数目字，按平水韵，在“一、二、三、四、五、六、七、八、九、十、百、千、万”等数字中，只有“三、千”是平声，其余为仄声，而“一、六、七、八、十、百”都是入声。

为什么诗要讲平仄呢？要造成音调上的起伏节奏感，就要交替运用平声和仄声，才不单调，才有抑扬顿挫之美。汉语根本上是以两个音节为一个节奏单位的，重音落在后面的音节上。以两个音节为单位让平仄交错，就构成了近体诗的根本句型，称为律句。所以近体诗的每一句中的平仄，大体上两两相间，平平仄仄，仄仄平平。很多四字成语都符合这一点，比如钟灵毓秀、从容不迫、生吞活剥、光风霁月……都是平平仄仄，曲径通幽、发愤图强、火树银花、水到渠成……都是仄仄平平。因为律诗、绝句都是五个字或七个字一句，所以有的地方就变成三仄连用或三平连用，但不能在句尾连用。平仄相间，抑扬顿挫，具有节奏感和音响效果，恰似生命的一呼一吸，昼夜的更替，阴阳的变化，它暗合自然规律和生命的律动。可见平仄相间是大有讲究的，是一种生命哲学。写旧体诗写得久了，会养成一种语言的平仄思维，或曰律句思维习惯。比如现代作家郁达夫在他的著名散文《故都的秋》里写道：

……在雨后的斜桥影里，上桥头树底下去一立，遇见熟人，便会用了缓慢悠闲的声调，微叹着互答着地说：

“唉，天可真凉了——”（这了字念得很高，拖得很长。）

“可不是吗？一层秋雨一层凉了！”

北方人念阵字，总老像是层字，平平仄仄起来，这念错的歧韵，倒来得正好。

“一阵秋雨一阵凉”，仄仄平仄仄仄平，不是律句；而念错的“一层秋雨一层凉”，仄平平仄仄平平，合律，恰是可以入近体诗的好句子。郁达夫不愧为一位诗人，旧体诗写得潇洒俊逸，他觉得那念错的一句平仄和谐，所以称好。又如2012年中秋前，安徽省芜湖电视台与芜湖诗词学会办一个中秋诗歌朗诵的节目，开始取了个题目《诗意芜湖古今月》，我们觉得“古今月”三字仄平仄，有点拗口，改为《诗意芜湖今古月》，成律句，就顺口多了。

二、近体诗的平仄

绝句和律诗一般分五言体和七言体（六言诗较少），每一体都有且只有四种格式。下面举例说明。五言绝句的四种格式（加圈字可平可仄）依次如下：

1、仄起首句不押韵

㊀仄平平仄，平平仄仄平（韵），

㊁平平仄仄，㊀仄仄平平（韵）。

例：王之涣《登鹳雀楼》：

白日依山尽，黄河入海流。

欲穷千里目，更上一层楼。

2、仄起首句押韵

㊀仄仄平平（韵），平平仄仄平（韵），
㊁平平仄仄，㊀仄仄平平（韵）。

例：卢纶《塞下曲》：

林暗草惊风，将军夜引弓。
平明寻白羽，没在石棱中。

3、平起首句不押韵

㊁平平仄仄，㊀仄仄平平（韵），
㊀仄平平仄，平平仄仄平（韵）。

例：李白《夜宿山寺》：

危楼高百尺，手可摘星辰。
不敢高声语，恐惊天上人。

注：末句“恐”字该平而用仄，这样不合格律的句子叫作拗句，为了避免孤平，后面必须在适当的位置补上一个平声字，这叫救。“天”字该仄而用平，为拗救，为本句自救，也可对句救、隔句救等等。

4、平起首句押韵

平平仄仄平（韵），㊀仄仄平平（韵），
㊀仄平平仄，平平仄仄平（韵）。

例：王涯《闺人赠远》：

花明绮陌春，柳拂御沟新。
为报辽阳客，流光不待人。

七言绝句只在五言绝句的前面再加一个节奏单位就可以了。七绝的四种格式（加圈字可平可仄）依次如下：

1、仄起首句不押韵

仄⃝仄平⃝平平仄仄，平⃝平仄⃝仄仄平平（韵）。
平⃝平仄⃝仄平平仄，仄⃝仄平平仄仄平（韵）。

例：林逋《书孤山隐居壁》：

山木未深猿鸟少，此生犹拟别移居。
直过天竺溪流上，独树为桥小结庐。

2、仄起首句押韵

仄⃝仄平平仄仄平（韵），平⃝平仄⃝仄仄平平（韵）。
平⃝平仄⃝仄平平仄，仄⃝仄平平仄仄平（韵）。

例：陆游《花时遍游诸家园》：

为爱名花抵死狂，只愁风日损红芳。
绿章夜奏通明殿，乞借春阴护海棠。

3、平起首句不押韵

㊣平㊋仄平平仄，㊋仄平平仄仄平（韵）。
㊋仄㊣平平仄仄，㊣平㊋仄仄平平（韵）。
例：杜甫《江南逢李龟年》：

岐王宅里寻常见，崔九堂前几度闻。
正是江南好风景，落花时节又逢君。

注：第三句第五字“好”该用平声字，而用了仄声字，第三句第六字“风”该仄用平，为本句自救。

4、平起首句押韵

㊣平㊋仄仄平平（韵），㊋仄平平仄仄平（韵）。
㊋仄㊣平平仄仄，㊣平㊋仄仄平平（韵）。
例：李白《望天门山》：

天门中断楚江开，碧水东流至此回。
两岸青山相对出，孤帆一片日边来。

五言律诗，在五绝的基础上重复一遍即可，所以也是四种格式。

1、仄起首句不押韵

㊋仄平平仄，平平仄仄平（韵）。

㊣平平仄仄，仄仄仄平平（韵）。

仄仄平平仄，平平仄仄平（韵）。

㊣平平仄仄，仄仄仄平平（韵）。

例：刘长卿《寻南溪常山道人隐居》：

一路经行处，莓苔见履痕。
白云依静渚，芳草闭闲门。
过雨看松色，随山到水源。
溪花与禅意，相对亦忘言。

注："溪花与禅意"一句，"与"字该平用仄，"禅"字该仄用平，为拗句，句中自救。

2、仄起首句押韵

仄仄仄平平（韵），平平仄仄平（韵）。

㊣平平仄仄，仄仄仄平平（韵）。

仄仄平平仄，平平仄仄平（韵）。

㊣平平仄仄，仄仄仄平平（韵）。

例：王维《终南山》：

太乙近天都，连山接海隅。
白云回望合，青霭入看无。
分野中峰变，阴晴众壑殊。
欲投人处宿，隔水问樵夫。

3、平起首句不押韵

㊣平平仄仄，㊀仄仄平平（韵）。
㊀仄平平仄，平平仄仄平（韵）。
㊣平平仄仄，㊀仄仄平平（韵）。
㊀仄平平仄，平平仄仄平（韵）。

例：王维《山居秋暝》：

空山新雨后，天气晚来秋。
明月松间照，清泉石上流。
竹喧归浣女，莲动下渔舟。
随意春芳歇，王孙自可留。

4、平起首句押韵

平平仄仄平（韵），㊀仄仄平平（韵）。
㊀仄平平仄，平平仄仄平（韵）。
㊣平平仄仄，㊀仄仄平平（韵）。
㊀仄平平仄，平平仄仄平（韵）。

例：张籍《没蕃故人》：

前年伐月支，城上没全师。
蕃汉断消息，死生长别离。
无人收废帐，归马识残旗。
欲祭疑君在，天涯哭此时。

注："蕃汉断消息，死生长别离"一联，"断"字该平用仄，"死"字该平用仄，"长"字该仄用平，"长"字既救本句"死"字，也救出句"断"字。

七言律诗，在七绝的基础上重复一遍即可，所以也是四种格式。七言律诗的四种格式如下：

1、仄起首句不押韵

仄⃝仄平⃝平平仄仄，平⃝平仄⃝仄仄平平（韵）。
平⃝平仄⃝仄平平仄，仄⃝仄平平仄仄平（韵）。
仄⃝仄平⃝平平仄仄，平⃝平仄⃝仄仄平平（韵）。
平⃝平仄⃝仄平平仄，仄⃝仄平平仄仄平（韵）。

例：王安石《次韵平甫金山会宿寄亲友》：

天末海门横北固，烟中沙岸似西兴。
已无船舫犹闻笛，远有楼台只见灯。
山月入松金破碎，江风吹水雪崩腾。
飘然欲作乘桴计，一到扶桑恨未能。

2、仄起首句押韵

仄⃝仄平平仄仄平（韵），平⃝平仄⃝仄仄平平（韵）。
平⃝平仄⃝仄平平仄，仄⃝仄平平仄仄平（韵）。
仄⃝仄平⃝平平仄仄，平⃝平仄⃝仄仄平平（韵）。
平⃝平仄⃝仄平平仄，仄⃝仄平平仄仄平（韵）。

例：杜甫《登高》：

花近高楼伤客心，万方多难此登临。
锦江春色来天地，玉垒浮云变古今。
北极朝廷终不改，西山寇盗莫相侵。
可怜后主还祠庙，日暮聊为梁甫吟。

注：起句“伤”字、结句“梁”字该仄用平，为拗句，也不救，杜甫诗中多如此。

3、平起首句不押韵

平⃝平仄⃝仄平平仄，仄⃝仄平平仄仄平（韵）。
仄⃝仄平⃝平平仄仄，平⃝平仄⃝仄仄平平（韵）。
平⃝平仄⃝仄平平仄，仄⃝仄平平仄仄平（韵）。
仄⃝仄平⃝平平仄仄，平⃝平仄⃝仄仄平平（韵）。

例：韦应物《寄李儋元锡》：

去年花里逢君别，今日花开又一年。
世事茫茫难自料，春愁黯黯独成眠。
身多疾病思田里，邑有流亡愧俸钱。
闻道欲来相问讯，西楼望月几回圆。

4、平起首句押韵

平⃝平仄⃝仄仄平平（韵），仄⃝仄平平仄仄平（韵），

㊀仄㊁平平仄仄，㊁平㊀仄仄平平（韵）。

㊁平㊀仄平平仄，㊀仄平平仄仄平（韵）。

㊀仄㊁平平仄仄，㊁平㊀仄仄平平（韵）。

例：毛泽东《长征》：

红军不怕远征难，万水千山只等闲。
五岭逶迤腾细浪，乌蒙磅礴走泥丸。
金沙水拍云崖暖，大渡桥横铁索寒。
更喜岷山千里雪，三军过后尽开颜。

以上标明的是律绝的严格样式，古今也有不少名家名作突破这种严格样式的，像李白的《静夜思》、崔颢的《黄鹤楼》。但初学者还是从严要求自己为好。

再说说律绝中平仄“粘对”的规则。从以上的格式中，我们也可以看出诗句中平仄交替使用的规则，概括为两句话：平仄在本句中是交替的；平仄在对句中是对立的。对，就是平对仄，仄对平。也就是在对句中，平仄与出句是对立的。粘，就是平粘平，仄粘仄。后联出句第二字的平仄要跟前联对句第二字相一致，但这两句的平仄又不完全一样。粘对的作用，是使声调多样化。如果不“对”，上下两句的平仄就雷同了；如果不粘，前后两联的平仄又雷同了。岳飞《池州翠微亭》诗：“经年尘土满征衣，得得寻芳上翠微。好水好山观未足，马蹄催趁月明归。”有的版本作“好山好水”，误，“山”字平声，与仄声字“得”不一致，失粘。明白了粘对的道理，可以帮助我们背诵平仄的歌诀（即格式）。

只要知道了第一句的平仄，以下各句的平仄都规定好了，全篇的平仄都能背诵出来了。

古诗则没有字数、句数的限制，但要注意押韵；律诗出现以后，出现“运律入古”的现象，这是律诗对古诗影响的结果。诗的平仄懂了，词为诗之余，为长短句，词的平仄就迎刃而解了。

三、词的平仄

词是一种新兴的诗体，萌芽于隋，成于唐，唐五代时称为曲子词，以后又有诗余、乐府、长短句等别名。词原来与音乐紧密结合，在歌舞宴会上演唱佐欢，因此，词有词调（词牌），即词的音乐格式的名称。词的格式和律诗、绝句的格式不同：律诗、绝句都只有固定的几种格式，而词的格式繁多，清代万树的《词律》共收词调六百六十调，一千一百八十余体。康熙时王奕清等合编《钦定词谱》列有八百二十六调，二千三百零六体。词按长短大致可以分三类：小令（一般58字以内），比如《忆江南》27字；中调（一般59至90字），比如《渔家傲》62字；长调（90字以上），比如《贺新郎》116字。卢前则以为：50字以下为小令，100字以下为中调，100字以上为长调；相差一两字，也可以移置，不必过分拘限。词有词谱，依照词谱所规定的字数、平仄以及韵式来写词，叫作“填词”或“倚声”。比如小令《忆江南》的词谱（加圈字可平可仄）：

平㊣仄，㊀仄仄平平（韵）。㊀仄㊣平平仄仄，㊣平㊀仄仄平平（韵）。㊀仄仄平平（韵）。（押平声韵）

例：白居易《忆江南》：

江南好，风景旧曾谙。日出江花红胜火，春来江水绿如蓝。能不忆江南？

中调《渔家傲》的词谱：

仄⃝仄平⃝平平仄仄（韵），平⃝平仄⃝仄平平仄（韵）。仄⃝仄平⃝平平仄仄（韵）。平仄⃝仄（韵），平⃝平仄⃝仄平平仄（韵）。　仄⃝仄平⃝平平仄仄（韵），平⃝平仄⃝仄平平仄（韵）。仄⃝仄平⃝平平仄仄（韵）。平仄⃝仄（韵），平⃝平仄⃝仄平平仄（韵）。（前后阕格式相同，押仄声韵，句句押韵）

例：范仲淹《渔家傲·秋思》：

塞下秋来风景异，衡阳雁去无留意。四面边声连角起。千嶂里，长烟落日孤城闭。　浊酒一杯家万里，燕然未勒归无计。羌管悠悠霜满地。人不寐，将军白发征夫泪。

长调《贺新郎》的词谱：

仄⃝仄平平仄（韵）。仄平平、平⃝平仄⃝仄，仄平平仄（韵）。仄⃝仄平⃝平平仄⃝仄，仄⃝仄平平仄⃝仄（韵）。平⃝仄仄、平平平⃝仄（韵）。仄⃝仄平⃝平平仄⃝仄，仄平⃝平仄⃝仄平平仄（韵）。平⃝仄仄，仄平仄（韵）。

平⃝平仄⃝仄平平仄（韵）。仄平平、平⃝平仄⃝仄，仄平平仄（韵）。仄⃝仄平⃝平平仄⃝仄，仄⃝仄平平仄⃝仄（韵）。平⃝仄仄、平平平⃝仄（韵）。仄⃝仄平⃝平平仄⃝仄，仄平⃝平⃝仄⃝仄平平仄（韵）。平⃝仄仄，仄平仄（韵）。

例：张元干《贺新郎·送胡邦衡待制赴新州》：

梦绕神州路。怅秋风、连营画角，故宫离黍。底事昆仑倾砥柱，九地黄流乱注？聚万落千村狐兔。天意从来高难问，况人情老易悲难诉。更南浦，送君去。　　凉生岸柳催残暑。耿斜河、疏星淡月，断云微度。万里江山知何处？回首对床夜语。雁不到、书成谁与？目尽青天怀今古，肯儿曹恩怨相尔汝？举大白，听金缕。

词调虽多，但较为常用的词调只在一百种左右。清嘉庆年间舒梦兰辑《白香词谱》，选录了较为通行的一百种词调，每调详注平仄韵读，但未列各调的变格，也是一本较为简要的词选。现代词学大家龙榆生编撰《唐宋词格律》，共录较为常见的词调一百五十三种，按韵格分为五大类，一调多体也一并列出，最宜初学者参考。

第二节　押　韵

一、基本要求

押韵之作用有二：一，将许多涣散之音，联络贯串，成为完整的声调，使诗词节奏更鲜明、更和谐。韵脚加上平仄，形成格律，吟诵起来，令人觉得铿锵悦耳，抑扬顿挫，有音乐的美听，可见诗词是融合了音乐的艺术，特别是词。二，韵脚具有回环美，便于记忆，诗之有韵，使人读之朗朗上口，即使篇幅较长，也易于背诵。而作诗选韵，宜选择与诗的主题，或所欲表达的情境意趣相切合者，做到声情和谐为上。

不同的韵，声情各异，创作诗词，得择韵而行。比如尤、侵韵，声调低沉、收敛，较适于表达忧愁情绪。如戴叔伦的《题三闾大夫庙》："沅湘流不尽，屈子怨何深。日暮秋风起，萧萧枫树林。"——用侵韵。如李煜的词《相见欢》："无言独上西楼，月如钩，寂寞梧桐深院锁清秋。　剪不断，理还乱，是离愁，别是一般滋味在心头。"——用尤韵。覃、东、江、阳等韵，声调响亮，较适于表达欢乐、开朗之情绪。清代周济编《〈宋四家词选〉目录序论》云："东、真韵宽平，支、先韵细腻，鱼、歌韵缠绵，萧、尤韵感慨，各有声响，莫草草乱用。"但这又不宜绝对化，关键还得看你表达的是什么思想感情，这才是决定性的。

诗词之押韵，韵脚至少有两个字，即首句不入韵的绝句，多则不限。在创作过程中，可能先得一句或数句，以此句的韵脚为准，再迁合该韵部之字，以求其余各句押韵合辙。这就出现一个思想与韵脚相互作用的问题。德国哲学家叔本华说："我们若能看到诗人的秘密工厂，将不难发现，韵脚求思想比思想求韵脚多出十倍以上，换言之，韵脚还在思想之先的场合为多，若思想在前，而又坚决不让步，则就难以处理了。"（陈晓南译《叔本华论文集》第三章《文学的美学》）"十倍"云云，可能夸大了，但诗词创作的确大量存在"韵脚求思想"的情况。处理得好，韵脚与思想浑融和谐；处理得不好，便有凑韵之嫌。这也就是和韵、次韵难以写出好诗的原因，因为它被原诗的韵脚所限，不易发挥。

绝句和律诗都是一韵到底，不能换韵。即使换韵也得用可以通押的韵字，即我们常说的邻韵通押。但必须是韵母相同或相近的才能通押。如"一先"和"二萧"是不能通押的，尽管它们在韵书上的排列顺序相邻。“一东”和“二冬”可以通押，“三江”和“七阳”可以通押，“四支”和“五微”可以通押，“八庚”和“九青”可以通押等等，因为韵母大体相同。又有借韵一说。近体诗的起句本来可以不用韵的，所以起句用韵从宽，可以借韵，谓之“孤雁入群格”。比如一首律诗，第二、四、六、八句用“二冬”韵，第一句用“一东”韵，则属于“孤雁入群格”。尾句借韵的则谓之“孤雁出群格”。

原则上律诗、绝句等近体诗，无论平韵、仄韵皆可押，但平仄韵之间不可通押。格律诗以押平声韵为正格，押仄韵者称古绝或古律。不论五言、七言，都是双句入韵，单句不入韵；但首句可以入韵，也可以不入韵。七言诗首句入韵的较多，五言的较少；首句不押韵的绝句一、二句一般用对仗，以增强音乐美，如杜甫的“两个黄鹂鸣翠柳，一行白鹭上青天”（《绝句》），王之涣的“白日依山尽，黄河入海流”（《登鹳雀楼》）。押韵句的尾字用平声，不押韵句的尾字必须用仄声。古绝、古律押韵句的尾字如果用仄声，不押韵句的尾字宜用平声，比如孟浩然的《春晓》：“春眠不觉晓，处处闻啼鸟。夜来风雨声，花落知多少。”“声”字平声。柳宗元的《江雪》：“千山鸟飞绝，万径人踪灭。孤舟蓑笠翁，独钓寒江雪。”“翁”字平声。押仄声韵的律绝的平仄，只需将平声韵律绝的平仄完全颠倒过来即可。古体诗押韵变化稍多，一首诗可以一韵到底，可以换韵，可以平仄韵转换，但不能平仄韵互押。

诗有诗韵，词有词律。游戏有游戏规则，诗词创作也要遵守规则。学写诗词，格律关一定要过，开始要严，一开始就放松要求，信马由缰，误入歧途，不可收拾。汉语的语音一直在变化，古今有异，南方语音与北方语音也多有不同之处，北方方言内部语音也多有差异。南宋时出现《平水韵》（106个韵部。由其刊行者山西平水人刘渊而得名，清代康熙年间依据《平水韵》编为《佩文诗韵》，为科举用的官方韵书），此后诗人写诗即依此韵书。词韵则依清代戈载编的《词林正韵》（19个韵部）。现在国家推广普通话，中华诗词学会提倡“新声韵”，取消了入声韵，归入平上去三声，主张“倡今知古，双轨并行”。

二、声韵改革

近二十多年来，“声韵改革”的讨论一直在进行。“声韵改革”要求以普通话的语音系统取代旧有的平水韵，废除入声，合并韵部，放宽韵脚。2005年，中华诗词学会颁布《中华新韵（十四韵）简表》，分十四个韵部，取消入声韵。中华诗词学会主张“倡今知古，双轨并行”：为尊重传统习惯，可以用“平水韵”；为了顺应现实的需要，推广普通话，提倡用“中华新韵”。比如《菩萨蛮》一词的格律：“(平)(平)(仄)仄平平仄（仄韵），(平)平(仄)仄平平仄（押仄）。(仄)仄仄平平（换平韵），(平)平平仄平（押平）。(平)平平仄仄（再换仄韵），(仄)仄平平仄（押仄）。(仄)仄仄平平（再换平韵），(平)平平仄平（押平）。”一般以李白作品的词律为准：“平林漠漠烟如织，寒山一带伤心碧。暝色入高楼，有人楼上愁。

玉阶空伫立，宿鸟归飞急。何处是归程？长亭更短亭。”今人有用新声韵填该词的，如岳如萱的《菩萨蛮·卡扎菲之死》（《中华诗词》2012年第3期）：

飞贼昼夜来沙漠，脑汁绞尽捉孤鹤。战士与枭雄，是龙不是虫。
猿牙青面露，撕下遮羞布。依旧为石油，仍说为自由。

按《菩萨蛮》词律，加点字处应为平声字，如果按传统的音来读，该词加点字全为仄声，应算违律；但按普通话来读，都是平声，则合律。目前，大部分人写诗遵《平水韵》，填词遵《词林正韵》，也有人用新声韵创作诗词。但我觉得推广普通话是一回事，有利于交流。创作是另一回事，就像推广普通话有利于交际，但不能取消各地的方言一样，旧韵也不宜取消。其实普通话原来也是一种方言，它没有入声，未必比其他的方言优越。这方面，我赞同刘梦芙先生的意见，写诗依《平水韵》，填词依《词林正韵》为好，理由如下：

1、用旧韵，便于学习、研究传统的优秀诗词。唐宋以来，古人为我们留下了大量的优秀诗词，它们是中华文化的瑰宝。近体诗，基本上符合《平水韵》；词，基本上符合《词林正韵》。有些诗和词押入声韵的，按照传统的音韵来读它们，才能读出它们的音韵美和微妙的情味。比如柳宗元的《江雪》：

千山鸟飞绝，万径人踪灭。
孤舟蓑笠翁，独钓寒江雪。

绝、灭、雪，都在入声屑部。如果按普通话来读，这三个字分别读平声、去声、上声，平仄韵互押，就乱了。再如李清照的《声声慢》：

寻寻觅觅，冷冷清清，凄凄惨惨戚戚。乍暖还寒时候，最难将息。三杯两盏淡酒，怎敌他、晚来风急。雁过也，正伤心，却是旧时相识。　　满地黄花堆积。憔悴损，如今有谁堪摘。守着窗儿，独自怎生得黑。梧桐更兼细雨，到黄昏点点滴滴。这次第，怎一个愁字了得！

摘、黑、得三字如果用普通话来读就不押韵了。

2、保留入声，语音丰富，更富于音韵美。只有平上去三声，难免单调乏味，一些宜用入声传达的情感也无从表达。有些词宜于用入声部韵，如《忆秦娥》《忆少年》《好事近》《淡黄柳》《惜红衣》等等。有些词一般例用入声韵，《念奴娇》用以抒写豪壮的感情，宜用入声韵，如苏轼的《念奴娇·赤壁怀古》（大江东去）。《满江红》一般用入声韵，声情激越，宜于抒写豪壮情感与恢弘的襟抱，如岳飞的《满江红》（怒发冲冠），平韵《满江红》则没有什么情味，不带劲。《声声慢》只有用入声韵，才宜于表达忧愁凄恻的情怀。

我主张用《平水韵》《词林正韵》，不反对用新声韵。但用旧韵，我觉得平仄要严，韵脚可以放宽，诗可用词韵，尽管我自己写诗基本上遵守《平水韵》。

第三节　对　仗

一、基本要求

律诗的四联，各有一个特定的名称，第一联叫首联，第二联叫颔联，第三联叫颈联，第四联叫尾联。遵守规定，颔联和颈联必须对仗，首联和尾联可对可不对。绝句的两联一般不做要求，也是可对可不对。排律的首联一般不对仗，中间各联都必须对仗，最后一联不对仗，以便收场。对仗的第一个要求：句法要相同。对仗的第二个要求：词性要一致。也就是名词对名词，动词对动词，形容词对形容词，副词对副词，代词对代词，实词对实词，虚词对虚词。对仗的第三个要求：平仄要相反。即上下句相应位置字的平仄是相反的。对仗的第四个要求：内容要相关，要围绕诗的主题服务。不相关的叫“无情对”，那是上下联扯得越远越好，越有趣，如“孙行者”对“祖冲之”，“三星白兰地”对“五月黄梅天”。楹联中有此格，诗词中则不可。另外还有一些注意事项，如：近体诗中不可同字相对。但词、曲中是许可的，像“人有悲欢离合，月有阴晴圆缺”，上下句同一“有”字相对。实际上，除非是修辞的需要，在近体诗中尽量避免出现相同的字。再如：不可同义合掌。一联之中对仗的上下两句，内容不可重复。如果两句完全同义或根本同义，叫作“合掌”，是作诗的大忌，因为诗词是非常简练的艺术，惜字如金，词多意少便是浪费笔墨。如“旭日”对“朝阳”，“史册”对“汗青”，“世界第一”对“天下无双”等。王妄君《合掌对两串》其一云：“瞧对看，听对闻，上路对启程。后娘对继母，亡父对先君。醪五两，酒半斤，扫墓对上坟。乞援双瞎子，求助二盲人。岳父有因才枉驾，丈人无故不光临。十分容颜，五分造化，五分打扮；两倾姿色，一半生就，一半妆成。”为合掌对示例，写得有趣。毛泽东的《冬云》颈联：“独有英雄驱虎豹，更无豪杰怕熊罴。”上下句意思重复，是为合掌。有人写《游马仁山》七律，一联云：“登崖远眺观三面，越岭高瞻赏四周。”亦是合掌。

杜甫《登高》：“风急天高猿啸哀，渚清沙白鸟飞回。无边落木萧萧下，不尽长江滚滚来。万里悲秋常作客，百年多病独登台。艰难苦恨繁霜鬓，潦倒新停浊酒杯。”这一首诗前三联都用了对仗，尾联宽对，而句之中又有对仗，第一句“天高”对“风急”，第二句“沙白”对“渚清”（“清”谐音“青”），先在本句自对，再跟对句相对。有趣的是，第一句因为押韵，跟第二句在平仄上就无法完整相对，而在字义上却对得天衣无缝。这首诗被誉为古今七律第一，即使仅从形式上看，也当得起此美称。

有些词个别地方也要求对仗。《忆江南》的第三、四句一般对仗，如白居易的“日出江花红胜火，春来江水绿如蓝”，两句相对，其中两个“江”同字相对，在词里是许可的，在近体诗中则不可。《鹧鸪天》上片第三、四句，过片三言两句多用对仗。如晏几道《鹧鸪天》：“彩袖殷勤捧玉钟。当年拼却醉颜红。舞低杨柳楼心月，歌尽桃花扇底风。　从别后，忆相逢。几回魂梦与君同。今宵剩把银釭照，犹恐相逢是梦中。”《浣溪沙》下片前两句一般也用对仗，如晏殊的“无可奈何花落去，似曾相识燕归来”。

《满江红》上片五、六两句例用对仗，如岳飞的“三十功名尘与土，八千里路云和月”，辛弃疾的“红粉暗随流水去，园林渐觉清阴密”等等。每填一词，先熟悉词谱，再参看几家名作，仔细揣摩，自当领会何处该对，何处不对。

二、对仗类型

对仗很讲究，有多种类型，现在拣重要的说一说。

1、工对。凡同类的词相对，叫作工对。如天文对天文，地理对地理，宫室对宫室，颜色对颜色，方位对方位……如“云对雨，雪对风。晚照对晴空。来鸿对去燕，宿鸟对鸣虫。三尺剑，六钧弓。岭北对江东。人间清暑殿，天上广寒宫。两岸晓烟杨柳绿，一园春雨杏花红”（《声律启蒙》）。有些词语，虽不是同一小类，但是在语言中经常平列，如天地、诗酒、花鸟等，也算工对。再放宽一些，词性相同的字相对也算工对了。

2、宽对。形式服从于内容，诗人不应该为了追求工对而损害了思想内容。同一个诗人，在这一首诗中用工对，在另一首诗中用宽对，那完全是看具体情况来决定的。邻近的事类相对，可算工对，也可算宽对。如天文对时令，地理对宫室，颜色对方位，同义词对连绵词等等。稍为宽一点，就是名词对名词，动词对动词，形容词对形容词等，这是最普通的情况。如今人刘振亚的《咏巢湖白牡丹步杨老尚模原韵》（其一）：“正是阳春欲暮时，银屏花发最高枝。千秋绝唱清平调，一片冰心白雪姿。历尽沧桑观世态，尝笼烟雾盼朝曦。天生高洁非凡品，岂赖人间园艺师。”是为七律，要求中二联对仗。其中，“清平调”对“白雪姿”，“世态”对“朝曦”都是人文对自然，属于宽对。又更宽一点，就是半对半不对了。刘诗“历尽”（动补）与“尝笼”（偏正），从整体看都是动词性质，但句法结构不一样，属于半对半不对。

3、借对。有借义对和借音对两种。一个词有两个意义，诗人在诗中用的是甲义，但是同时借用它的乙义来与另一个词相对，这叫借义对。如杜甫《曲江二首》中的“酒债寻常行处有，人生七十古来稀”，古代八尺为寻，两寻为常，借来与数字“七十”相对。张孝祥《同胡邦衡夜直》中的“先生义与云天薄，老去心如铁石坚”，借动词的“生”与“去”相对。聂绀弩《削土豆种伤手》中的“两三点血红谁见？六十岁人白自夸”，“白”字在诗中为空、徒劳的意思，这里借其白色的意思与“红”相对。借音对多见于颜色字对。如借“皇”为“黄”，借“洪”为“红”，借“沧”为“苍”，借“清”为“青”。李商隐《锦瑟》中的“沧海月明珠有泪，蓝田日暖玉生烟”，借“沧”为“苍”，与“蓝”相对。今人沈汝葆《遣兴》中的“洗缨自有清溪水，驱暑无妨紫竹林”，借“清”为“青”，与“紫”相对。

4、流水对。对仗，一般是平行的两句话，它们各有独立性。但是，也有一种对仗是一句话分成两句说，单独一句意义不完整，合起来才是一个完整的意义单位。如沈亚之的“旧日闻箫处，高楼当月中”（《挽弄玉公主》），是流水对，意即过去弄玉公主在楼头月下吹箫。或者理解为：过去弄玉公主吹箫的地方就是现在的月下高楼。又如杜甫的“即从巴峡穿巫峡，便下襄阳向洛阳”

（《闻官军收河南河北》），白居易的“人怜巧语情虽重，鸟忆高飞意不同”（《鹦鹉》），张孝祥的“聊持一杯渌，共此千灯红”（《元宵同张钦夫、邵怀英分韵，得红、旗字》），郁达夫的“可怜逼近中年作，都是伤心小杜诗”（《偕某某登岚山》），都是流水对。适当运用流水对，顺势而下，显得婉转活泼。

对对子是以前儿童启蒙的基本功课，现在年龄大的上过私塾的人多有体会。古人书中常有记载。清初词人朱彝尊六岁读私塾时，塾师胡先生偶举“王瓜”使学生作对，朱应声曰“后稷”。先生怒，欲以教鞭责罚。但朱的叔父朱芾园却以为奇（杨谦《朱竹垞先生年谱》）。师怒，是因为朱以农耕文明的始祖对俗物，不伦不类。叔父奇之，是因为从字面看，“后”对“王”，“稷”对“瓜”，平仄相反，人对人，物对物，旗鼓相当，颇有灵气。古人编过对仗歌诀，如清车万育《声律启蒙》、李渔《笠翁对韵》等，宜找来阅读。《笠翁对韵》的“一东”韵内容如下：“天对地，雨对风，大陆对长空。山花对海树，赤日对苍穹。雷隐隐，雾蒙蒙，日下对天中。风高秋月白，雨霁晚霞红，牛女二星河左右，参商两曜斗西东。十月塞边飒飒寒霜惊戍旅，三冬江上漫漫朔雪冷渔翁。”对得巧妙，有意境，且朗朗上口。今人湖南刘亦山所写《通俗对韵》反映了新时代的新事物，摘“六麻”一则如下：“横对竖，正对斜。牧笛对胡笳。黄莺对翠鸟。白鹭对乌鸦。独角兽，两头蛇。蝼蚁对鱼虾。勤劳先致富，俭朴早兴家。春风拂绿千门柳，时雨浇红一径花。北斗高悬，喜今宵群星灿烂；东风浩荡，看祖国遍地芳华。”初学者可以读读，既能揣摩对仗方法，也能熟悉韵部。

相信能得到启发，但不必背诵套用。练习对对子很有趣，也很方便，在等车的时候，散步的时候，都可以自出自对，随便出一个词语自己对，逐渐加字成句相对，像对联一样。

第二章　诗词立意

“意”，指诗词创作所表达的思想感情，即我们所说的“言之有物”之“物”，古人论述很多。清王夫之《薑斋诗话》说：“无论诗歌与长行文字，俱以意为主。意犹帅也。无帅之兵，谓之乌合。”在古人心目中，“意”主要指“志”和“情”。《尚书·尧典》说：“诗言志，歌永（咏）言。”“志”包括思想、志向、抱负等。陆机《文赋》又提出：“诗缘情而绮靡。”“情”就是情感，突出诗的抒情作用。合“志”与“情”，就是比较完整的“意”了。当然，诗也可以叙事、说理、写景，但其中或多或少包含了思想感情之“意”。

意从何来？来于己之所感所触，所思所想，必也借象以传意，含意于物中，斯为合作。而在具体创作过程中，抽象思维与形象思维与直觉并行不悖，变化莫测，万勿拘执。有时先有意，或曰主题先行，再寻象以达意；有时先有感于形象，再提炼意；有时象与意俱来。三种情形之中，以后两种为佳。日本人皆川伯恭《淇园诗话》云：“盖凡作诗未成一语之先，必立以象，象立则精神寓焉。而其为物也，窈然冥然，倏然忽然，于是心为之生哀感，情为之发咏叹，于是文辞以明之物象，和声以平其所听，诗盖于是乎成。”（转引自张梦机《近体诗发凡》第五章《论炼字与造句》）突出诗歌创作形象的重要性和先导地位，提出“立象”一说，实乃有感而发。很多诗系先有形象，心有所触，感发兴起才创作的。比如一件事，一个画面，一个场景，一种情绪，一种声音，触动了你，有时就是灵感的到来，你觉得其中有意味，有诗情，便可以构思立意了。何其芳在 1936 年写的《梦中道路》一文说：“我喜欢那种（指温庭筠式的）锤炼，那种色彩的配合，那种镜花水月。我喜欢读一些唐人的绝句，那譬如一微笑，一挥手，纵然表达着意思但我欣赏的却是姿态。我自己的写作也带有这种倾向。我不是从一个概念的闪动去寻找它的形体，浮现在我心灵里的原来就是一些颜色，一些图案。”他谈的是新诗创作，同样适应于旧体诗词创作。这些话表明了何其芳诗集《预言》的创作思维，即他不是先有一个概念、思想，再去找相应的形象来表达，而是先有色彩、图案、姿态、意象吸引了他，感动了他，再用诗的形式将它们固定下来，至于意义的深浅倒不大顾及。他重感觉、幻想和感性形象，而不是理性、思想和意义。这更符合诗意思维，也是他的诗含蓄蕴藉，迷离恍惚，有些幻美的原因。

第一节　真　诚

诗词植根于真性情，虚假是诗词的大敌。《周易》云："修辞立其诚。"诗词是语言的艺术，也需要修辞，也是为了更好的表达真情实感。《毛诗序》云："情动于中而行于言，言之不足故嗟叹之，嗟叹之不足故永歌之。"是说人们心中有所感动而诉诸语言，发为诗歌，即有感而发。王国维论词拈出"境界"说，《人间词话》云："境非独谓景物也。喜怒哀乐，亦人心中之一境界。故能写真景物、真感情者，谓之有境界。否则谓之无境界。"境界即建立在真景物、真感情的基础之上，突出了一个"真"字。现代诗人潘伯鹰著有《玄隐庐诗》，集中论诗之作也反复提到"真"和"诚"二字，如"修辞立其诚，直养是三昧"（《庞道鹏赠诗归舟答之》），"根于性情真，斯有文字别"（《奉题陈真如将军诗卷》）。真诚是诗词的精神内核和生命之所系。诗词创作忌讳装模作样，无病呻吟，"为赋新词强说愁"。清代诗人厉志说："到一名胜之所，似乎不可无诗，因而作诗，此便非真性情，断不能得好诗。必要胸中本有诗，偶然感触，遂一涌而出，如此方有好诗。"（厉志《白华山人诗说》）陈小从在《〈同照阁诗钞〉编后记》中回忆少时其先君陈隆恪教她学诗，有一段话：

……强调避俗、避熟，切诫虚砌浮夸。忆从初学，得"细雨檐声清客梦，虚窗灯影静鹤眠”一联，先君指出：“鹤”字系虚假语，盖现代人已无养鹤者，乃易以“蚕”字。并谆谆告诫：“做诗要说内心话，写真情实景，不要图表面好看，弄虚作假。”先君不惟以此旨诲女，其自律亦若是也。

陈隆恪乃晚清“同光体”大家陈三立次子，著名历史学家陈寅恪之兄，诗名亦显著，有《同照阁诗集》，其女陈小从亦能诗。陈隆恪教女作诗，要“写真情实景”，于现实主义诗歌来说，可谓金玉良言。清王寿昌《小清华园诗谈》云：“何谓真？曰：自来言情之真者，无如靖节；写景之真者，无如康乐、玄晖；纪事之真者，无如潘安仁、左太冲、颜延年。少陵皆兼而有之，故往往有生字拙句，人皆不解其故，不知乃直书所见，初不假乎雕饰者，但嫌其发泄太尽耳。”所说有理，读者可以参阅。

可以说，虚假造作，言不由衷，不是诗的正途。比如 2008 年 5 月汶川大地震后，有人作词《江城子·废墟下的自述》，假借遇难者的口气发感慨：

天灾难避死何诉。主席唤，总理呼，党疼国爱，声声入废墟。十三亿人共一哭，纵做鬼，也幸福。　　银鹰战车救雏犊。左军叔，右警姑，民族大爱，亲历死也足。只盼坟前有屏幕，看奥运，同乐呼。

平仄不调，乱押韵且不说。同胞遇难，他竟然说“纵做鬼，也幸福”，“亲历死也足”，对遇难同胞，没有同情，简直是幸灾乐祸。歌颂国家领导人，也是矫情做作，令人作呕。这样的颂歌不要也罢。芜湖诗人方竚忍不住也填了一首《江城子》予以激烈的批判：

山崩河决地疯狂！势难当，祸难防。十万生灵，瞬息便消亡。五月悲风生禹域，旗半降，日无光。　跳梁小丑忽登场。腹糟糠，口雌黄。乐祸幸灾，吹拍丧天良。“幸福”该他先领略，泉下路，梦黄粱。

上片极写地震的灾难，饱含悲痛之情。下片则极力讽刺、批判“跳梁小丑”的无耻，可谓痛快淋漓。又比如，某人写诗歌颂牛的奉献精神，说牛辛勤耕耘，不计报酬，这倒也说得过去。但诗的结尾还说，牛老了不能耕田，被人宰杀，牛很高兴，因为自己的肉能饱人口腹。这不很荒唐吗？试问：哪一头牛被宰杀时是高兴的？因此，这首诗的立意就是虚假的，结尾画蛇添足，俗不可耐。一个人写诗，如果连自己都不能感动，就别想感动他人。我们在写作时，感情没积累到一定程度，不必急于下笔，不必硬写，可以先放一放，也许到一定的时候，诗会来找你，那时一挥而就，岂不美哉。

近二十多年来，征集诗词活动越来越多，显得很活跃。太平盛世，歌功颂德，附庸风雅，装点门面，是征集的主要原因。这些活动对诗词创作多少有些好处。在下也参加了一些诗词征集活动，包括参赛和当评委，在网上也看了不少赛事和作品，总觉得征集诗词的不足也是很明显的。首先，命题作诗填词，情不由衷。

文艺创作，最好是情动于中，有感而发，这样容易入情入境，真切动人。征集诗词，多由主办方规定了主题，应征者多数是冲着奖金而来的，尽管目的无可厚非，但毕竟是被动的，不是情不能自已，难免做作。其次，应征者缺少亲身体会，往往依据抽象材料，臆想捏造。诗词征集活动遍布全国，主题多样，涉及面广，诸如时事政治、经济建设、山水名胜、民俗风情、历史人物……一个人不可能上通天文，下识地理，通览百家，游遍天下，无所不知，无所不晓。如果大量应征，他得搜集资料，绞尽脑汁地构思、创作。这样的写作，是比较痛苦的，也不容易出彩，甚至因不熟悉写作对象而闹笑话。因此，我以为应征诗词，如果系自己本有感触想写的题材，不妨试试；如果不熟悉对象，没有感触，大可不必应征。

第二节　深　刻

先看南宋黄彻《䂬溪诗话》中的一段话：

老杜《剑阁》诗云："吾将罪真宰，意欲铲迭嶂。"与太白"捶碎黄鹤楼""刬却君山好"语亦何异！然《剑阁》诗意在削平僭窃，尊崇王室，凛凛有义气；"捶碎""刬却"之语，但一味豪放了。故昔人论文字，以意为主。

周振甫《诗词例话·立意》对此作了详细的阐释，大意是：诗话中所引李白的两句诗分别出自《江夏赠韦南陵冰》《陪侍郎叔游洞庭醉后三首》（其三），意欲捶碎黄鹤楼，刬却君山，使视野更加开阔。这些话忽发奇想，意气豪迈，但没有什么深意。杜甫的《剑阁》（一作《剑门》）诗讲到剑门形势险要，野心家利用它来进行封建割据，所以杜甫说："并吞与割据，极力不相让。吾将罪真宰，意欲铲迭嶂。"责备天公，铲除层峦叠嶂的目的是使军阀们不能依仗天险割据，杜诗写山水联系现实，思想上有进步性。所以在立意上，杜诗比李诗深，境界也就高了很多。

再看明代谢榛《四溟诗话》中的一段话：

凡作诗要知变俗为雅，易浅为深，则不失正宗矣。因观于濆《沙场》诗："士卒浣征衣，交河水流血。"施肩吾《及第后过江》诗："江神亦世情，为我风色好。"二作如此。胡不云"战士浣征衣，忽变交河色"，"尚忆布衣归，江神亦风浪"，庶得稳帖。

所引于濆的两句诗写士卒浣衣，河水流血，状写战争的惨烈，足以动人。谢榛改后之作，没有点明河水"流血"，但读者细思之自然明白，又突出"忽变"二字，河水由清澈变为血色，前后对比，触目惊心，意味更婉曲深沉，胜过原作。施肩吾原诗为《及第后过扬子江》："忆昔将贡年，抱愁此江边。鱼龙互闪烁，黑浪高于天。今日步春草，复来经此道。江神也世情，为我风色好。"诗写没有及第时，风浪凶险，诗人难以渡江，抱愁江边；现在高中了，江边风色和美，好像跟诗人的心境一起转变。谢榛改后，立意变了，由现在的风色和美，回忆当初潦倒之时的江神风浪，可见江神也是势利眼，一如人情冷暖世态炎凉。这样的立意透过一层，就比原作深刻多了。从以上两例来看，谢榛改作确是"变俗为雅，易浅为深”。当然，如果真要按照谢榛的意思改作，后一首因为韵脚变了，原诗亦当调整。

由以上两则诗话可见：相同的构思或素材，可以有不同的立意，深浅之别不难判断。深浅不同，胸襟有别。

诗词创作有深入深出者，有深入浅出者，有浅入浅出者，有浅入深出者。其中以深入浅出者为佳，不深入不足以动人，不浅出不足以亲人，故语浅情深、浅貌深衷的作品历来被人推重，大家之作亦多如此。王国维《人间词话》云：“大家之作，其言情也必沁人心脾，其写景也必豁人耳目。其辞脱口而出，无矫揉妆束之态。以其所见者真，所知者深也。诗词皆然。”安徽当代词人郭珍仁《滨河庐词钞》中的《采桑子·别情》云：

离人去后常萧索，昨夜凄清，今夜凄清，夜夜萦怀不了情。

潇潇未住檐前雨，甜梦难成，苦梦扰人，默记行程坐待明。

词写离别后的落寞情怀和思念之情。亲密之人离别后，主人公感到百无聊赖，又因为思念而夜不成眠，不知不觉默想对方的行程，昨天到了哪里，今天又到了哪里，一直坐待天明。平平道来，情思婉转而深挚。又如郭珍仁写中秋之夜祭奠亡媳兰英，三更之后，“梦酣恍若孙儿哭，急唤兰英哄小菁”（《鹧鸪天·兰英媳亡已半载今值中秋酒帛奠之》），睡梦之中，恍惚听见孙儿哭泣，循习惯急唤儿媳哄孙儿。词至此戛然而止，含不尽之意见于言外。试想：儿媳已亡，如何能应？待主人公醒来，情何以堪？词只写实，其景其情足以让人泫然欲泣。又如他的《采桑子·感事》回忆自己被打成“右派”以后的二十年坎坷遭遇，结句云“往事如烟，百事魂牵，苦笑三声不必言”，一言难尽，唯余苦笑，而这“苦笑”之中又包含着多少辛苦，多少难言之隐？一切尽在不言之中，语浅情深，含蓄不尽。

清代常州词派提倡词的比兴寄托，周济说：“词非寄托不入，专寄托不出。”（《宋四家词选目录序论》）以为作词若无寄托便不能入门，若专主寄托则不能达到高级境界。大意是说：初学写词，要有较为深刻的思想内容，防止浮滑，达到一定的境界以后，则不必刻意追求深刻寓意了，而寓意自在其中。这种说法有一定的道理，特别是咏物词。比如画眉鸟叫声清脆悦耳，博得人们的喜爱，诗人有咏之者，明代诗人王叔承有一首《画眉》：

隔枝幽鸟响笙簧，一段清音一举觞。
绝胜花边催羯鼓，乱峰烟月半斜阳。

诗中提及“羯鼓催花”的典故。据记载，唐明皇见内庭柳杏将吐，便取羯鼓敲击《春光好》一曲，再看柳杏，皆已经吐叶。整首诗表现了诗人对画眉鸟啼鸣的喜爱，听一段画眉鸟的啼唱就举杯小酌一番，诗人觉得这样听歌饮酒，远胜过唐明皇面对柳杏羯鼓催花。末句以黄昏夕照的背景衬托画眉鸟的叫声，进一步表达了诗人的闲适心情。再看北宋欧阳修的《画眉鸟》：

百啭千声随意移，山花红紫树高低。
始知锁向金笼听，不及林间自在啼。

前二句写画眉鸟在花树间随意蹦跳，自在鸣啭，全无拘束，叫声清脆悦耳令人欢喜赞叹。第三句笔锋一转，设想将画眉鸟锁进笼中，哪里比得上在林间自由自在的啼鸣呢？该诗不止欣赏画眉鸟的鸣叫，更表达了反对束缚身心，对自由自在、无拘无束生活的向往，因有此寄托，立意上就比王叔承的《画眉》更深一层。

郭珍仁的咏物词一般都有寄托，如《卜算子·秋燕》：

惨碧夹愁黄，花落春难驻。片片残英坠溷泥，巢破无归处！
何地觅栖枝？今又逢秋雨。羽湿兼遭翅翮伤，拼逆霜风举。

该咏物词实有寄托，明写秋燕羽翅受伤，又逢秋雨，巢破无归的惨景，隐喻自己遭受磨难陋室漏雨的愁苦境地。又如“雾迷寰宇，阵阵秋风还细雨。世乱难宁，无怪猴儿望太平”（《减字木兰花·黄山》），写黄山的迷雾、风雨，实际也暗喻人间的政治斗争，借黄山“猴子望太平”一景表达了自己渴望动乱结束，社会和平、生活和平的心愿。不过，咏物词之浑化境界在于那些不刻意寄托，而寄托在有无之间的作品。比如郭珍仁的《生查子·除夕》：

风雪夜归人，腊尽年除夕。把酒洗风尘，爆竹声声急。
大地仍萧条，花发无消息。盼得一枝春，还藉东风力。

该词写除夕之际，四面风雪，大地萧条，仍然没有春的消息，表达了对春天的期盼。只做如此理解亦可。如果说它寄托词人厌恶“文革”时期的肃杀，渴望政治的东风早点吹来，也无不可，“作者之用心未必然，而读者之用心何必不然”（谭献《复堂词话》）。

如此，寄托似有意似无意，这是不直接说出的妙处。又如他的《鹧鸪天・春感》：

入室轻寒嫩嫩生，三分冬意七分春。阴晴无定檐前雨，点滴凄清夜到明。　　洗古砚，对残樽，了无情趣度晨昏。凭栏极目云天外，几叠春山水一横。

该词写早春的一种心绪，春寒料峭，“洗古砚，对残樽”都了无情趣，如果只写到这里，那真了无情趣。妙在结尾两句：“凭栏极目云天外，几叠春山水一横。”大约是思念远方人，盼远方人的消息，凭栏远眺，山水茫茫。因远方人音讯全无，遂感百无聊赖。结尾两句顿使全篇皆活，写景而含蓄不尽，有寄托而又不落言筌。刘熙载在《艺概》中说：“词之妙，莫妙于以不言言之，非不言也，寄言也。如寄深于浅，寄厚于轻，寄劲于婉，寄直于曲，寄实于虚，寄正于余，皆是。”郭珍仁有寄托的词正有类似的特点。

立意深刻意味隽永，感人亦深，不过，话得说回来，深人无浅语，浅者难做深言，诗词创作能深则深，但不必刻意求之。

第三节　新　颖

《大学》说：“苟日新，日日新，又日新。”俗语云：“太阳每天都是新的。”喜新厌旧是一种大众心理，在艺术创作与欣赏方面更是如此。创新意识也是艺术进步的潜在动力，清代“江右三大家”之一的赵翼说过：“诗文随世运，无日不趋新。”诗词创新是多方面的，四川大学周啸天教授概括为四方面：“或新于命意，或新于取材，或新于措语，或新于手法。”“新于命意”即立意新颖，主题新，思想感情新等。我觉得，诗词创作在掌握了格律，熟悉了技巧以后，就是写思想，思想有多深，诗词就有多深；思想有多新，诗词就有多新。新题材能酝酿新主题，旧材料也能写出新的思想情绪。

先看以新材料写新主题的情况。

新的材料与新的思想感情常常是密不可分的，“文变染乎世情，兴废系乎时序”（刘勰《文心雕龙·时序》），“旧瓶装新酒”的成功范例也屡见不鲜。比如二十世纪的中国风云激荡，天翻地覆，表现革命情怀的诗词很多，尤其以陈独秀和毛泽东的诗词最为突出。陈独秀曾是“新文化运动”的主将，“五四运动的总司令”，中国共产党的主要创始人之一，1932 年被国民党逮捕，他对国民党的软硬兼施始终不屈服，审判后被关进南京老虎桥监狱，在狱中写成《金粉泪五十六首》，这是一组大型七言绝句，主题是揭露、批判、讽刺国民党的官僚腐败与反动统治，抒发抗日反蒋、忧国忧民的情思。兹列举数首如下：

要人玩耍新生活，贪吏难招死国魂。
家国兴亡都不管，满城争看放风筝。（二）

民智民权是祸胎，防微只有倒车开。
嬴家万世为皇帝，全仗愚民二字来。（十四）

感恩党国诚宽大，并未焚书只禁书。
民国也兴文字狱，共和一命早呜呼。（三十三）

麻雀乌鸦总祸胎，投机彩票禁难开。
检查毒品官家利，奖券航空大发财。（三十四）

或直接陈述，或反话正说，或用双关，或用对比，发政治议论尖刻犀利，指陈时弊毫不留情，将国民党的隐私丑行一一暴露，无情讽刺，文笔老辣，嬉笑怒骂皆成绝唱，发扬了诗歌的怨刺传统和干预现实的战斗精神，具有很高的思想价值和史料价值。这一组诗反映了当时的社会现实，题材是新鲜的，而它表现的革命情怀和进步思想，也是古人不可能写得出来的。

毛泽东 1949 年以前的诗词作品几乎是一部中国新民主主义革命史的形象写照，题材与思想也都是新的。

再看以旧材料写新的思想感情。

现代派诗人戴望舒就说："不必一定拿新的事物来做题材（我不反对拿新的事物来做题材），旧的事物中也能找到新的诗情"，"旧的古典的应用是无可反对的，在它给予我们一个新情绪的时候"（《诗论零札》）。比如：神话中的牛郎织女故事，在不同时代、不同诗人那里，就写出了不同的主题。先看《古诗十九首》之一：

迢迢牵牛星，皎皎河汉女。纤纤擢素手，札札弄机杼。终日不成章，泣涕零如雨。河汉清且浅，相去复几许。盈盈一水间，脉脉不得语。

该诗写织女不能见到牛郎的悲哀，因思念对方而无心织布，泪流满面，实际上借助牛郎织女的悲剧表现了人间夫妻伤别之情。到了北宋词人秦观那里，牛女题材就翻出了新意，请看他的《鹊桥仙》：

纤云弄巧，飞星传恨，银汉迢迢暗度。金风玉露一相逢，便胜却人间无数。

柔情似水，佳期如梦，忍顾鹊桥归路！两情若是久长时，又岂在朝朝暮暮！

牛郎织女因长期别离而更显爱情的忠贞，在金风玉露的美好时刻相会，温情缱绻，这样的相逢胜过人间无数次的相逢，最后词人直抒胸臆："两情若是久长时，又岂在朝朝暮暮。"该词变悲为喜，可谓"化腐朽为神奇"。

咏史诗的翻案，往往也能写出新意。如杜牧的《赤壁》：

折戟沉沙铁未销，自将磨洗认前朝。
东风不与周郎便，铜雀春深锁二乔。

赤壁之战，周瑜借东风火烧赤壁大败曹操，历来被人称道。杜牧却说孙吴乃侥幸取胜，否则"二乔"将会被锁在曹操的铜雀台。此是不沿旧说、创意新颖处。又如杜牧《题乌江亭》曾云：

胜败兵家事不期，包羞忍耻是男儿。
江东子弟多才俊，卷土重来未可知。

认为项羽自杀不可取，应该包羞忍耻，不屈不挠，卷土重来。而王安石《乌江亭》则云：

> 百战疲劳壮士哀，中原一败势难回。
> 江东子弟今虽在，肯与君王卷土来？

从刘项相争的军事态势及人心向背上对杜牧所论提出异议，以反问的语气表明江东子弟不会跟项羽卷土重来，眼光独具，翻出新意。而今人湖南黄爱华《咏史绝句·项羽》则云：

> 自古纷纭说项公，愚顽不肯过江东。
> 果真收拾从头起，多少生灵涂炭中。

设想项羽果真卷土重来，又不知有多少生灵遭受灾难。楚汉之争，无非争夺王权，没有谁真正替百姓苍生着想，该诗立意自又不同，体现了深刻的人民性。

翻案诗要尊重历史，合理推论，不可故作惊人之语，为翻案而翻案。有人作《汉中拜将坛感怀》云：

> 但凭知己报君王，休去哓哓说热凉。
> 但使雄才能一展，藏弓烹狗又何妨！

诗中所言拜将坛亦称拜将台，在陕西汉中市，相传为汉高祖刘邦拜韩信为大将时所筑。刘邦得天下后诛杀功臣，所以韩信叹曰：“果若人言‘狡兔死，良狗亨；高鸟尽，良弓藏；敌国破，谋臣亡’。天下已定，我固当亨！”（《史记·淮阴侯列传》）“亨”

同“烹”，韩信说的是气愤之话，谁愿意被烹呢？但上面所引之诗却说：只要能一展雄才，被诛杀也无妨。如此翻案，违背人情物理，殊不可取。

又如咏物诗的突破常规思维也能写出新意。中国古典文学有以物比德的传统，屈原《离骚》以香草喻君子人才，以萧艾喻变节小人。《世说新语》则多将人比物，如“嵇叔夜之为人也，岩岩若孤松之独立；其醉也，傀俄若玉山之将崩”，将嵇康比作孤松和玉山。因为某物的特点与人的某些特点有相似之处，初次比附是创造，以后陈陈相因，该物就成了寓意固定的象征物，如松之孤傲，菊之隐逸，梅之坚强，荷之清洁，竹之气节，等等。而事物的特点可能是多方面的，完全可以从别的角度来考虑，从而突破象征的定型化，翻出新意。如古代咏蝉诗多颂蝉清高，赞其品格。虞世南《咏蝉》、骆宾王《在狱咏蝉》、李商隐《蝉》均是。而当代翻译家、诗人杨宪益的《知了》则云：

知了谁言不像官，平生绝技是宣传。
自吹成就声名震，假冒清高风露餐。
暑热攀高栖碧树，秋凉走穴觅黄泉。
暗中吸尽民膏血，腰满肠肥便挂冠。

讽刺蝉的假冒清高、吹嘘走穴等等，如某些吸食民膏的官僚，妥帖形象，一新读者眼目。要注意的是，一些事物的象征意义积淀久远，出新得根据对象本身的特点来写，避免牵强附会，穿凿雕刻。

实际上，立意新大多靠想象出彩。好诗要有想象力，有想象力才能笔势健举，超凡脱俗。艾青说得好："想象与联想是情绪的推移，由这一事物到那一事物的飞翔"，"有了联想与想象，诗才不致窒死在狭窄的空间与局促的时间里"（艾青《诗论》）。想象使诗意腾飞。在唐代诗人中，李白与李贺是想象力杰出的诗人。比如李贺的《梦天》：

老兔寒蟾泣天色，云楼半开壁斜白。
玉轮轧露湿团光，鸾佩相逢桂香陌。
黄尘清水三山下，更变千年如走马。
遥望齐州九点烟，一泓海水杯中泻。

前四句写梦游月宫，后四句写在仙境俯视人寰的境况，寄寓天上仙境美好长久，人世变化迅速，发沧海桑田之感慨，令人生超尘出世之想。虽曰梦，亦是想落天外的大胆想象，故境界独具。又如黄遵宪的《海行杂感》其二：

稗瀛大海善谈天，丱女童男远学仙。
倘遂乘桴更东去，地球早辟二千年。

据《史记》载：秦始皇时，徐市（徐福）带童男女数千人入海求仙，到过日本。黄遵宪加以想象发挥，如果徐市等再往东去，到达美洲，那新大陆的发现不就早了二千年吗？此想象有趣。

第四节 脱 俗

诗为雅道，定须脱俗。严羽《沧浪诗话》云：“学诗先除五俗：一曰俗体，二曰俗意，三曰俗句，四曰俗字，五曰俗韵。”薛雪《一瓢诗话》云：“人知作诗避俗句，去俗字，不知去俗意尤为要紧。”俗，包含两个方面。首先，立意一般化、大众化是俗，如写牡丹必言荣华富贵，咏梅花必言傲雪凌霜，见高官必定歌功颂德，赞美人必夸沉鱼落雁，此皆俗套，了无新意。其次是庸俗，比如附庸风雅，涂脂抹粉，炫耀卖弄，矫揉造作；等而下之的，淫猥、卑琐、放肆等等，不一而足。清代常州词派的金应珪批评当时词坛的不良风气：淫词、鄙词、游词（《词选后序》），均属此列。《红楼梦》第二十八回写贾宝玉主持行酒令，要求：“如今要说悲、愁、喜、乐四字，却要说出女儿来，还要注明这四字缘故。”宝玉说的是：“女儿悲，青春已大守空闺。女儿愁，悔教夫婿觅封侯。女儿喜，对镜晨妆颜色美。女儿乐，秋千架上春衫薄。”如此写女儿便雅。薛蟠说的是：“女儿悲，嫁了个男人是乌龟。女儿愁，绣房撺出个大马猴。女儿喜，洞房花烛朝慵起。女儿乐，一根□□往里戳。”前两句俗不可耐，第三句却雅，众人正要夸赞，不料第四句跌入泥坑，暴露出薛蟠流氓本性，令人掩鼻。

清人吴雷发《说诗菅蒯》云：

诗以山林气为上。若台阁气者，务使清新拔俗；不然，则格便低。前人早朝、应制诸诗，其拔俗者不过十之一二。大抵此等题极易入俗，虽有能者，无所施其技也。余幼时侍先君子，犹记《论诗》一节云：画山水者宜竹篱茅舍，不宜朱阁华堂；宜布袍藜杖之老翁，不宜垂绅缙笏之朝贵；宜抱琴负囊之童子，披蓑拨棹之野人，不宜轻裘骏马之公子，及旗旄导前、骑卒拥后之从人。虽有好俗之人，不能使画家顿易其辙。盖山水有真趣，俗自不能胜雅。以此推之，于诗则山林气者为贵矣。先君子所训，洵是不易之言。

为什么说“于诗则山林气者为贵”？以其天然去雕饰，有真趣也。竹篱茅舍，藜杖老翁，抱琴童子，披蓑野人，虽系人事，但质朴自然，绝少雕饰，究与山水相近相宜。而朱阁华堂，缙绅朝贵，肥马轻裘，前呼后拥，人事气息太重，雕琢粉饰太过，所以与山水相远相斥，故而俗气。为什么早朝、应制诗难以拔俗呢？因为这类题材很俗，一如现在的应时、应景之作，连篇累牍，清新峭拔之作难得一见。今人吟诗填词在构思立意上，常常承袭旧调，套用俗意，倒人胃口。如通过燕子归来找不到旧巢，反映农民建了高楼新房，歌颂农村新貌，“绿丛深处楼新起，归燕难寻昔日家”，“看似巡查原住户，却难觅见昔时扉”云云，第一个人这么写有新意，都这么写便俗。有人写《天都远眺》云：“云在半山乐舞飞，千花百卉放馨辉。华龄八十攀登上，可敬天都助减肥。”天都，指黄山天都峰。登山减肥，举措很好，但何处山不可登，何处不可减肥？偏要耗资费时到风景名胜登山减肥？如此立意便俗，便煞风景，也不切题之“远眺”二字。

这里还涉及到化俗为雅的问题。明代诗学家陆时雍《诗镜总论》说得好：

诗有灵襟，斯无俗趣矣；有慧口，斯无俗韵矣。乃知天下无俗事，无俗情，但有俗肠与俗口耳。古歌《子夜》等诗，俚情亵语，村童之所赧言，而诗人道之，极韵极趣。汉《铙歌》乐府，多窭人乞子儿女里巷之事，而其诗有都雅之风。

是知灵襟慧口能化俗为雅，俗肠俗口变雅为俗。当代诗人聂绀弩化俗为雅的功夫非常高明，兹录二首，窥一斑知全豹：

豆上无坑不有芽，手忙刀快眼昏花。
两三点血红谁见？六十岁人白自夸。
欲把相思栽北国，难凭赤手建中华。
狂言在口终羞说，以此微红献国家。（《削土豆种伤手》）

君自舀来仆自挑，燕昭台畔雨潇潇。
高低深浅两双手，香臭稠稀一把瓢。
白雪阳春同掩鼻，苍蝇盛夏共弯腰。
澄清天下吾曹事，污秽成坑便肯饶？（《清厕同枚子（二首）》）

削土豆、清厕所均是俗事，他却写得幽默而超迈，无奈而悲怆。《削土豆种伤手》前两联写削土豆伤手，流了两三点血，想说与人知道，自知也是没有效果的夸耀。受伤本是小事一桩，何况是一个受监督劳动改造的“右派”呢？想表功也无人理睬，诗人心知肚明。后两联故意将这点小事与当时流行的口号“建中华”“献国家”联系起来，小题大做，化俗为雅，遂见幽默。“难凭”“羞说”上承“白自夸”，以自嘲的方式写自己的尴尬处境和难言心态。在一般人那里，挑大粪、清厕所不堪入目，何况入诗？《清厕同枚子》却将其与黄金台、阳春白雪之类雅物、雅事联系起来，尾联更将淘粪清厕上升到澄清天下的高度，于调侃中见出滑稽反讽和苦味的幽默。以上两诗可以看出聂绀弩面对强大的政治高压，面对苦难处境时一种虚与委蛇的应对，一种自我调侃的苦涩，一种带有阿Q气的精神超越。后一首俗而又雅，雅而又俗，雅俗交织，乃聂诗一贯手段。

第三章　诗词取材

天地广大，品类繁多，人与自然的交互作用又衍生出无穷无尽的事物，诗词的材料也是无穷无尽的。从理论上讲，无事不可入诗，诗词也是写不尽的。儒学大师马一浮曾这样概括古往今来诗歌的主要内容：“予尝观古之所以为诗者，约有四端：一曰慕俦侣，二曰忧天下，三曰观无常，四曰乐自然。诗人之志，四者摄之略尽。若其感之远近，言之粗妙，则系乎德焉。”（《马一浮集》）周啸天主编“历代诗词分类鉴赏”丛书从题材上将诗词分为十二大类：叙事·传奇、咏史·怀古、军旅·边塞、田园·山水、感遇·言志、相思·爱情、友谊·亲情、饮酒·品茗、节令·风俗、咏物·花鸟、谈诗·论艺、闺意·宫词，可谓洋洋大观。现选择比较常见的八种题材做些介绍，包括山水、田园、时事、爱情、友情、咏史、咏物、论诗，供初学者参悟。

第一节　山　水

山水风景首先是作为人物活动的背景和环境，或者作为比兴的材料出现诗中的，如《诗经》《离骚》里面的山水景物描写。山水诗所写内容包括山水自然，以及由山水所引发的情、理等，一般说来，一首山水诗中，情理或浓或淡，可有可无，而对山水景物的描写则必不可少，甚至占主导地位。因此，模山范水，呈现山水风光的自然美应该是山水诗的题中应有之义。中国第一首完整的山水诗是建安时代曹操的《观沧海》。东晋以来的玄言诗中出现一些山水诗句，用来印证老庄哲理，山水仍处于附庸地位，至南朝宋时，“庄老告退，而山水方滋”（刘勰《文心雕龙·明诗》），第一个大量写山水诗的是南朝宋时的谢灵运。晋宋以后，山水诗便绵延不断，蔚为大观。根据山水诗中的物我关系，山水诗大体可以分为三类：鉴赏山水、借景抒怀、纯写山水。

一、鉴赏山水

鉴赏山水在山水诗中占主导地位。我国幅员辽阔，地貌多姿，“中华大地，无山不美，无水不秀。”（王伯敏编《黄宾虹画语》）山水为我们展开了一幅幅美丽的自然画卷，诗人游于斯，乐于斯，又能跳出其中静观默察，形诸笔墨，留下一首首的山水诗。山水就成了诗人的鉴赏对象，把玩对象。如曹操的《观沧海》：

东临碣石，以观沧海。
水何澹澹，山岛耸峙。
树木丛生，百草丰茂。
秋风萧瑟，洪波涌起。
日月之行，若出其中。
星汉灿烂，若出其里。
幸甚至哉，歌以咏志。

诗以“观”字领起，前八句写眼中所见：碣石、山岛、草木、洪波，苍凉豪迈，气势不凡。第九至十二句写想象中的情景，沧海壮阔，涵容天地，好像日月星辰都出入其中，雄浑博大，无以复加，但我们感到情理自然，没有丝毫的作态。结尾两句是配乐时加上去的，表示歌吟以寄托诗人志向，但诗中没有直接表明诗人之志是什么。该诗以虚实结合的手法展现了一幅波涛汹涌的大海图景，表达了诗人对沧海的欣赏赞叹，“登山则情满于山，观海则意溢于海”，其中也隐隐寄托了诗人雄才大略的气魄与胸襟。

又如谢灵运的《石壁精舍还湖中作》：

昏旦变气候，山水含清晖。
清晖能娱人，游子憺忘归。

出谷日尚早，入舟阳已微。
林壑敛暝色，云霞收夕霏。
芰荷迭映蔚，蒲稗相因依。
披拂趋南径，愉悦偃东扉。
虑澹物自轻，意惬理无违。
寄言摄生客，试用此道推。

该诗写自石壁精舍至湖中一天的游乐观赏，“山水含清晖”系总括，以下具体写山谷和湖中景物，大小结合，交错变化，历历如绘，“清晖能娱人”，人亦娱清晖，表达了对山水自然的赞美和身处其中的愉悦。结尾四句说理，所谓“玄言的尾巴”，思虑澹泊才能看轻外物，心情愉悦才能顺应物理。该诗以写景为主，景情理交融，其创作思路影响了后来的很多山水诗。

二、借景抒怀

借景抒怀在山水诗中也较为多见。诗人毕竟是社会性的动物，以山水寄托怀抱的诗也很常见。有的诗人因对现实不满，归隐林泉，所作山水诗往往寄托了他们热爱自然、渴望自由的隐逸之情，比如谢灵运的山水诗，王维的山水诗。有的诗人表达了对雄奇险怪、神秘莫测大自然的敬畏之情，如郑珍写湖南沅陵的《清浪滩》，林散之写华山的《苍龙岭》。有的诗人游山水不忘现实，写山水常联系社会，使两者产生有机联系，这也是山水诗的一种路径。比如杜甫的《剑门》：

唯天有设险，剑门天下壮。
连山抱西南，石角皆北向。
两崖崇墉倚，刻画城郭状。
一夫怒临关，百万未可傍。
珠玉走中原，岷峨气凄怆。
三皇五帝前，鸡犬各相放。
后王尚柔远，职贡道已丧。
至今英雄人，高视见霸王。
并吞与割据，极力不相让。
吾将罪真宰，意欲铲叠嶂！
恐此复偶然，临风默惆怅。

开始极写四川剑门山势雄奇、险峻，“连山抱西南，石角皆北向”，隐隐有对抗中央王朝之势。接着写三皇五帝之后，地方势力据险称王称霸，相互厮杀，使百姓遭殃，包含了丰富的社会政治内容。最后表示“罪真宰”，“铲叠嶂”，使天下太平，与前面呼应，想象出奇而水到渠成，寄托了老杜忧国忧民的情怀。

又如著名书法家林散之《青城杂诗十三首》中的一首：

山古石更孤，积阴多妖孽。
天师法力深，挥手巨石裂。
至今誓鬼台，犹存魑魅血。
吁嗟今世间，鬼祸更鸿烈。
安得天师来，一一试剑铁。

该诗由青城山的鬼魅到人间的妖孽，由山之传奇到现实惨状，联想自然，表达了祛除邪恶，天下太平的美好理想。观山水，不忘尘世，体现了诗人的人世关怀，这也是林散之山水诗的一种精神取向。

三、纯写山水

一般的山水诗或多或少都包含情理的成分，也有一些山水诗不说理，不抒情，甚至连情理的暗示也没有，纯粹写景。中国诗歌的缘情、言志传统深厚，这一类全景诗不大被看好，实际上，全景诗自有它的妙处，妙在天然，以物观物，“酷不入情”（《南齐书·文学传论》）。在山水诗史上，全景诗以五绝居多，比如南朝诗人孔稚圭的《游太平山》：

石险天貌分，林交月容缺。
阴涧落春荣，寒岩留夏雪。

吴均的《山中杂诗》：

山际见来烟，竹中窥落日。
鸟向檐上飞，云从窗里出。

山水描写已经洗净玄言哲理，剔除人世悲欢，自在自足。前者清奇峭拔，后者流转自然，均是好诗。著名画家黄宾虹善写山水，他的全景诗独多，如：

断续绠悬路，倾欹沙滑坡。
人窥飞鸟背，下界白云多。（《小心坡二首》其一）

浮青万叠山，一折累千级。
悬梯绝壁飞，云房天咫尺。（《峨眉山》）

山缺寸白云，奔腾倏万马。
众壑浸成瀣，雪浪月光下。（《文殊院五首》其四）

亭空飞瀑落，栏古乱云扶。
绝顶山中路，孤高四面虚。（《独耸冈》）

径逼石逾峭，雨余山更湿。
蒙茸空翠中，匹练瀑悬白。（《雁宕三折瀑》）

这些诗纯粹写景，“酷不入情”。试将它们与王维的名篇相比较。王维半官半隐，《鹿柴》《辛夷坞》《竹里馆》《鸟鸣涧》等诗写的是陕西辋川一带的山水，他赏其清幽宁静，恬然自适。王维描画的是与尘世相邻的自然，取景小而平和、优美，景中有人，即使诗中提及“无人”，也仍然感觉到人的存在，只不过人与境偕，已经达到了浑然忘我的地步。虽然诗中的感情很淡，禅理隐得很深，情理仍然隐隐约约地存在，还不是“酷不入情”，读之感到亲切，这一类诗仍是以我观物，是有我之境。黄宾虹的这些诗多写深山大壑，远离尘境，取景大而险绝、壮美，景中无人，即使诗中提到人，但感觉诗中的人与环境不能融为一体，情理俱无，人与自然虽然接近，读者在观赏时可以忘掉自我，但难以融入其中。他的这一类诗更多的取法南朝的山水诗，以物观物，是无我之境。如果以境界论高下，宜乎王维高于黄宾虹。但作为一种美感体验，黄宾虹这一类“酷不入情”的山水诗，也有它独特的价值。在这里，山水的声光色影，万千姿态，迎面扑来，超绝拔俗，一尘不染，人与自然之间不存在任何利害关系，诗人完全以自然心观自然物，不带感情色彩的呈现自然美，所谓大美无言。在生态平衡遭受破坏，环境被严重污染的今天，这种美感体验也足以令人神往，“水光山色与人亲，说不尽，无穷好”（李清照《怨王孙》）。

四、抓住特征

写山水诗，不管有情无情，物我关系如何，都得抓住对象的特征来写，那种看不出对象的特征，放之四海而皆可的山水诗肯定不是好诗。清代冒春荣《葚原诗说》卷二云：

游山诗，永嘉山水主灵秀，谢康乐称之；蜀中山水主险隘，杜工部称之；永州山水主幽峭，柳仪曹称之。略一转移，失却山川真面。

即是说，谢灵运写出永嘉山水之灵秀，杜甫写出蜀中山水之险隘，柳宗元写出永州山水之幽峭，都抓住了山水的特征。现以黄宾虹的山水诗为例略加说明。黄宾虹对他家乡的黄山一往情深，游览不下十次，留下了大量以黄山为题材的诗文与绘画作品。黄宾虹曾说“黄山灵怪，甲于海内”。奇松、怪石、云海、温泉号称“四绝”，黄宾虹对它们都有描写。他自己说“黄山之胜，以松以云”（《黄宾虹文集·杂著编》），现各举一例略加说明。五绝《迎送松》云：

今古几游客，劳劳管送迎。
苍官不知老，披拂自多情。

写黄山二天门的迎送松的形态只用“苍”“披拂”三字，概括了他在游记中所写的一段文字：“今存其一，垂髯奇古，幢幢如盖，青翠欲滴，则所谓迎松也。树大成围，枝皆夭娇，有虬蟠蛟挐之状。”重点写古松的情意：送往迎来，多情好客，不知身之既老。《师峰顶看云海》云：

披衣出门天向曙，四垂黝黑日未吐。
蓦然远波东望横，缥瓷色嫩晴霞轻。
下临千峰树沉绿，石缝奔泉赴幽壑。
平畴历落指村墟，沧桑过眼成须臾。
山缺英英初擘絮，低洼堆垛白无数。
乘风涌现钱塘潮，屿分龛赭浮青瑶。
又疑赤柱山头立，水湾青浅皆千尺。
松石遍惊黄海奇，得云全活云无私。
山灵逢迎有佳客，舟引蓬壶欢接席。
烟鬟雾髻试新妆，天吴海若前称觞。
肤寸初兴极万里，日日看云先云起。

诗写日出前狮子峰顶观云海的情景。前八句写云海涌现前的景象，由四望黝黑到千树沉绿，历历在目。第八句写眼前景物“沧桑过眼成须臾”，过渡到云海。第九句至二十句写云海以及云中松石的千变万化，有实写，有想象，极尽云海变化之能事。最后两句由想象回到自身，照应开头，收束全篇。其中的“松石遍惊黄海奇，得云全活云无私”写出云海的神韵，可谓关键句。

浙江雁荡山是全国十大名山之一，瀑布多且出名，其中的大龙湫号称“天下第一瀑”，为“雁荡三绝”之一。黄宾虹写到大龙湫、梅雨瀑、三折瀑等著名瀑布，且看写大龙湫的一首七律《坐一帆峰下观大龙湫瀑布》：

摧崖裂石出层阿，风袅飞泉溅沫多。
石飐片帆横碧海，天悬匹练落银河。
诗心入画王摩诘，逝水通禅诺讵那。
一峡倒倾雄万壑，况经夏涨雨滂沱。

首联、颔联写瀑布的气势和形态，摧崖裂石，似银河倒倾，风吹泡沫飞溅，石如片帆横海，粗细结合，立体感很强。颈联用唐代诗人画家王维和东晋高僧诺讵那的典故，隐括诗情禅意，让人的思绪稍稍宕开。尾联又回到瀑布，一“况”字再掀波澜，暗示大雨刚过，大龙湫更是怒涛如注，极尽变幻，轰雷喷雪，声威雄壮，令人回味不尽。

桂林同样是海内名胜，山奇水秀，岩洞多。黄宾虹《粤西纪游》三十二首七律主要写桂林的山水和岩洞，请看《七星岩》：

手扪星斗蹑崔嵬，小窦通人数尺才。

仄径岩腰缒绠入，倚天洞口列窗开。

回栏飞蝠风冲竹，绝涧垂虹石漱苔。

萧纬杳暝凭秉燎，夜山行尽曙光来。

原诗后有注：“七星岩洞深十余里，将出有光，如天欲晓，谓之东方发白。”因为洞口高挂悬崖腰际，无路可到，只好用绳子拴住人的腰才能到达洞口，洞中黑暗，得点燃蒿草火把照明，出洞口好像天刚亮，诗写出了游七星岩洞的奇趣。其他如写峨眉山的秀，青城山的幽，三峡的险，无不抓住地方风景的特点，历历如绘，让人感受真切，能作一番卧游。

第二节　田　园

从传统看，中国主要是一个农业社会。乡土田园是大多数中国人劳作的场所，休养生息之地，自古至今，田园诗不绝如缕。早在《诗经》里就有田园诗的出现，如《豳风·七月》描写了农夫一年的辛勤劳作和他们被剥削的贫苦生活。第一个田园诗人是东晋的陶渊明，他辞官归隐田园，写下大量的田园诗，对后世影响极大。至唐朝，则形成以王维、孟浩然为代表的山水田园诗派，他们除了写山水诗以外，也写下不少的田园诗，同中有异，均取得很高的成就。宋代吟咏田园的诗词也比较多，在题材和内容上都有所扩展。南宋诗人范成大善写田园，他的《四时田园杂兴》

六十首诗及少量词，既写出农村生活的情趣，也表达出对民生疾苦的深切关注，“他的诗被称为‘真正的田园诗’，直到清代，一直被作为田园诗的典范”（夏传才《诗词入门——格律·作法·鉴赏》）。从历史上看，田园诗可以分为两大类：第一类为田园牧歌，主要描绘田园风光，表现对田园生活的热爱，充满闲适自然的情趣；第二类写农村疾苦，主要表现农民的苦难，同情人民的不幸，或隐或显地进行社会批判。

一、田园牧歌

陶渊明、孟浩然、王维、范成大等人的诗多属于这一类，且多名篇佳作。陶渊明《归园田居》五首其一：

少无适俗韵，性本爱丘山。
误落尘网中，一去三十年。
羁鸟恋旧林，池鱼思故渊。
开荒南野际，守拙归园田。
方宅十余亩，草屋八九间。
榆柳荫后檐，桃李罗堂前。
暧暧远人村，依依墟里烟。
狗吠深巷中，鸡鸣桑树巅。
户庭无尘杂，虚室有余闲。
久在樊笼里，复得返自然。

诗中的“三十年”系“十三年”之误，在官场前后十三年，陶渊明不断在做官与归隐之间做选择，隐居时想出仕，出仕时要归隐，心情很矛盾，直至405年辞去彭泽县令，决心归隐田园，此后不再出仕。陶渊明的归隐，一方面是对东晋末年政局的失望，不愿为五斗米折腰；一方面是他本性爱自然，难以适应世俗。《归园田居》五首以平实质朴的语言表达了他躬耕田亩的自在生活和村居的悠然情趣。这里所选的第一首最有代表性。开始写自己“性本爱丘山”，辞官归隐，就像被羁縻的鸟儿回到往日的树林，浅池中的鱼儿回到以前的深渊，欢喜之情溢于言表。接着写田园风景，土地、草屋、榆柳、桃李、村庄、炊烟、狗吠、鸡鸣，有动有静，历历如绘，呈现出一幅恬静优美的田园画。最后四句回到自身，再一次肯定归隐田园的悠闲自得，今是昨非。《归园田居》五首第三首直接写劳动：“种豆南山下，草盛豆苗稀。晨兴理荒秽，带月荷锄归。道狭草木长，夕露沾我衣；沾衣不足惜，但使愿无违。”表示唾弃富贵，种田自给，封建时代的知识分子能做到这样真是难能可贵。

孟浩然的《过故人庄》也是一首著名的田园诗：

故人具鸡黍，邀我至田家。
绿树村边合，青山郭外斜。
开轩面场圃，把酒话桑麻。
待到重阳日，还来就菊花。

首联写朋友邀请，“我”即受邀，不做推辞，平平道来，也可见朋友间的情谊。颔联写到故人庄所见，绿树环合，青山横斜，系大景远景，颈联写与朋友把酒聚谈，所言无非农事，系小景近景。中间两联粗细结合，以简略的对仗写出故人庄的美好环境和聚谈情景，乡村风味浓郁。尾联表示重阳日还要来饮酒赏菊，可谓不请自来了，进一步表示做客的愉快，照应开头，留下美好的期待。沈德潜称孟浩然的诗“语淡而味终不薄”（《唐诗别裁》），语言淡极，诗味却极浓郁。

范成大的《四时田园杂兴》六十首系一长幅四季乡村画卷，描写出乡村生活的方方面面，如：

土膏欲动雨频催，万草千花一饷开。
舍后荒畦犹绿秀，邻家鞭笋过墙来。

蝴蝶双双入菜花，日长无客到田家。
鸡飞过篱犬吠窦，知有行商来买茶。

梅子金黄杏子肥，麦花雪白菜花稀。
日长篱落无人过，唯有蜻蜓蛱蝶飞。

新筑场泥镜面平，家家打稻趁霜晴。
笑歌声里轻雷动，一夜连枷响到明。

这些诗描写了江南农村的诸多方面，将自然风景与农村生活融为一体，展示了丰富多彩的宋代风土人情。其他诗人写田园风土人情的还有很多，如南宋“永嘉四灵”之一翁卷的《乡村四月》也很有名：

绿遍山原白满川，子规声里雨如烟。
乡村四月闲人少，才了蚕桑又插田。

二、农村疾苦

田园并不都是乐土，农村生活也并不都是悠闲幸福的情景，由于自然的灾难和人事的乖戾，人民每每穷愁潦倒，乡土时时发出哀吟。“惟歌生民病”的诗也时有所见，比如中唐李绅的诗，晚唐皮日休、聂夷中、杜荀鹤的诗等等。请看李绅的《悯农》二首：

锄禾日当午，汗滴禾下土。
谁知盘中餐，粒粒皆辛苦。

春种一粒粟，秋收万颗子。
四海无闲田，农夫犹饿死。

第一首写农夫冒着烈日劳作的辛苦，令人起“一粥一饭，当思来处不易；半丝半缕，恒念物力维艰”（明·朱柏庐《治家格言》）之叹。第二首通过粮食丰收农夫反而饿死的强烈对比，控诉地主阶级对农民的残酷剥削和压迫，对农民不幸的命运寄予深深的同情。聂夷中的《伤田家》可以和李绅的《悯农》二首并传千古：

二月卖新丝，五月粜新谷。
医得眼前疮，剜却心头肉。
我愿君王心，化作光明烛。
不照绮罗筵，只照逃亡屋。

二月蚕刚出种，何来蚕丝可卖？五月新秧才插，何来粮食可粜？所谓“二月卖新丝，五月粜新谷”，系写封建社会农村的怪事，即“卖青”，将尚未出产的农产品预先贱价抵押。这就是剜肉补疮，顾得了眼前，顾不了将来的惨状。它让人联想到聂夷中的另一首诗：“父耕原上田，子劚山下荒。六月禾未秀，官家已修仓。”（《田家》）两相对照，可以看出农民因迫于赋敛而艰难度日。“绮罗筵”与“逃亡屋”的对比，也暗示了造成农民悲惨命运的主要原因。后面流露出对君王的幻想，但主要还是对昏君的讽刺，对世道不公的批判。杜荀鹤也有很多诗描写农民的悲惨命运，如《山中寡妇》：

夫因兵死守蓬茅，麻苎衣衫鬓发焦。
桑柘废来犹纳税，田园荒后尚征苗。
时挑野菜和根煮，旋斫生柴带叶烧。
任是深山更深处，也应无计避征徭。

晚唐社会动乱，军阀官吏肆掠，人民生活在水深火热之中，一如这山中寡妇，无处可逃。范成大的《四时田园杂兴》中也有少数反映农村生活不幸的篇章，如：

采菱辛苦废犁锄，血指流丹鬼质枯。
无力买田聊种水，近来湖面亦收租！

垂成穑事苦艰难，忌雨嫌风更怯寒。
笺诉天公休掠剩，半偿私债半输官。

流露出对农民不幸生活的同情，钱锺书称范成大的田园诗有“血汗的气息”（钱锺书《宋诗选注》），即指此类诗。清初吴嘉纪的诗反映民生疾苦，既广泛，又深刻，如《疾风》借老农之口叹云：

去年此时雨，一夜三尺半。
禾稼尽沉波，舟楫直上岸。
力耕方苦潦，转盼忽忧旱。
烈日六十日，是处泉源断。
里巷争泥浆，瓮盎聚昏旦。
侧闻山东蝗，千里遍羽翰。
指日到江南，双眼那忍看？
况复征兵马，扰扰正防乱！

这里不仅有水涝、干旱、蝗虫等自然灾害，还有清廷“征兵马”的人祸，灾难接踵而来，人民苦不堪言。这首诗多由血泪凝成，具有深刻的人民性。

三、新田园诗

古人的田园诗大抵为以上两类。如今时代变了，乡土田园的风貌也大不相同。“江山代有才人出”，当今的诗人们也写出了农村的新生活，新气象。其中出色者，如黑龙江刘庆霖的诗，安徽郭珍仁的词。

刘庆霖被称为“新田园诗人”，他的田园诗在题材上、技法上都有新颖之处。题材上，如写看瓜、放蜂人、拣蘑菇等，前人作品中似未曾见。其诗富于想象力，能出新意，如：

绿风拐进小河湾，春是农家邮递员。
对折蝶书何处寄，淡香一片菜花间。（《信使》）

曲径幽溪任我游，口衔叶笛上高丘。
掀开一角枫林雾，钻到秋山梦里头。（《白山参娃》）

《信使》将春风比作邮递员，将蝴蝶的书信寄往菜花间，比拟出色。《白山参娃》写采挖人参的小孩掀开林雾，钻进梦里，平中见奇。其诗多用修辞，且新巧，如通感的运用：

一把镰刀一丈绳，河边打草雪兼冰。
捆星背月归来晚，踩响荒村犬吠声。（《冬日打背柴》）

尾句将触觉与听觉衔接起来，因人来与犬吠之间有因果联系，有内在逻辑，故“踩响犬吠声”错得有理，是诗家语。又如：

平波十里泛金光，夏意浓浓一水塘。
莺语染成莲叶色，蛙声粘满稻花香。（《农家杂咏》其二）

四野葱茏接远村，才犁泥土味尤馨。
蛙声硌脚田间路，荷锸夕阳逢钓人。（《农家杂咏》其四）

“莺语”一句，“蛙声”两句皆妙用通感。再如拟人的妙用：

入夜禾间万籁融，花香浓郁帐边笼。

虫声擦亮旧灯盏，提向蜂箱陪老翁。（《路边放蜂人》其二）

入夜虫声渐起，放蜂人点亮灯盏，仿佛灯盏就是虫声点亮的，是拟人，也是通感，其手法类似台湾诗人洛夫在《金龙禅寺》一诗中所写的：“一只惊飞的灰蝉／把山中的灯火／一盏盏地／点燃。”

郭珍仁《滨河庐词钞》中有不少作品写四季田园风光，写农家生活和渔家生活，洋溢着一片和平的乡居景象，这是他取材的一大特色。郭珍仁生活的安徽荻港镇濒临长江，曾有不少渔民，他劳动改造所在地的歙县多山多水，多村落，所写的田园生活、四季风景，大抵不出这两处典型的江南地域。如：

江上烟迷暮色遮，绿杨堤外夕阳斜。蓼荻丛中罾网起，跳鱼虾。白鹭惊飞平水过，红霞一抹染芦花。茅舍短篱烟起直，是渔家。（《山花子》）

杜鹃声里春将去，绿了新茶，老了椿芽，如雪溪头荠菜花。湖田浅浅秧针碧，初听鸣蛙，燕子还家，时雨催耕细若纱。（《采桑子·春暮》）

这些词善于抓住细节，写出渔家、农家的生活场景和乡村风光，语言清浅，明丽自然，又有绘画的特点，也许与郭珍仁既写小说又善绘画不无关系。他的田园词山明水秀，充满田园牧歌情调，即使写于“文革”时期也看不到当时的乌烟瘴气，大约他是不能写抑或不愿写时代的污浊，而以如画般的田园与和平的生活作为自己的精神安慰吧。

在当今的诗词刊物上每每看到写农村新气象的诗词，大部分流于泛泛的歌颂，缺少像刘庆霖那样的个性化的书写和郭珍仁的细腻观感，有些人一味言过其实地说大话，摇唇鼓舌地写浮词，如《山乡巨变》云：

三农政策铸辉煌，偏僻山村更旧装。
梯地冲田成至宝，茅棚土屋换楼房。
私车开到家门口，燃气安装炉灶旁。
社会保障全覆盖，家家户户乐无疆。

前三联所写部分属实，尾联所云夸大其词，类似当年的“大跃进”民歌，对农村存在的大量问题和疾苦视而不见，愿望是好的，奈何不切实际耶？现在的农民生活比以前好多了，但新的问题也不断出现，比如农村垃圾成堆，污染越来越严重，我曾写过一首《乡村垃圾》表示忧虑：

感慨千秋未有过，乡村垃圾一何多！
酒瓶碎裂沟中石，膜袋飘摇树上萝。
生活渐呈新气象，风光无复旧山河。
天然净土年年减，抹粉涂脂唱赞歌。

第三节 时 事

以诗歌写时事自古有之，汉末建安时期开始多起来。曹操的《蒿里行》即用乐府古题写时事，全诗仅八十个字，写出了东汉末年军阀混战，争权夺利，造成“白骨露于野，千里无鸡鸣”的悲惨情景。清人方东树对此诗的评价是“用乐府题，叙汉末时事”。明人钟惺则谓为“汉末实录，真诗史也”。曹操而外，建安诗人以乐府古题叙时事的名篇还有陈琳的《饮马长城窟行》、王粲的《七哀诗》（西京乱无象）、蔡琰的《悲愤诗》等。到唐代，杜甫以新题写时事，“即事名篇，无复依傍”，写出了像《兵车行》《丽人行》《哀王孙》《悲陈陶》《悲青坂》以及“三吏”“三别”等一大批以乐府体制歌咏时事的诗篇，使诗歌带有新闻报道的性质（周啸天《以新闻为诗：杜诗的一大开拓》）。唐宪宗元和年间，李绅、元稹、白居易等继承杜甫的开创精神，从事新题乐府创作，白居易更从理论上提出“新乐府”的概念，主张“文章合为时而著，歌诗合为事而作”（《与元九书》），明确提出了“其事核而实”“其体顺而肆”“其辞质而径”（《新乐府序》）等创作原则，写出了大量反映时事的诗篇。此后，时事诗成为诗歌写作的重要内容，宋代的陆游，明代的郑善夫，晚清的黄遵宪，现当代的钱仲联、饶宗颐等等，都写出过抚事伤时、忧国忧民的时事诗。

时事诗的写作具有新闻写作的一些特点，包含真实性、典型性、时效性等。在这里我觉得有两点特别重要：典型性和倾向性，以下举例略作说明。

一、典型性

时事有重大题材，有一般题材。重大题材偶尔出现，一般题材可能比较频繁。写一般题材的时事得有所选择，提炼典型，避免见到什么写什么。杜甫的叙事诗就善于概括提炼具有典型意义的人物和事件，通过个别反映一般。比如《兵车行》抨击唐玄宗的穷兵黩武，致使人民流血破产，诗中“行人”所说的话“或从十五北防河，便至四十西营田。去时里正与裹头，归来头白还戍边”，道出了无数个征夫戍卒相同或相似的遭遇，极具代表性。“三吏”“三别”更是典型概括的极好范例，如《石壕吏》：

暮投石壕村，有吏夜捉人。
老翁逾墙走，老妇出门看。
吏呼一何怒！妇啼一何苦！
听妇前致词：“三男邺城戍。
一男附书至，二男新战死。
存者且偷生，死者长已矣！
室中更无人，惟有乳下孙。
有孙母未去，出入无完裙。
老妪力虽衰，请从吏夜归。
急应河阳役，犹得备晨炊。”
夜久语声绝，如闻泣幽咽。
天明登前途，独与老翁别。

因为“安史之乱”，连年战争，朝廷不断征兵抓丁，致使人民家破人亡。《石壕吏》中所描述的一家，三个男孩都去征战，其中战死两个。这一家不但得不到政府的抚恤安慰，反而要捉老翁去当兵，老翁只得连夜翻墙出逃。无奈，老妪请求代替老翁从军，服役烧饭。这个悲惨的家庭是当时无数家庭中的一个，是遭战争祸害家庭的代表。该诗不发议论，寓思想感情于客观的叙述之中，体现了杜甫的非战思想，对人民的深切同情，其中老妪的行为也体现了人民对叛乱战争的反对态度。

白居易的《新乐府》五十首、《秦中吟》十首是有计划的大型组诗，“篇篇无空文，句句必尽规”，一首写一事，具有高度的典型性。《新乐府》五十首效法《诗经》，以诗的首句为题，并在题下用小序注明诗的美刺目的，如《新丰折臂翁》“戒边功也”，《缚戎人》“达穷民之情也”。白居易自言《秦中吟》十首“一吟悲一事”。这两组诗体现了白居易选材的特点：“一吟悲一事”，即从纷繁的各类真人真事中选择最典型的事物，来反映社会问题，针砭中唐的弊政。如《卖炭翁》：

卖炭翁，伐薪烧炭南山中。满面尘灰烟火色，两鬓苍苍十指黑。卖炭得钱何所营？身上衣裳口中食。可怜身上衣正单，心忧炭贱愿天寒。夜来城外一尺雪，晓驾炭车辗冰辙。牛困人饥日已高，市南门外泥中歇。翩翩两骑来是谁？黄衣使者白衫儿。手把文书口称敕，回车叱牛牵向北。一车炭，千余斤，宫使驱将惜不得。半匹红纱一丈绫，系向牛头充炭直。

白居易在《卖炭翁》题下自注云："苦宫市也。""宫市"，即宫中市买货物。中唐时期，宦官专权，横行无忌，常在闹市以低价强购货物，甚至不给分文，还勒索"进奉"的"门户钱"及"脚价钱"。名为"宫市"，实际是一种公开的掠夺。《新唐书》卷五十二说："有赍物入市而空归者。每中官出，沽浆卖饼之家皆撤肆塞门。"可见，其受害者不止一个卖炭翁。诗人以个别表现一般，通过卖炭翁的遭遇，深刻地揭露了"宫市"的本质，对统治者掠夺人民的罪行给予有力的鞭挞。

二、倾向性

写时事诗得有一个基本的立场，体现自己的思想倾向。这方面，杜甫、白居易为我们做了杰出的榜样，他们都有着经世济民的抱负，忧国忧民的情怀。因此，他们的时事诗无不体现了爱国爱民的立场，仁爱的情怀，体现了鲜明的人民性。这种倾向性有时不直接发抒出来，而是隐含在字里行间，有时体现为直接的议论抒情。比如杜甫的《石壕吏》、白居易的《卖炭翁》只描述事件的始终，没有发表意见，而情怀自见，有时，以事实说话，比直接的议论、大声的控诉更有力量。白居易的很多时事诗，叙述到最后，往往发为议论，表明诗人的立场态度，对所写的事情作出明确的评价，所谓"卒章显其志"。比如《红线毯》，先写红线毯的制作过程、质量的精良，宫殿使用红线毯的奢华，地方官加重人民负担的贡奉，最后写道："宣城太守知不知？一丈毯，千两丝。地不知寒人要暖，少夺人衣作地衣。"简直等于指着宣城太守的鼻子加以谴责。一般说来，时事诗的主体部分描述事件的始末和主要过程，表明观点态度的诗句不宜多，反思事件的性质或生发开去，寥寥数语即可。比如黄遵宪的《台湾行》：

城头逢逢雷大鼓，苍天苍天泪如雨，倭人竟割台湾去。当初版图入天府，天威远及日出处。我高我曾我祖父，艾杀蓬蒿来此土。糖霜茗雪千亿树，岁课金钱无万数。天胡弃我天何怒，取我脂膏供仇虏。眈眈无厌彼硕鼠，民则何辜罹此苦？亡秦者谁三户楚，何况闽粤百万户。成败利钝非所睹，人人效死誓死拒，万众一心谁敢侮？一声拔剑起击柱，今日之事无他语，有不从者手刃汝。堂堂蓝旗立黄虎，倾城拥观空巷舞。黄金斗大印系组，直将总统呼巡抚。今日之政民为主，台南台北固吾圉，不许雷池越一步。海城五月风怒号，飞来金翅三百艘，追逐巨舰来如潮。前者上岸雄虎彪，后者夺关飞猿猱。村田之铳备前刀，当辄披靡血杵漂。神焦鬼烂城门烧，谁与战守谁能逃？一轮红日当空高，千家白旗随风飘。缙绅耆老相招邀，夹跪道旁俯折腰。红缨竹冠盘锦条，青丝辫发垂云髾。跪捧银盘茶与糕，绿沈之瓜紫蒲桃，将军远来无乃劳？降民敬为将军犒。将军曰来呼汝曹，汝我黄种原同胞。延平郡王人中豪，实辟此土来分茅，今日还我天所教。国家仁圣如唐尧，抚汝育汝殊黎苗，安汝家室毋恌恌。将军徐行尘不嚣，万马入城风萧萧。呜呼将军非天骄，王师威德无不包。我辈生死将军操，敢不归依明圣朝？噫戏吁！悲乎哉！汝全台，昨何忠勇今何怯，万事反覆随转睫。平时战守无豫备，曰忠曰义何所恃？

1895年，甲午中日战争中国战败，清廷被迫签订不平等的《马关条约》，赔款割地，中国割让台湾岛及其附属各岛屿、澎湖列岛与辽东半岛给日本。割台消息传到台湾，群情悲愤，痛哭失声。丘逢甲一年后有诗《春愁》云："春愁难遣强看山，往事惊心泪欲潸。四百万人同一哭，去年今日割台湾。"《台湾行》大概是黄遵宪戊戌年回乡以后所补作，该诗铺叙华人到台湾开疆拓土的功劳，割台以后台湾同胞誓死卫台的决心，以及战败后投降的屈辱行径。有大场面的铺陈，有细节的描写，淋漓尽致，极具现场感。自"噫戏吁"以后发议论，话不多，饱含悲愤、叹息与无奈，表达了深沉的爱国之心，王蘧常《国耻诗话》评曰："末数语发人深省。"

2004年12月26日，印尼苏门答腊岛海域发生大地震，并引发海啸，东南亚国家死亡人数累计约二十万人，为二百年来海啸之最。周啸天作《海啸歌》反映这一重大自然灾害，诗用三分之二的篇幅极写海啸的破坏力，给人类带来的巨大灾难，最后以近三分之一的篇幅发议论，表明自己对这件事的看法：

真成无谓蛮触争，海啸一来便倾城；
市街连翩倒骨牌，水火于人殊无情。
由来剧变不可测，朝或多金暮洗白；
饥寒起盗令齿冷，一方有难八方惜；
港台慷慨尽解囊，大陆富豪莫羞涩！

由水火无情，自然灾难的不可预测，看出人生的无常，认为人们争名夺利真是没有必要，进而呼吁人们慷慨解囊救灾救难。这些议论充满了人道主义的悲悯与同情，还有对生命存在的哲理性思考，具有超越海啸事件的启示作用。

第四节 爱 情

爱情是一种生命的内驱力，一种本能的渴求。它使人最大限度地摆脱孤独，获得心灵的沟通和自由，美好的爱情能焕发生命的创造力，提升生命的境界。爱情是人生的重要内容，也是文学永恒的主题。从古至今，爱情诗词可谓浩如烟海，佳作无数。从具体的描写内容来看，有爱慕、热恋、相思、离别、怀旧、悼亡等等。一般爱情诗词鉴赏都是从这几个方面举例介绍的，我想从情的隐显与悲喜这两个角度谈谈爱情的诗词创作。

一、显情与隐情

一般说来，时代越是远古的爱情诗越倾向于质朴的倾诉，越是文明社会的爱情诗越倾向于比附寄托；符合当时的道德规范，被大众认可的爱情倾向于坦白直露，不符合当时的道德规范，不被大众认可的爱情倾向于曲折深隐；民间情歌倾向于大胆热烈，文人爱情诗词倾向于含蓄内敛。因此，从情感的清晰程度来看，有显隐之分，尽管这种区分是相对的。《诗经》里的爱情诗都很直白，如第一篇《关雎》：

关关雎鸠，在河之洲。
窈窕淑女，君子好逑。
参差荇菜，左右流之。
窈窕淑女，寤寐求之。
求之不得，寤寐思服。
悠哉悠哉，辗转反侧。
参差荇菜，左右采之。
窈窕淑女，琴瑟友之。
参差荇菜，左右芼之。
窈窕淑女，钟鼓乐之。

该诗写一个男子恋慕女子，唱的是想和她结为伴侣的恋歌。其中所写的：窈窕淑女是君子的好配偶，昼夜思念辗转反侧，弹琴击鼓亲近娱乐对方，都是真诚而质朴的，全无羞涩之感与扭捏作态。汉乐府民歌中的恋情诗也很多，继承了《诗经》质朴的风格，最突出的是《上邪》：

上邪！我欲与君相知，长命无绝衰。山无陵，江水为竭，冬雷震震，夏雨雪，天地合，乃敢与君绝！

该诗以夸张的手法，表明一个女子对爱情的坚贞执着的态度，其呼告的语气，山盟海誓的言辞显得热烈奔放，坦露无遗。又如晚唐韩偓的诗句："菊露凄罗幕，梨霜恻锦衾。此生终独宿，到死誓相寻。"（《别绪》）真有掐臂见血，一鞭一道痕的感觉。悲愁积累到一定程度，不是感伤消沉，就是义无反顾的爆发。传统诗词中的感伤消沉实在太多了，就像中国的古典音乐一样，迷恋静，声音越来越细，越来越弱，气若游丝，终至于无，少了西洋音乐的一种动荡的精神和扩张的力！顾随说韩偓《别绪》表达的是对将来爱的追求，“‘此生终独宿，到死誓相寻’写得真严肃，做事业、做学问应有此精神，失败了也认了。”（《顾随诗词讲记》）这种精神也就是尼采所讲的悲剧英雄精神，他说：“这是英雄的灵魂，它们在悲剧的残酷中自我肯定，坚强得足以把苦难当作快乐来感受。”（《作为艺术的强力意志》）

在浩如烟海的诗词作品中，写“男悦女貌”的作品屡见不鲜，而写“女悦男貌”的作品曾不多见。晚唐的温庭筠与韦庄各有一首类似的词写“女悦男貌”，而且都很直白。温庭筠《南歌子》：“手里金鹦鹉，胸前绣凤凰。偷眼暗形相。不如从嫁与，作鸳鸯。”韦庄《思帝乡》：“春日游，杏花吹满头。陌上谁家年少，足风流。妾拟将身嫁与，一生休。纵被无情弃，不能羞。”温词与韦词均直接表露女子的心思，表现了冲破封建礼教束缚，大胆表露爱情的天真与勇气。

人生在世，可爱者甚多，因缘遇合，各各不同，难免产生单相思和不被家庭、社会容纳因而受到间阻的爱情现象。“情动于中而形于言”，有一定文学修养的人也难免以诗词寄托这些缠绵往复、欲说还休的情感，其作品往往含茹吞吐、朦胧恍惚，在表现自己与隐藏自己之间。这些作品大多写得深情绵邈，感人至深。李商隐的一些无题诗大都如此，如《无题二首》其一：

昨夜星辰昨夜风，画楼西畔桂堂东。
身无彩凤双飞翼，心有灵犀一点通。
隔座送钩春酒暖，分曹射覆蜡灯红。
嗟余听鼓应官去，走马兰台类转蓬。

这一首与另一首七绝合为《无题二首》，另一首为："闻道阊门萼绿华，昔年相望抵天涯。岂知一夜秦楼客，偷看吴王苑内花。""秦楼客"系诗人自指，两首互参，可知诗人与苏州某一位富贵人家的女子一夕相遇，产生恋情，但无缘相合，终于匆匆分手。这首《无题》即是对受到间隔的爱情的怀想。诗中所写只有大致的时间和地点，热闹宴会上的片段以及自己天明上班的匆忙离去。因为是一段隐情，具体的人物、故事不够清晰，意象跳跃，又用了比喻、象征的手法，"有神无迹"，所以情绪也是飘忽闪烁，难以把握的。李商隐善于表现矛盾复杂的爱情心理，如"身无"一联以比喻、象征的方式表达矛盾心境，"相爱的双方不能会合，本是极大的痛苦，但身虽不能相接，心却可以相通，又是莫大的慰藉"（刘学锴《李商隐诗歌研究》），所以称为千古名句。又如清代黄景仁的《秋夕》：

桂堂寂寂漏声迟，一种秋怀两地知。
羡尔女牛逢隔岁，为谁风露立多时？
心如莲子常含苦，愁似春蚕未断丝。
判逐幽兰共颓化，此生无分了相思。

黄景仁是一个深于情且被情所累的悲情诗人。大约在他十五岁那年，黄景仁与表妹相恋。“徘徊月下，分明认得，三五年时”（《丑奴儿慢·春日》），“三五年时三五月，可怜杯酒不曾消”（《绮怀》）即暗示此事。他们住在一个院落里，整日里耳鬓厮磨，相知相契，感情甚笃。《绮怀》十六首记录了大量的生活细节，他们在一起弹琴下棋，织锦写字，斗草数星星，幽期密约，留下难忘的记忆。在黄景仁十七岁那年，出于求取功名的考虑，他离开了心爱的人到宜兴求学，但时刻忘不了心中的那份情。因为他们只是私心相恋，没有订立婚约，表妹迫于父命远嫁他乡。旧情难忘，从此黄景仁陷入相思之中不能自拔。此后他写下大量的相思诗篇，包括《感旧》四首、《绮怀》十六首等。这一首《秋夕》则是写得比较早的一首。在秋天的夜晚，诗人独立风露之中，遥看牵牛织女，枨触无端，“一种秋怀两地知”，让人联想到姜夔的名句“谁教岁岁红莲夜，两处沉吟各自知”（《鹧鸪天·元夕有所梦》）。他们的心境应该是一样的。这让我想到，黄景仁与姜夔一样，都是多情而又柔弱的男子，伤心的男子。也许你可以说他们缺少男子汉的气概，不争气，但他们婉转多情，殉情负气，常常能激起人们的爱怜之心。“心如莲子常含苦，愁似春蚕未断丝”，相思之情绵延不绝，最后无奈地发出一声浩叹：“此生无分了相思！”怎么办？天下情了犹未了，看来只好以不了了之。

又如王国维的《浣溪沙》：

本事新词定有无，斜行小草字模糊。灯前肠断为谁书？ 隐几窥君新制作，背灯数妾旧欢娱。区区情事总难符。

顾随说："此词乃一女性所言，一个女性见其丈夫写作而有此感。"此说甚是。词写一个女性偷偷地看她丈夫的字迹模糊的新作品，猜测她丈夫为谁所写，为谁肠断。如何判断呢？她将丈夫所写的"新词"与自己过去的"情事"相对照，总觉得丈夫写的不是自己，那就意味着丈夫有隐情。该词角度新颖，富于戏剧性，引而不发，余味不尽。

二、悲情与喜情

大约是"欢愉之辞难工，愁苦之言易巧"（王国维《人间词话删稿》）吧？古往今来的爱情诗词，写欢愉的少，写悲情的多，而感人至深者每每为后者。有缘无分，相思受阻，生离死别等等，屡见不鲜。如上文所引黄景仁的《秋夕》。又如周邦彦的《玉楼春》：

桃溪不作从容住，秋藕绝来无续处。当时相候赤阑桥，今日独寻黄叶路。烟中列岫青无数，雁背夕阳红欲暮。人如风后入江云，情似雨余粘地絮。

周邦彦的词有多篇写一个失恋的男子对情人的怀念。他旧地重游，景物虽旧，人事已非，情感痴顽，极尽缠绵。《瑞龙吟》《应天长》《解连环》诸篇皆是。其中的《解连环》以连环之无解，比喻相思的不可断绝，藕断丝连。而《玉楼春》则说"秋藕绝来无续处"，连藕丝也断了，让人感到深深的绝望，最后只剩下无法收拾的情思，像被雨打落在地、粘泥带水的飞絮。似乎可以说《玉楼春》是对这一段隐情的总结。首句“桃溪不作从容住”，用刘、阮遇仙的典故。据刘义庆《幽明录》载，东汉刘晨、阮肇入天台山采药，迷路后在桃溪边遇二仙女。彼此同居半年后，刘、阮怀乡思归，二女相送出山，及家，子孙已历七世。二人再入山寻找，已无二仙女踪影。在古典诗词中，常用天台故事比拟由于轻易与情人分离而产生的追悔之情。这里词人也以刘郎自比，悔不当初。拥有时不知珍惜，失去了才觉可贵。古往今来，不知有多少这样的伤心事。这是不是人性的一大弱点？晏殊《踏莎行》：“当时轻别意中人，山长水远知何处？”姜夔《浣溪沙》：“梦寻千驿意难通，当时何似莫匆匆。”皆叹此。周邦彦的《玉楼春》以追悔之情为发端，以极艺术的语言和形式把这种感情表现得无以复加，从而引起读者深深的共鸣。该词的用韵也值得一提，读“妙解音律”的周邦彦的词，不可不注意这一点。《玉楼春》的韵脚字“住”“处”“路”“数”“暮”“絮”皆为去声，去声字音重而下降，好像将憋着的一口气吐出来，宜于表达抑郁之情，所谓“去声分明哀远道”。该词的去声韵脚与沉郁之情相谐，声情并茂。又如姜夔的《鹧鸪天·元夕有所梦》：

肥水东流无尽期，当初不合种相思。梦中未比丹青见，暗里忽惊山鸟啼。　　春未绿，鬓先丝，人间别久不成悲。谁教岁岁红莲夜，两处沉吟各自知。

此词大略上片言相思，下片写沉哀。戴叔伦《湘南即事》云：

“沅湘日夜东流去，不为愁人住少时。”鱼玄机《江陵愁望寄子安》：“忆君心似西江水，日夜东流无歇时。”词的首二句与此略似。“肥水东流”句，暗示相思的地点、对象，也暗示相思之无穷无尽，写景，也是抒情。久别难见，只有求之梦寐，但梦中所见依稀仿佛，连画图都比不上，何况还被山鸟啼醒呢！所以诗人喟然长叹“当初不合种相思”。既有今日，何必当初！但当初为情所迷，哪里能顾及到以后的情况呢！夏承焘说，姜夔“孤往之怀有不见谅于人而宛转不能自已者”（《行实考·合肥词事》），此言可信。人间自有不能见容于礼教、习俗或制度的真情，可遇而不可求的爱情一旦发生，悲剧也就潜伏下来，流言灌耳，舆论诛心。当事人敢作敢当，义无反顾，也许是另一番结局。大多数人则顾虑重重，经受着巨大的心灵创痛，低回婉转，忧伤以终老。

此词作于 1197 年，与另一首《鹧鸪天》（辇路珠帘两行垂）是其怀念合肥女子的最后之作。此时姜夔已四十三岁左右，距最后一次别合肥，已经六年，距年轻初遇之时已经二十年左右了。爱情总是要求得到交流与回应的，长期不能见面，没有接触，双方总会感到不幸，感到不满足，尽管爱情遭到间阻，有时反而激发出更大的力量。时间会侵蚀记忆，使其面目全非，也会把记忆擦得更亮。对于姜夔，相思之痛是弥漫性质的，它已经渗透进生活的方方面面，诗人会随时随地陷入记忆和相思之中。习惯了忧伤，也就不再感到忧伤了。这又是诗人的伤心发现：“人间别久不成悲！”只是在元宵佳节，各自回忆，各自沉吟，一种情怀，两地相知。这类诚挚的态度，纯似友情，不类狎妓，在唐宋情词中颇为突出。但“当初不合种相思”“人间别久不成悲”云云，是不是正话反说，正好透露出作者的痴顽执着、九死不悔呢？

爱情诗词有不少做今昔对比，喜而悲，悲而喜，交替反复，主导情绪却是感伤的，悼亡诗词多如此。单纯地写爱之喜悦，琴瑟和谐的诗词毕竟不多，《花间集》中有一些。李煜《菩萨蛮》三首其一云：

花明月黯笼轻雾，今宵好向郎边去！刬袜步香阶，手提金缕鞋。　画堂南畔见，一向偎人颤。奴为出来难，教郎恣意怜。

在一个月色昏暗、轻雾笼罩的晚上，一个女子偷偷地跑出来和她相爱的男子幽会，大约越是间阻越情欢吧，“奴为出来难，教郎恣意怜”也算是说到位了。又如清代林韵徵的《自题小照呈外》是难得的一首表现夫妻爱情的欢愉之辞：

爱君笔底有烟霞，自拔金钗付酒家。
修到人间才子妇，不辞清瘦似梅花。

林韵徵是清中叶诗人张问陶的妻子，夫妻二人都多才多艺，诗画酬唱曾传为佳话。林爱张，爱他的诗画，爱他的才气，因此，自拔金钗，换酒奉夫君，与元稹“泥他沽酒拔金钗”相比，一个主动，一个被动，可不一样。元稹写的是夫妻情，林韵徵写的可是爱情啊，夫妻间持久的爱情。人间有很多爱情就是崇拜，是将对象审美化和偶像化，通过想象或幻想将对方理想化。但你不能说它没有道理，爱情本身就是浪漫的事情，甚至是神秘的事情。

顾随谈及李商隐的《锦瑟》一诗时说："诗人之将日常生活加上梦的美是诗人的天职。"(《顾随诗词讲记》)我们可以仿照着说:"情人之将爱的对象加上梦的美是情人的本能。"瓦西列夫在《情爱论》中说："爱情总是男女关系的热烈而激动人心的审美化。它的奔腾激昂，它追求幸福的轻盈步伐，就是血液的流动节奏；它的语言就是高尚的诗篇，是美妙的音乐；而爱情的目光就是明媚的光辉。"假如对象没有值得欣赏、赞美的地方，叫人如何爱得起来？林韵徵爱才子张问陶，而"不辞清瘦似梅花"，梅虽清瘦，却高雅，才子张问陶有福了，有情有义的林韵徵同样有福了，他们琴瑟和谐，是人世间的神仙伴侣。

值得注意的是，写喜情，避免庸俗和淫猥，诗贵含蓄，写爱情尤其如此。

第五节　友　情

朋友为"五伦"之一，朋友相处以"善"为准则，讲究诚信之美德。古人很重视朋友关系，他们或者志同道合，或者患难与共，或者相互推崇，或者惺惺相惜，朋友在一个人的生命中产生重大影响，发挥巨大作用。诗歌表现朋友情谊由来已久，《诗经·小雅·伐木》第一章云：

伐木丁丁，鸟鸣嘤嘤。
出自幽谷，迁于乔木。

嘤其鸣矣，求其友声。
相彼鸟矣，犹求友声。
矧伊人矣，不求友生？
神之听之，终和且平。

鸟鸣求友，人当如是。诗以比兴手法表明求友之和平安乐，是现存最早的歌颂友谊的诗篇。现在，我们来看看诗词中主要写了哪些友情以及他们是如何表现友情的。

一、送别与赠答

古人描写友情的诗以送别诗为多，所以然者何？古人重视朋友关系，深情厚意如同手足，是人生的慰藉；再者，古代通信不便，会面艰难，如果在战乱年代或遭贬谪，生离可能就是死别，因此朋友分袂时依依惜别，最是动人心魄。唐代送别诗名篇独多，王维的《送元二使安西》曾被谱成歌曲“阳关三叠”，千百年来广为传唱。又如“初唐四杰”之一王勃的《送杜少府之任蜀州》：

城阙辅三秦，风烟望五津。
与君离别意，同是宦游人。
海内存知己，天涯若比邻。
无为在歧路，儿女共沾巾。

这是诗人在长安送别杜少府到四川做官时所作的送别诗。首联对仗严整，气势开阔，关合长安和蜀州。三、四两句以散调相承，以实转虚，惺惺相惜。第三联“海内存知己，天涯若比邻”，奇峰突起，高度概括了友情深厚山川难阻的心意，成为表达朋友深情的名句。结尾不做悲酸语，是诗人对朋友的劝慰，也表达了自己旷达的胸怀。又如高适的《别董大二首》其一：

千里黄云白日曛，北风吹雁雪纷纷。
莫愁前路无知己，天下谁人不识君。

诗的前两句写分别时的环境，黄云笼罩，大雪纷飞，一片凄迷景象，烘托送别时的悲凉情感。但后两句一转，谓天下人都认识你，不愁前路没有知己。劝慰友人，心胸豁达，志存高远，与王勃“海内存知己，天涯若比邻”同一机杼。该诗语言质朴，气韵沉雄。又如李白的《黄鹤楼送孟浩然之广陵》：

故人西辞黄鹤楼，烟花三月下扬州。
孤帆远影碧空尽，唯见长江天际流。

前两句入题，说明送别的地点和时间，以及故人孟浩然将去的地方，平平道来。后两句写离别情，故人的孤帆远去，自己站在江边目送，帆影渐远渐小，以至没于碧空，只见滔滔的长江水流入天际，离愁别绪也似这江水浩渺无边，寓情于景，举重若轻。

古人朋友间的赠答诗亦多，表赞颂、思念、关切等意思，行文常常关合双方。现举杜甫《赠卫八处士》为例说明：

人生不相见，动如参与商。
今夕复何夕，共此灯烛光。
少壮能几时？鬓发各已苍。
访旧半为鬼，惊呼热中肠。
焉知二十载，重上君子堂。
昔别君未婚，儿女忽成行。
怡然敬父执，问我来何方。
问答乃未已，儿女罗酒浆。
夜雨剪春韭，新炊间黄粱。
主称会面难，一举累十觞。
十觞亦不醉，感子故意长。
明日隔山岳，世事两茫茫。

该诗写杜甫与友人卫八处士少壮分别老来相见的情形，感慨弥深。起始以议论的语气感慨人生动辄如参商相隔，会面艰难。中间以赋体笔墨写别后二十年一夕相见时的情景，历历在目，他们互致问询，“访旧半为鬼，惊呼热中肠”，得知很多故旧都已经不在人世了，能不惊呼痛惜吗？卫八处士已经儿女成行了，他们一家殷勤招待杜甫，因为会面难，所以劝杜甫多多饮酒，令杜甫深深感激。结尾两句表明明天就要分别了，山川阻隔，世事难料，愈加显得今夕相会的珍贵。结尾照应开头，心事浩茫，几欲催人泪下。

二、念友与悼友

朋友相聚，指点江山，激扬文字，把酒论诗，当然欢快。相见时难别亦难，别后思念形诸吟咏也是常事。唐代两位大诗人李白、杜甫曾两次相会，言谈甚欢，结下深厚友谊，二人互有赠答诗。杜甫还写下多首怀念李白的诗，计有《梦李白》二首、《春日忆李白》《冬日有怀李白》《天末怀李白》《寄李十二白二十韵》，以及其他追忆当年与李白同游的诗篇。周勋初先生在《李白评传》中介绍李杜相遇相识后，说："李白比杜甫年长十一岁，曾任翰林供奉，得到过皇帝的赏识，在京城里博得了很大的声名，杜甫其时还未成名，李白这时以平等的态度关怀他，必然会给他留下深刻的印象。杜甫对李白的为人与才华也极为敬仰，直到晚年一直怀念这位老友，特别是在李白因从永王璘而下狱时，杜甫情不能已，写下了多首怀念李白的诗篇，感情沉郁缠绵，摧人肺腑。"《春日忆李白》云：

白也诗无敌，飘然思不群。
清新庾开府，俊逸鲍参军。
渭北春天树，江东日暮云。
何时一樽酒，重与细论文？

这首诗是唐天宝五载（746）或天宝六载（747）春杜甫居长安时所作，当时李白与杜甫分手以后游吴越去了。杜甫同李白的友谊，首先是从诗歌上结成的。这首怀念李白的五律，主要就是从这方面落笔的。前四句高度赞扬李白的诗才，说李白的诗像庾信那样清新，像鲍照那样俊逸，卓尔不群，无与伦比，表达了杜甫对李白深深的钦佩。第三联由诗及人，以两地的景物含蓄地表达相互思念之意，看似平淡，寓意深厚。尾联期待着再次会面，把酒论文，同时也意味着曾有这样美好的回忆，再由人及文，回环往复，情味不尽。

疾风知劲草，患难见人心。当友人身受挫折或遭逢不幸时，朋友的关怀和救助显得格外珍贵。中唐元稹与白居易是生死不渝的挚友，二人诗风相似，经常唱酬，史称“元白”。元和五年（810），元稹因弹劾贪官河南尹房式事，受到权贵宠臣忌恨，被贬为江陵府士曹参军，后来又改授通州（今四川达县）司马。元和十年（815），白居易被其政敌以所谓“不孝”的罪名所诬陷，被贬为江州司马。另一说法是，白居易上书，请求逮捕刺杀宰相武元衡的凶手，结果得罪权贵而被贬。元稹在通州听到白居易被贬的消息时写下《闻乐天授江州司马》：

残灯无焰影幢幢，此夕闻君谪九江。
垂死病中惊坐起，暗风吹雨入寒窗。

诗的首尾两句写景，暗淡凄凉，烘托自己悲凉的心境，感情浓郁而深厚。诗的中间两句叙事言情，表现了诗人在乍一听到这个不幸消息时的陡然一惊。元稹贬谪他乡，又身患重病，心境本来就不佳，此时忽然听到挚友也蒙冤被贬，内心更是极度震惊，万般怨苦，满腹愁思一齐涌上心头。“垂死病中惊坐起”，情何以堪！这个“有包孕的片刻”，蕴含了丰富的情感内容，耐人咀嚼。

又如清初词人顾贞观与诗人吴兆骞（字汉槎）的友谊。吴兆骞以“丁酉科场案”而蒙冤被遣戍宁古塔（今黑龙江宁安市），饱受折磨二十三年（1658—1681）。顾贞观无日不痛苦地怀念，无日不在想方设法营救。后来顾贞观求援于纳兰性德，得到后者的鼎力相助，终使吴兆骞生还榆关。康熙十五年（1676），顾贞观为吴兆骞作两首词《金缕曲》，第一首有小序：“寄吴汉槎宁古塔，以词代书，时丙辰冬寓京师千佛寺冰雪中作”，词云：

季子平安否？便归来、平生万事，那堪回首？行路悠悠谁慰藉？母老家贫子幼。记不起、从前杯酒。魑魅择人应见惯，总输他、覆雨翻云手。冰与雪，周旋久。

泪痕莫滴牛衣透。数天涯、依然骨肉，几家能够？比似红颜多命薄，更不如今还有。只绝塞、苦寒难受。廿载包胥承一诺，盼乌头、马角终相救。置此札，兄怀袖。

词的上阕先致问候，想象对方的悲苦境况，谴责了陷害吴汉槎的“仇家”。下阕劝慰对方不要过分悲伤，在戍所尚有妻儿相伴，活着该是幸运的了。最后表示自己要像当年申包胥那样实现自己的承诺，像燕太子丹盼望乌头变白，马头生角那样，把你救回。顾贞观词本深于情，该词更是肝胆相见。陈廷焯评曰：“只如家常说话，而痛快淋漓，宛转反复；两人心迹，一一如见……纯以性情结撰而成，悲之深，慰之至，丁宁告诫，无一字不从肺腑流出，可以泣鬼神矣。”（《白雨斋词话》卷三）顾贞观后来在词后附有补记，说纳兰性德见到这两首词，“为泣下数行”，并决定帮顾贞观营救吴兆骞。

悼念亡友的诗亦能见朋友深情。如李商隐《哭刘蕡》：

上帝深宫闭九阍，巫咸不下问衔冤。
黄陵别后春涛隔，湓浦书来秋雨翻。
只有安仁能作诔，何曾宋玉解招魂！
平生风义兼师友，不敢同君哭寝门。

唐文宗大和二年（828），刘蕡应贤良方正直言极谏科考试，在对策中猛烈抨击宦官乱政，遭宦官嫉恨，被黜不取。后又遭宦官诬陷，贬为柳州司户参军。《旧唐书·刘蕡传》说牛党主要人物令狐楚、牛僧孺待刘蕡如师友。而李商隐曾为令狐楚幕僚，政治上曾经依托牛党，与刘蕡关系密切，故诗中说“平生风义兼师友”。唐宣宗大中二年（848）春，李商隐和刘蕡在黄陵晤别。大中三年（849）秋，刘蕡逝世的噩耗从浔阳传来，李商隐一连写了四首诗哭吊，《哭刘蕡》为其中的一首。首联暗示刘蕡蒙受冤屈，朝廷不问是非，批判的矛头直指最高统治者。颔联由去年的生离写到今年死别，“春涛隔”“秋雨翻”，状写悲恸，极富情韵。颈联以潘安、宋玉自比，谓自己只能作诗哭吊，不能使死者魂魄复生，表达出悲痛欲绝的心情。“何曾”二字倒装于“宋玉”之前，既调平仄，更增拗峭遒劲。尾联表明两人的关系，再一次表示哀悼。这首诗对刘蕡衔冤被贬、客死异乡表示深切悲痛，对黑暗的政治环境表示强烈谴责。纪昀评此诗说：“一气鼓荡，字字沉郁。”再如陈寅恪与王国维同为清华国学院导师，王国维年长陈寅恪十三岁，他们的关系亦师亦友。1927 年，王国维投湖自尽，陈寅恪作七律《挽王静安先生》和长诗《王观堂先生挽词》深表哀悼，七律如下：

敢将私谊哭斯人，文化神州丧一身。
越甲未应公独耻，湘累宁与俗同尘。
吾侪所学关天意，并世相知妒道真。
羸得大清干净水，年年呜咽说灵均。

陈寅恪自注：“甲子岁冯兵逼宫，柯、罗、王约同死而不果。戊辰冯部将韩复榘兵至燕郊，故先生遗书谓‘义无再辱’，意即指此。遂践旧约，自沉于昆明湖，而柯、罗则未死。余诗‘越甲未应公独耻’者，盖指此言。王维老将行‘耻令越甲鸣吾君’，此句所本。事见刘向《说苑》。”对于王国维的死因，众说纷纭，陈寅恪认为王国维自沉，出于“文化冲突”，他在《王观堂先生挽词》的序中说：“凡一种文化值衰落之时，为此文化所化之人，必感苦痛，其表现此文化之程量愈宏，则其所受之苦痛亦愈甚；迨既达极深之度，殆非出于自杀无以求一己之心安而义尽也。……盖今日之赤县神州值数千年未有之巨劫奇变；劫尽变穷，则此文化精神所凝聚之人，安得不与之共命而同尽，此观堂先生所以不得不死，遂为天下后世所极哀而深惜也。”挽诗寓哀痛于平静的叙说，认为王国维所学关乎天下苍生，是得道高人，把他比作投汨罗江的屈原，不与世俗同流合污，他的自杀是中国文化的巨大损失。评价甚高，哀婉深切。

第六节 咏 史

中国历史悠久，又是一个诗的国度，咏史诗在中国诗歌史上有久远的传统。《诗经》中一些歌颂先民业绩的诗可视为咏史诗的先声。最早命题为“咏史”的是东汉史学家班固的五言诗，歌颂西汉缇萦上书救父之事。梁萧统《文选》将“咏史”与“游仙”等合为一卷。唐以后，咏史诗渐多。咏史诗与怀古诗有区别也有联系，刘学锴先生说得好：“一般地说，怀古诗多因景生情，抚迹寄慨，所抒者多为今昔盛衰、人事沧桑之慨；而咏史诗多因事兴感，抚事寄慨，所寓者多为对历史人事的见解态度或历史鉴戒。”（刘学锴《李商隐诗歌研究》）二者有时亦有交叉。从咏史诗所处理的历史与现实的关系看，大致可以分为两类。一类是借古讽今或借古喻今，一类是议论褒贬历史人事，寄托自己的情怀。

一、历史与现实

咏史诗如果单纯叙述、评价古人古事，不与现实发生联系，其感人魅力必然逊色许多。所以咏史诗的佳制多在借古讽今或借古喻今这一类之中。比如李商隐《北齐》二首：

一笑相倾国便亡，何劳荆棘始堪伤。
小怜玉体横陈夜，已报周师入晋阳。

巧笑知堪敌万机，倾城最在着戎衣。

晋阳已陷休回顾，更请君王猎一围。

冯小莲（一作小怜）系北齐后主高纬的宠妃，能琵琶，善歌舞。据《北齐书》载：武平七年十二月，周武帝来救晋州（今山西临汾）。晋州告急时，齐后主猎于三堆，将还，冯淑妃（小怜）请求再围猎一次，后主从之。齐师大败，齐后主弃军先还，留安德王延宗等守晋阳（今山西太原），后主逃奔到都城邺城。同月十七日，延宗与周师战，大败，为周师所虏。次年，周师攻破晋阳。按：小怜进御之夕与周师入晋阳在时间上本不一致，第一首诗将二者剪接在一起，意在表明荒淫误国之迅速，手法高妙。第二首后两句写到情况危急，而君王态极悠闲，两相对照，让人哭笑不得。两首诗均在讽刺齐后主宠女色，荒淫误国。但也有现实针对性。唐武宗后期喜畋猎，宠女色。史载武宗王才人善歌舞，每畋猎苑中，才人必出。因此，这两首诗名为咏北齐事，也暗含着对唐武宗的讽喻，有现实鉴戒意义。

又如王安石的词《浪淘沙令》：

伊吕两衰翁，历遍穷通。一为钓叟一耕佣。若使当时身不遇，老了英雄。　　汤武偶相逢，风虎云龙。兴王只在笑谈中。直至如今千载后，谁与争功。

伊吕指伊尹、吕尚。伊尹辅佐商汤灭夏兴商，吕尚（姓姜，吕氏，名尚，字子牙）辅佐周文王、武王灭商兴周，都是开国元勋、历史名相。这是一首咏史抒怀、借古喻今之作。在王安石看来，伊尹如果没有遇到商汤，吕尚如果没有遇到周文王，他们只能“一为钓叟一耕佣”，终老乡野，无所作为。因为君臣遇合，成就了他们的伟业。名为咏史，实为自况。王安石早有大志，要致君尧舜，但长期得不到重用。直到宋神宗即位，他才有了施展抱负的机会，开始变法，干出一番惊天动地的事业。因此，该词可以理解为王安石以伊吕自比，渴望君臣遇合从而实现宏伟抱负的心声。

也有大量的咏史诗议论褒贬历史人事，间或寄托自己的情怀。比如关于王昭君，《西京杂记》卷二载：“元帝后宫既多，不得常见，乃使画工图形，案图召幸之。诸宫人皆赂画工，多者十万，少者亦不减五万。独王嫱不肯，遂不得见。匈奴入朝求美人为阏氏，于是上案图以昭君行。及去，召见，貌为后宫第一，善应对，举止闲雅。帝悔之，而名籍已定，帝重信于外国，故不复更人。”历代咏王昭君的诗词不计其数，佳作亦不少，最突出的是杜甫的《咏怀古迹五首》之三和王安石的《明妃曲二首》之一。杜甫诗如下：

群山万壑赴荆门，生长明妃尚有村。
一去紫台连朔漠，独留青冢向黄昏。
画图省识春风面，环佩空归夜月魂。
千载琵琶作胡语，分明怨恨曲中论。

首联极有气势，谓山水逶迤，钟灵毓秀，才生长一明妃，但现在只有昭君村了，大有物是人非之感。颔联写王昭君生前死后的寂寞悲凉，表现诗人对她的深切同情。“省”通“眚”，“省识”，犹言不识，错识，“画图”一句暗示汉元帝的昏庸与荒淫，“环佩”一句极写昭君对故土的眷恋。尾联句意为：千载以下，人们还分明从琵琶所奏的《昭君怨》一类歌曲中听到昭君的无穷怨恨。该诗寓议论于形象，表达了诗人对昭君的深切悼念和无限同情，以及对悲剧制造者的讽刺批判。或以为该诗寄托了诗人怀才不遇的感慨，于理也通。

当代诗人熊鉴《吊贫农唐满》记录了“大跃进”时的一个故事：

红枣荔枝糖，煮成鸡蛋汤。
担担田中泼，精肥育壮秧。
贫农号唐满，见之长叹息：
如此贵东西，平生我未食，
用来作大肥，可惜真可惜！
院长[①]闻之怒，拔枪指唐说：
破坏高产田，理应遭枪决！
叭的一声响[②]，唐满心胆裂。
颓然倒田中，与世长辞别。

这就是好大喜功的“强迫命令风”和“瞎指挥风”酿就的惨剧。该诗以赋体的形式描述故事，不作一句评论，而情感倾向却从叙述过程中自然而然地流露出来，蕴含着诗人对那一段荒唐历史的

① 当时沅江县法院院长蒋本固。
② 枪是朝天打的，唐被吓死。

反思。

二、胆识与创新

咏史需要胆识，叶燮《原诗》云："无胆，则笔墨畏缩；无识，则不能取舍。"有胆识才能自由思想，独立判断，摆脱前人窠臼，透过现象看本质。当代"杂文诗人"熊鉴、陶光、李汝伦等人的诗多咏史，他们既有史家的卓识，又有诗人的敏锐，洞微烛幽，常发他人之所未发，富于创造精神，具有深刻的启示意义。熊鉴诗的主题是反封建专制，倡民主人权，其咏史诗充满了对历史事件、历史人物的反思，如《布鲁诺》：

鬼神世代迷黔首，万唤千呼醒不来。
布鲁诺焚身事小，堪悲穷妇亦添柴。

诗下有注："布鲁诺（1548—1600），文艺复兴时期意大利哲学家，因反对经院哲学，主张人们有怀疑宗教教义的自由，被宗教裁判所判以死刑，烧死在罗马。当时有一名无知的穷妇人亦恨布鲁诺反对宗教，在烧布鲁诺的柴堆上添上一把柴。"该诗揭露了封建宗教和神权的愚民性质，批判了一般民众身上根深蒂固的奴性，诗人"哀其不幸，怒其不争"，更痛其助纣为虐，足以促人猛醒。又如《岳飞墓》：

青史如何论短长，一桩疑问耐思量。
高宗死后归宗庙，秦桧穷年跪墓旁。

奸臣秦桧害死抗金英雄岳飞，被后人铸成铁像跪在岳飞墓前，遭万世唾骂，然而不是宋高宗赵构首肯，谅秦桧也不敢谋害岳飞，忠臣遇害，宋高宗实为主谋。该诗的疑问暗含了答案，引而不发，耐人寻味。其他如："争夺哪关黎庶事，黑心人杀核心人"（《读史胡思》），论太平天国诸王内乱；"岂容黔首闻朝政，只有皇权算主权"（《主权论》），论封建皇权；"离骚亦有疑人处，总把君王作美人"（《过汨水吊屈原》），论屈原的局限性等等。持论往往与正史相左，然见解卓特，发人深省。陶光曾作《咏史一百首》，可当微型二十四史看，而其所论每有独到之处。试看其中二首：

吏守清廉黎庶安，上旌骨鲠杜权奸。
包卿苟遇非明主，纵不充边亦罢官。

造谣迎闯不交粮，无饷谁传辟谷方。
自古揭竿先惑众，终归都是为称王。

我们知道，北宋的包拯披肝沥胆，犯严敢谏，不畏权贵，严惩奸猾，这样的人一直被朝廷重用，既没有被充边，也没有被罢官，在数千年的封建历史上实属罕见。前一首诗通过包拯的被肯定，从而判断宋仁宗能够吸收正确的意见，不愧为"明主"。明末农民起义首领李自成通过散布"迎闯王，不纳粮"的歌谣召集民众，与朝廷对抗，势力壮大后，明廷未灭，就先在西安称王，而推翻明朝的目的不外乎"取而代之"，称王称霸。后一首诗通过李自成起义，概括了数千年中国农民起义的阶级和历史局限性。对封建帝王，具体人物具体分析，在赞扬农民起义的年代，能发现历史中的问题，皆眼光独具，颇有新意。

咏史诗的翻案也是常有的事，须注意理正意足，能自圆其说，避免为翻案而翻案，曲为其说。对于同一人、一事，角度不同，判断有别。第二章谈到立意新颖的问题，举杜牧《题乌江亭》和王安石的《乌江亭》，围绕项羽如果不自杀，能否卷土重来的问题，后者是对前者的翻案，两者皆能自圆其说，各有各的道理。清代赵翼咏史诗很多，成就亦高，但也有为翻案而翻案的作品，如《古来咏明妃、杨妃者多失其平，戏作二绝》一首咏王昭君，一首咏杨贵妃。咏昭君诗云：

远嫁呼韩岂素期，请行似怨不逢时。
出宫始觉君恩重，临去犹为斩画师。

意思是说：汉元帝斩杀画师毛延寿，足见帝王对王昭君的“恩重”。从《西京杂记》中可知，宫人太多，很多人连元帝的面都见不到，可见元帝的荒淫，王昭君美貌第一，他竟然都不知道，可见他失察。王昭君先是幽居后宫，后是远嫁匈奴，从未得到汉元帝的宠幸，即使杀了画师也于事无补，谈何“恩重”？因此，赵翼此诗本想翻案，实乃曲为君王辩护，有失其平。

作咏史诗要处理好“史”与“诗”的关系。诗要求有形象，有情韵，避免纯粹抽象议论而缺乏情韵，或单纯撮录史传，只有“史”没有“诗”。将议论与形象、抒情结合起来，即“议论须带情韵以行”（沈德潜《说诗晬语》），“议论……而以唱叹出之”

（纪昀《玉谿生诗说》卷上），清乾嘉诗人舒位说："咏史诗不著议论，有似弹词；太著议论，又如史断。余最爱蔡嵩林《金陵》一联云'同室干戈称靖难，先王宫殿号陪京'。十四字中斧钺衮冕都有，而于向者二病则皆无之，近人咏古诗之罕见者。"（舒位《瓶水斋诗话》）即要求咏史诗以形象发议论，他所称引的一联即属此类。李商隐《北齐二首》、杜甫的《咏怀古迹五首》之三皆为寓议论于形象的典范，其中李商隐的二首只是剪接情景，案而不断，倾向性在思索意会中得之，更令人回味不已。现在拿李商隐与王安石的同题诗《贾生》作比较，便可见出艺术性的高低：

宣室求贤访逐臣，贾生才调更无伦。
可怜夜半虚前席，不问苍生问鬼神。（李商隐《贾生》）

一时谋议略施行，谁道君王薄贾生？
爵位自高言尽废，古来何啻万公卿！（王安石《贾生》）

李诗所写：封建统治者表面上敬贤任贤，实质上重鬼神而不问苍生，诗通过欲抑先扬的手法，"不问"与"问"的对比，出以形象、唱叹之语，冷峻幽默，讽刺愤慨弥深。王诗意味：贾谊的谋略能在一段时间内被皇帝采纳施行，比起历史上许多身居高位而言论尽废的达官贵人来说，不能说是不幸的。王诗替贾谊翻案，立意新颖，但纯乎议论，言尽意尽，不如李诗醇厚耐品。

第七节　咏　物

《诗经》中大量的诗写到物，要么作为比兴之物而铺垫，要么作为人物活动的背景以渲染气氛，没有将物作为主角来处理。第一首完整意义的咏物诗是屈原的《橘颂》，该诗赞颂橘树内外兼修，独立不迁的高贵品格，开创了托物寓志的传统。咏物诗涉及的题材非常广泛，日月星辰、花草树木、鸟兽虫鱼、笔墨纸砚，无所不包，作品也是洋洋大观。咏物诗达到百首以上的唐朝诗人就有李峤、白居易、李商隐、陆龟蒙，杜甫的咏物诗亦近百首。清初词人朱彝尊《茶烟阁体物集》竟至于全是咏物词。刘学锴将咏物诗分为比体咏物诗、赋体咏物诗和兴体咏物诗三大类（刘学锴《李商隐诗歌研究》），概括精当，富于启迪性。写咏物诗需要注意的问题有：有无寄托、形与神的关系、有无新意，下面分而述之。

一、寄托

自屈原《橘颂》以后，文人的咏物诗多有寄托，诗中有人，物中有我，没有寄托的单纯咏物，便觉味薄。清人沈德潜、袁枚都说过咏物诗无寄托便同猜谜语的话。沈德潜《说诗晬语》云：

咏物，小小体也；而老杜咏房兵曹胡马，则云："所向无空阔，真堪托死生。"德性之调良，俱为传出。郑都官咏鹧鸪，则云："雨昏青草湖边过，花落黄陵庙里啼。"此又以神韵胜也。彼胸无寄托，笔无远情，如谢宗可、瞿佑之流，直猜谜语耳。

一般咏物诗中不直接出现题咏对象之字样，如咏桃花，诗中不出现“桃花”；咏雁，诗中不出现“雁”字样。如无寓意寄托，只是刻画形容，的确如儿童猜谜语。所以咏物诗大多有寄托，且名篇佳作也多在这一类。古代咏蝉诗多颂蝉之清高品格，寄托自己的身世情怀。虞世南《咏蝉》、骆宾王《在狱咏蝉》、李商隐《蝉》均是。虞世南“居高声自远，非是藉秋风”是清华人语；骆宾王“露重飞难进，风多响易沉”是患难人语；李商隐“本以高难饱，徒劳恨费声”是牢骚人语。骆宾王《在狱咏蝉》诗如下：

西陆蝉声唱，南冠客思深。
那堪玄鬓影，来对白头吟。
露重飞难进，风多响易沉。
无人信高洁，谁为表予心？

骆宾王因上疏纵论天下大事，得罪了武则天，蒙冤下狱。诗前本有一小序，是一篇简短而精美的骈文，叙说了蝉的形态、习性及美德，交代了写诗缘起，抒发了自己哀怨之情。该诗为五言律诗，首联即用对仗，由蝉声逗起囚徒的客思，总领全诗。颔联以流水对写蝉与自己的“难堪”。前两联均为一句写蝉，一句写人。颈联明写蝉“飞难进”“响易沉”，实则比喻自己处境艰虞，言论受压制。尾联抒写自己的愤懑，也是替蝉鸣不平。后两联蝉与人融为一体，彼此难分。该诗以蝉起兴，以蝉自况，寓情于物，寄托遥深。

南宋末年词人王沂孙以咏物词著称，其咏物词善于寻找主观情意与客体物态的对应点，相互生发，常以隐喻、象征之笔出之，寄托深隐，表现细致曲折，成就很高。他也作有咏蝉名篇《齐天乐·蝉》，借蝉咏怀，叹息时势变迁的无情，自述清高、凄楚，是遗民身世和心态的写照。又如著名的《眉妩·新月》：

渐新痕悬柳，淡彩穿花，依约破初暝。便有团圆意，深深拜，相逢谁在香径？画眉未稳，料素娥、犹带离恨。最堪爱、一曲银钩小，宝帘挂秋冷。　千古盈亏休问。叹漫磨玉斧，难补金镜。太液池犹在，凄凉处、何人重赋清景？故山夜永，试待他、窥户端正。看云外山河，还老桂花旧影。

词的上片以环境烘托、拟人等手法刻画新月形象，“渐”字传神。“便有”句，用李端诗意：“开帘见新月，即便下阶拜。细语人不闻，北风吹裙带。”（《拜新月》）下片借月抒怀。“磨玉斧”，“补金镜”，流露该词主旨，但愿能重整山河，恢复故国。“太液池”两句，吊月怀古，不尽凄恻。“故山”两句，依然期望明月之圆。末句，伤心月照山河，余恨无穷。词中难以补圆的新月，寄托着词人在宋室倾覆之际复国无望的深哀巨痛，情景浑融，寓意深沉。又如当代诗人李汝伦的《风》：

草偃花飞叶下残，破窗磕磕乱琴弹。
雄风无象凭斯画，摇荡苍生正倒悬。

该诗作于1960年，此时中国处在“大跃进”后期，“大跃进”所刮起的“官僚主义、强迫命令、瞎指挥、浮夸风、共产风”这五股风仍在泛滥。诗的前两句借物写自然之风，“乱琴弹”已暗含歪风之意，后两句由自然之风过渡到时代之风——“五风”，这“五风”摇荡苍生，使民倒悬。不言自明，该诗寄托了诗人对“大跃进”时代风气的否定和批判，表现了诗人对人民不幸的深切关注。

咏物诗有寄托固然好，无寄托但能体物之妙，传物之神，亦无不可。比如贺知章的《咏柳》：

碧玉妆成一树高，万条垂下绿丝绦。
不知细叶谁裁出，二月春风似剪刀。

该诗写出了春柳的美好形象，风流可爱，比喻新颖，构思精巧，堪称佳作。但通过这首诗，我们不难感受到诗人对杨柳春风的赞美之情，寄托也在有无之间。又如唐诗人张谓的《早梅》：

一树寒梅白玉条，迥临村路傍溪桥。
不知近水花先发，疑是经冬雪未销。

该诗写白梅，突出一“早”字。“寒”字点明节候和梅之特质，“近水”表明花先发的原因，疑白梅为冬雪，写出二者颜色相似，也突出花开之早，错得有趣，与王安石“遥知不是雪，为有暗香来”有异曲同工之妙。诗纯粹咏梅，形神兼备，亦有理趣，却未必有寄托。

二、形与神

如何处理形与神的关系是历来诗家必须考虑的问题。单纯体物，精雕细刻，写得太实，缺乏情韵，生意索然。咏物而不写该物，太过空灵也不行。前人总结了很好的经验。南宋魏庆之说：“咏物诗不待分明说尽，只仿佛形容，便见妙处。”（《诗人玉屑》卷六）清初王士禛说：“咏物之作，须如禅家所谓不粘不脱、不即不离，乃为上乘。”（《带经堂诗话》卷一二）法式善说：“赋物诗不脱不离最难。”（《梧门诗话》卷一）稍后的钱泳说：“咏物诗最难工，太切题，则粘皮带骨；不切题，则捕风捉影。须在不即不离之间。”（《履园谭诗》）皆深得咏物诗之妙理。“不粘不脱、不即不离”是为最高法则，既要写出物的形貌特征，又要写出物的精神风度，做到形神兼备。骆宾王的《在狱咏蝉》、张谓的《早梅》都是很好的例子。写形容易传神难，一些名篇佳句值得仔细揣摩。佳句如韩愈写早春的草：“天街小雨润如酥，草色遥看近却无。”（《早春呈水部张十八员外二首》）李商隐写柳：“桥回行欲断，堤远意相随。”（《赠柳》）名篇如李商隐的《蝉》：

本以高难饱，徒劳恨费声。
五更疏欲断，一树碧无情。
薄宦梗犹泛，故园芜已平。
烦君最相警，我亦举家清。

该诗撇开蝉的外貌特征，只点明蝉所居的环境，碧无情的树之高处，悲鸣欲绝的五更天，诗人将蝉人格化为“高难饱”的寒士形象。后两联写自己志行高洁但漂泊不定，与蝉一样穷困潦倒、欲归不得，大有惺惺相惜之意。与骆宾王的《在狱咏蝉》一样，李诗也有寄托，人与蝉合一。但骆诗有对蝉的具体描写，李诗更是遗貌取神，空际传神，李商隐咏物诗多如此。

三、新意

咏物诗亦须有新意，不然可以不作。如何写出新意？摆脱俗熟的比附，突破常规思维。事物的特点可能是多方面的，人与物相遇的境况也不相同，完全可以从别的角度来考虑，从自身的感受出发，从而突破象征的定型化，翻出新意。比如咏杨柳，贺知章的《咏柳》是一种，李商隐的《离亭赋得折杨柳二首》是一种，《柳》（曾逐东风拂舞筵）又是一种。当代诗人熊鉴的《柳》又是一种：

系罢征鞍系客舟，只缘此物太温柔。
多情谁料翻成祸，总被离人折不休。

写柳多情惹祸，被人攀折不休，从柳树本身角度来写，善于体物。当代诗人何永沂的《垂杨》又是一种：

随风日夕软丝长，舞态翩翩绿满塘。
愧我亦曾腰几折，有何本事笑垂杨。

从垂柳折腰立意，调侃自己，别出心裁。又如咏竹，清代诗人郑燮的名篇《竹石》：

咬定青山不放松，立根原在破岩中。
千磨万击还坚劲，任尔东西南北风。

写竹的坚韧顽强，不畏风暴的意志，此是一种，他的《竹》又是一种：

一节复一节，千枝攒万叶。
我自不开花，免撩蜂与蝶。

写出了竹的特立独行，不肯媚俗，咏竹极具个性。

第八节　论　诗

自古至今，以诗的方式谈文论艺多有所见，涉及论诗、论书、论画、论舞蹈、论音乐等方面。以诗论诗是一种特殊的诗评体式，诗人们借它表达了他们的诗歌观念，创作经验，诗歌批评以及对诗坛人事掌故的记录点评，重点突出，短小精悍，朗朗上口，比长篇大论的著作更有魅力，于创作、欣赏、批评不无益处，值得我们学习借鉴。李白《古诗五十九首》是较早论及诗歌的，比如“大雅久不作，吾衰竟谁陈？王风委蔓草，战国多荆榛。……自从建安来，绮丽不足珍。圣代复元古，垂衣贵清真。”批评六朝的绮丽诗风，表示以振兴雅正诗风为己任。论诗之诗以绝句为多，杜甫《戏为六绝句》为首创，此后渐成风气和传统，宋戴复古、金元好问、清王士禛、赵翼的论诗绝句都很有名。郭绍虞、钱仲联、王蘧常编有《万首论诗绝句》（共四册），搜罗宏富，方便后人阅读、研究。论词绝句较早见于清初郑方坤《蔗尾诗集》，集中有论词绝句36首。其后，康乾时期厉鹗的《论词绝句十二首》，影响比较大。嘉庆、道光之后，论词绝句比较流行，晚清的谭莹撰有论词绝句177首之多。当代夏承焘的《瞿髯论词绝句》，陈声聪的《论近代词绝句》，缪钺、叶嘉莹的《灵溪词说》（论词绝句与文的结合），吴熊和的《论词绝句一百首》，都很出色。论诗之诗可分本体论、创作论、批评论三类，以下分而述之。

一、本体论

泛览论诗之诗，发现论诗歌的起源、性质、体式的诗作不多，但这不多的作品却颇具认识作用。元好问《论诗绝句三十首》第一首即是：

汉谣魏什久纷纭，正体无人与细论。
谁是诗中疏凿手？暂教泾渭各清浑。

汉谣，指汉乐府民歌；魏什，指建安诗歌。何谓“正体”？从《论诗绝句三十首》这一组诗看，元好问以《诗经》的风雅传统为“正体”，即关注现实、天然真淳的诗歌风格，他认为汉乐府民歌和建安诗歌是这一传统的继续。他以“诗中疏凿手”为己任，要在纵览诗歌创作的历史中正本清源，区别真伪，使之泾渭分明，从而廓清诗歌发展的正确方向。缪钺《总论词体的特质》云：

漫云景物当前语，要眇宜修贵细参。
云影天光摇荡处，微言多少此中涵。

苏辛健笔开新境，言志抒怀体自殊。
须识东坡韶秀处，莫将豪放误粗疏。

前一首承续王国维的词体观。《人间词话》有云："词之为体，要眇宜修。能言诗之所不能言，而不能尽言诗之所能言。诗之境阔，词之言长。"词以婉约为正宗，与诗相较，词"要眇宜修"，委婉深细，更富于美感。"微言"，即指词中多含有深隐曲折之意，与"言长"意思差不多。后一首写苏轼、辛弃疾以词言志抒怀，在题材、风格上开拓了词境，形成豪放一脉。但苏轼的豪放不粗疏，仍有"韶秀"之处，指出其词之特点，亦值得后学注意。

二、创作论

以诗论创作的非常多，有的是总结自己的创作经验，有的是学习他人创作的心得，于我们都是可贵的精神财富，多多参悟，可以少走弯路，早入正途。

古代诗人论诗都主张诗歌来源于生活，要求诗歌反映社会现实。如白居易《寄唐生》中所说：

……篇篇无空文，句句必尽规。功高虞人箴，痛甚骚人辞。非求宫律高，不务文字奇。惟歌生民病，愿得天子知。……

自述其创作《新乐府》的思想动机和艺术特色，即为人民的疾苦而呼吁，如实地针砭时弊，以达到讽喻的目的。语言质朴无华，直截了当，不追求音节的新奇和辞藻的华丽，只有这样，才能“补察时政”“泄导人情”（《与元九书》），有利于世道人心，有利于社会安定，政治清平。陆游说：“汝果欲学诗，工夫在诗外。”（《示子遹》）强调生活来自于生活，来自于人生体验，没有这个，诗就成了无源之水，无本之木。作诗切忌闭门造车，无病呻吟。杨万里《下横山滩头望金华山》其一云：

山思江情不负伊，雨姿晴态总成奇。
闭门觅句非诗法，只是征行自有诗。

即是说出门旅行，山光水色，雨姿晴态，都成为诗的材料，促使诗情的诞生，而闭门觅句是写不出好作品的。此即说明生活是创作源泉的道理。古人主张读万卷书之外，还要行万里路以获得直接经验。陆游也说：“君诗妙处吾能识，正在山程水驿中。”（《题庐陵萧彦毓秀才诗卷后》）元好问论诗绝句中也有一首云：

眼处心生句自神，暗中摸索总非真。
画图临出秦川景，亲到长安有几人？

这首诗批评了缺乏现实体验的模拟文风。不到长安，则画不好秦川风物。耳闻目睹，切身体会了，作诗才有真实感，暗中摸索，模拟虚构，总觉得虚浮不实。

诗人们认为，好诗感情要真挚，出语要自然，反对涂脂抹粉，雕琢做作。元好问诗云：

一语天然万古新，豪华落尽见真淳。
南窗白日羲皇上，未害渊明是晋人。

陶渊明诗歌自然天成而无人工痕迹，剥尽铅华独见真率之情态，具有真淳隽永、万古常新的艺术魅力，这是元好问心仪的诗的最高境界。如“采菊东篱下，悠然见南山”典型地体现了陶渊明崇尚自然的人生旨趣和艺术特征。又如赵翼《诗情》：

诗情漫索故书堆，饭罢销闲步绿苔。
今日不知明日句，听他有句自然来。

这里的“自然来”当指妙手偶得之佳句，但没有一定的思考积累，佳句不会自然而来的，机会不会降临到没有准备的人头脑中，一个不通诗的人任何时候都不会得佳句的。

创新求变也是终古常新的话题，诗亦如此。赵翼论创新的绝句最为出名：

满眼生机转化钧，天工人巧日争新。
预支五百年新意，到了千年又觉陈。

李杜诗篇万口传，至今已觉不新鲜。
江山代有才人出，各领风骚数百年。

在继承基础上的创新永无止境，太阳每天都是旧的，也都是新的，师法造化，生命生生不息，诗歌也生生不息。晚清樊增祥说得很痛快：“今当万事求新日，故纸陈言要扫空。”（《余论诗专取清新，以为古作者虽多，于诗道固未尽也，赋此示戟传午诒》）虽不能至，心向往之。

论创作涉及很多方面，诗人们也有很多主张，此处不一一胪列。现再看一首综论创作的诗论，乃晚清贵州诗人郑珍《论诗示诸生，时代者将至》：

我诚不能诗，而颇知诗意。
言必是我言，字是古人字。
固宜多读书，尤贵养其气。
气正斯有我，学赡乃相济。
李杜与王孟，才分各有似。
羊质而虎皮，虽巧肖仍伪。
从来立言人，绝非随俗士。
君看入品花，枝干必先异。
又看蜂酿蜜，万蕊同一味。
文质诚彬彬，作诗固余事。
人才古难得，自惜勿中弃。
我衰复多病，肮脏不宜世。
归去异山川，何时见君辈。
念至思我言，有得且常寄。

郑珍所知“诗意”，即作诗要注意的事项，大略包括以下四项内容：第一，“言必是我言”，言必己出，不蹈袭陈言。黄遵宪“我手写我口，古岂能拘牵”（《杂感》）之语大约源出于此。

第二，读书养气，腹有诗书气自华，将学人之诗与诗人之诗相结合。第三，脱俗，自由思想，独立判断，忌随流俗。第四，勤奋努力，如同蜜蜂采花酿蜜，不可半途而废。

三、批评论

包括论诗人、论诗歌、论诗事、论诗史等，品评得失，褒贬人物，前人所论亦多精彩之言。如杜甫《戏为六绝句》之二：

王杨卢骆当时体，轻薄为文哂未休。
尔曹身与名俱灭，不废江河万古流。

王勃、杨炯、卢照邻、骆宾王为“初唐四杰”，他们的诗风刚健、清新，一扫齐梁颓靡遗风，而当时一些守旧的文人们却嘲笑“初唐四杰”。杜甫此绝讽刺了那些轻薄之徒，歌颂了“初唐四杰”，认为他们的作品像长江大河一样万古流传。又如缪钺《论张孝祥词》：

清旷豪雄两擅场，苏辛之际此津梁。
酒酣万象为宾客，肯向尘寰较短长。

认为张孝祥词有“清旷”“豪雄”两种风格，张词上承苏轼，下启辛弃疾，是苏辛之间的“津梁”，肯定张孝祥在豪放派词史上的地位和作用。

有评论即有争议，对同一诗人诗作存在不同看法的现象也屡见不鲜。如针对晚清“同光体”代表诗人陈三立、郑孝胥，就存在不同评价：

郑陈枯寂无生趣，樊易淫哇乱正声。
一笑嗣宗广武语：而今竖子尽成名。（柳亚子《论诗六绝句》）

义宁句法高天下，简澹神清郑海藏。
宇内文章公等在，扶舆元气此堂堂。（汪辟疆《论诗绝句十一首》）

柳诗作于1914年，诗中的郑、陈、樊、易分别指晚清民初的著名诗人郑孝胥、陈三立、樊增祥、易顺鼎。“竖子成名”典出《晋书·阮籍传》：“（阮籍）尝登广武，观楚汉战处，叹曰：‘时无英雄，使竖子成名！’”柳诗认为，郑孝胥、陈三立的诗枯寂无生趣，感叹时无英雄遂使竖子成名。柳亚子及其主持的“南社”诗人倾向革命，诗多反映动荡的社会现实，不喜晚清遗老们的诗，自有其道理，但以“枯寂”“淫哇”视之则非常偏颇。再看汪诗。陈三立系江西义宁人，诗中的“义宁”代指陈三立，陈三立诗学黄山谷，避熟避俗，自有其独到处。郑孝胥号海藏，后来曾任伪满洲国总理大臣，不以人废诗，其诗风格确是“简澹神清”，不同凡响。“扶舆”，犹扶摇，盘旋升腾的样子。汪诗说出了陈、郑诗的特点与风格，但后两句评价偏高，相较之下，柳诗又贬抑过甚。

孟子云：“颂其诗，读其书，不知其人可乎？是以论其世也。”现代诗人潘伯鹰论诗之诗秉承知人论世的学统，以诗论人，以人论诗，将诗和人结合起来谈论，显得客观公允。如论陶渊明：

闭关绝外缘，寂蔑常独语。
谁能讥孤陋，英杰相尔汝。
寥寥数卷书，历历见千古。
精神一相接，感激时起舞。
陶公信奇士，肆志恣远举。
借问胡能然，躬预耕作苦。
高节谁不希，良难立其础。
缁尘日以侵，遂尔为物蛊。
自非负神勇，安得决世罟。
澹澹和风飘，微阴养春树。
挥兹一觞酒，聊以对新雨。
适意若有会，矫首时延伫。（《读陶诗》）

该诗先写自己闭关读陶诗，与前贤精神相接，感激起舞。接着论陶渊明的“高节”与“神勇”，冲决世俗的罗网，躬耕垄亩而能志向高远，实为“奇士”，此系论人。再化用陶之诗论其作品风格，即平和冲淡，深挚自然。最后点明自己读陶诗适意会心，似乎陶渊明就在不远处，可以延请入室。该诗结合陶诗论陶渊明，诗人互证，更看重其人品。再看他是如何论现代诗人林庚白（1897—1941）的：

尊酒论文十载过，屡从放诞见英多。
宁知负谤匆匆了，却奈当筵默默何。
面语怜才容欲杀，心悲失路忍相呵。

此心炯炯君应识，地下听吾薤露歌。（《林君庚白挽诗二首》其二）

林庚白论诗颇有狂言，如云："曩余尝语人：十年前郑孝胥诗今人第一，余居第二。若近数年，则尚论今古之诗，当推余第一，杜甫第二，孝胥不足道矣。"（《丽白楼诗话》）因此遭到世人非议。潘伯鹰与之交往多，深知其人，认为林庚白是因为在人海浮沉，奔走流浪，抑郁偏激，故而出语放诞，"发之不自知，不可以诗义辨"（见该诗小序）。这种理解之同情也是知人论世之表现，且颇具眼光，为我们了解林庚白其人其诗颇有启示作用。

第四章　诗词结构

刘勰《文心雕龙·附会》对诗文的谋篇布局提出整体性要求："总文理，统首尾，定与夺，合涯际，弥纶一篇，使杂而不越者也。"谋篇布局是诗词创作的重要过程，作者无不重视。如何开头，如何承转，如何结尾，如何照应，框架在胸，大局则定，余下便是锤词炼句，局部调整了，犹如人的身体肌骨既成，著服设色，修饰打扮，只能围绕主体而定，而不可张冠李戴，东施效颦。基本法则有之，即起承转合，但又不可株守一法，薛雪《一瓢诗话》论述曰："诗有从题中写出，有从题外写入；有从虚处实写，实处虚写；有从此写彼，有从彼写此；有从题前摇曳而来，有从题后迤逦而去：风云变幻，不一其态。要将通身解数，踢弄此题，方得如是。”可见诗无定法，变化莫测。以下试以绝句、律诗、古诗、小令、长调分别述之。

第一节 绝 句

刘熙载《艺概·诗概》云：“绝句取径贵深曲，盖意不可尽，以不尽尽之。正面不写写反面，本面不写写对面、旁面，须如观影知竿乃妙。”“绝句于六义多取风、兴，故视他体尤以委曲、含蓄、自然为尚。”委婉、含蓄、言尽意不尽是写绝句的基本精神，初学者宜从此处下功夫。

大抵吟诗作文都讲究起承转合，实际上是诗文的逻辑顺序问题，这是人们在创作实践中总结的一般规则。起，即从什么地方开始说，一般比较平稳，也有突兀而来者；承，接着往下说，更进一步说；转，转换一个方向说，引出你的主要观念，有转折才能扩大诗文的容量；合，综合全篇，深化主题。近体诗，特别是绝句，只有四句，拓展诗思而欲章法完整，大抵遵循这一规则。所以写诗讲起承转合，是有一定道理的，但变化之妙存乎一心，不可拘泥。

一、起承转合

一般的绝句都有起承转合的结构，文似看山不喜平，诗亦如此。关键在“转”，使短短的一首诗曲径通幽，别有意味，所以有起承转合的绝句为高，为妙。元杨载《诗法家数》云：

绝句之法，要婉曲回环，删芜就简，句绝而意不绝，多以第三句为主，而第四句发之。有实接，有虚接，承接之间，开与合相关，反与正相依，顺与逆相应，一呼一吸，宫商自谐。大抵起承二句固难，然不过平直叙起为佳，从容承之为是。至如宛转变化工夫，全在第三句，若于此转变得好，则第四句如顺流之舟矣。

绝句寥寥二十余字，须含蓄，宜求言外之意，言尽意不尽。篇幅虽短，也讲究开合变化，虚实相生。相对而言，三、四句比较重要，而转折变化又在第三句，所以这一句尤为吃紧。如王昌龄《出塞》：

秦时明月汉时关，万里长征人未还。
但使龙城飞将在，不教胡马度阴山。

起句为互文，即秦汉时的明月与边关，起句不凡，勾勒出题目中的“塞”字；但这一句话意思不够完整，“秦汉时的明月与边关”怎么样呢？诗人接下去写了第二句“万里长征人未还”，是承，“出”字也写出来了。两句诗说明了一个客观事实：有许多离家万里的军人在塞外作战，不得回家。至此，诗人的意图还不清楚，于是出现第三句“但使龙城飞将在”，是转，假如飞将军李广这样的人还在，引出第四句，胡马就不敢度过阴山来入侵边塞了，征人也就可以回家了，表达诗人的主要意思，是合。起承转合，非常紧凑完整（参阅施蛰存《唐诗百话·唐诗绝句杂说》）。

杜牧的《赤壁》亦如此：

折戟沉沙铁未销，自将磨洗认前朝。
东风不与周郎便，铜雀春深锁二乔。

第一句是起，第二句是承，第三句假设，省略了设问词，语言精练简省，假如没有东风相助，就不能火烧赤壁，大败曹军，是转，那结果就是："二乔"将会被锁在曹操的铜雀台，是合。这是翻案的咏史诗，新颖处就在第三句转得好，笔墨经济，隽永有味。钟振振以打排球作比，说绝句的第三句相当于二传手，将球高高传起，准确到位，第四句就是扣球得分。绝句的第三句常用转折连词、否定的副词或设问语气的介词，表转折，婉曲变化，别开生面，所以绝句的第三句特别重要，前人也多有论述。但起承转合只是一般规则，不应该形成刻板模式，千篇一律。诗人根据实际情况变化使用，古今皆然，或有起承没有转合，或有起转合没有承等等，但有优劣之分。比如元稹的《刘阮妻二首》（之二）：

芙蓉脂肉绿云鬟，罨画楼台青黛山。
千树桃花万年药，不知何事忆人间。

施蛰存《唐诗百话》认为这首诗是三句起，一句合。该诗咏刘晨、阮肇入天台山遇到仙女的故事。前三句是平行句，列举了天台山中的美好事物。第一句是说仙女的美，第二句是说仙山楼阁的美，第三句是说山中花草的美。第三句以后，诗人省掉了一句话："既然有这么好的生活环境"，这句话相当于转，于是得到第四句：“你们为什么还要忆念人间而回去呢？”这首诗是三句起、一句合，暗含了转，仍然气脉贯通，富于神韵。而李白的《越中览古》就不一样了：

越王勾践破吴归，义士还家尽锦衣。
宫女如花满春殿，只今惟有鹧鸪飞。

勾践破吴胜利归来，义士皆著锦衣，宫女如花，充满春殿，前三句皆写当年，是一层意思，末句陡转，现在宫殿荒芜，只有鹧鸪低飞，不胜今昔之感，单句一意，即转即结，便觉气促。台湾诗人张梦机说：“细绎全诗，转折处未能收煞，一气泻下，如三峡飞舸，令结语几成单句，血脉不能贯串。”（张梦机《近体诗发凡》）又如杜甫的《绝句》：

两个黄鹂鸣翠柳，一行白鹭上青天。
窗含西岭千秋雪，门泊东吴万里船。

由两副对联构成，四句平行，纯写景，没有起承转合的关系。这样的诗属于素描，练笔性质，在杜集中究竟不是优秀的诗歌。

由以上可见，绝句的基本结构是起承转合，但量体裁衣，变化多端，落实到创作中可以灵活运用。

二、句脉与意脉

绝句虽只有四句，但忌散，不宜四句各自独立，既无句脉，也无意脉。我这里的句脉，指句与句之间的咬合关系，单独一句意思不完整，须两句相连才能构成一个完整的意思，流水对即是一种。绝句的四句之中，句脉或在前二句，或在后二句，或前后二句皆然。以五绝为例，王维的《辛夷坞》：“木末芙蓉花，山中发红萼。涧户寂无人，纷纷开且落。”前二句句脉相连。柳宗元《江雪》：“千山鸟飞绝，万径人踪灭。孤舟蓑笠翁，独钓寒江雪。”后二句须连起来才构成完整的意思，为句脉相连。王士禛《红桥》其一：“舟入红桥路，垂杨两面风。销魂一曲水，终古傍隋宫。”后二句一气直下，句脉相连。王夏卿《九日作》：“莫将边地比京都，八月严霜草已枯。今日登高樽酒里，不知能有菊花无？”前二句句脉相连，后二句句脉亦相连，故有流动之感。

意脉相连者，谓各句相对独立，但语意相关、连贯，共同围绕某一情境或主题而展开。诗句之间的意思不相关，则无意脉，当引以为忌。柳宗元《江雪》的前二句，一写鸟，一写人，各自独立，但都与大雪有关，故意脉相连。孟浩然《春晓》：“春眠不觉晓，处处闻啼鸟。夜来风雨声，花落知多少！”由春天的早晨醒来，听到处处都是鸟啼声，转而忆起昨夜风雨，不知摧落了多少花朵。围绕春晓时的情思和想象，次第展开，似流水落花，自然而然。又如王维《竹里馆》：“独坐幽篁里，弹琴复长啸。深林人不知，明月来相照。”亦复如是。杜甫的《绝句》（两个黄鹂鸣翠柳）四句各自独立，句脉不连属，意脉亦淡，虽描写如画，毕竟逊色。

第二节　律　诗

律诗分八句的五律、七律和超过八句的排律（长律），这里只谈常用的每首八句的五律和七律。五、七言律诗的字数比五、七言绝句增加一倍，每两句为一联，分别称作首联、颔联、颈联和尾联。绝句一般以一句为一个意义单位，律诗常以两句（一联）为一个意义单位。

一、起承转合

作为一般性结构法则，起承转合适用于绝句，同样适用于律诗，不过运用起来变化多端而已。元杨载《诗法家数》云：

五言七言，句语虽殊，法律则一。起句尤难，起句先须阔占地步，要高远，不可苟且。中间两联，句法或四字截，或两字截，须要血脉贯通，音韵相应，对偶相停，上下匀称。有两句共一意者，有各意者。若上联已共意，则下联须各意，前联既咏状，后联须说人事，两联最忌同律。颈联转意要变化，须多下实字，字实则自然响亮而句法健。其尾联要能开一步，别运生意结之，然亦有合起意者，亦妙。

谈律诗章法颇有见地。绝句之起承转合由四句分担，清楚明白。律诗之起承转合则比较复杂，有两种说法，先作介绍。

第一种观点认为：第一句为起，第二句为承，中间两联围绕主题铺展开来，第七句转，第八句合。如元范德机所言："以律

诗论之，首句是起，二句是承，中二联则衬贴题目，如经义之大讲，七句则转，八句则合耳。”（旧题范德机门人集录《吟法玄微》）

第二种观点认为：起承转合由四联分别担当。元杨载《诗法家数》中“律诗要法”之“起承转合”条，“破题”云：“或对景兴起，或比起，或引事起，或就题起。要突兀高远，如狂风卷浪，势欲滔天。”即指首联。“颔联”云：“或写意，或写景，或书事、用事引证。此联要接破题，要如骊龙之珠，抱而不脱。”“颈联”云：“或写意，写景，书事、用事引证，与前联之意相应相避。要变化，如疾雷破山，观者惊愕。”“结句”云：“或就题结，或开一步，或缴前联之意，或用事，必放一句作散场，如剡溪之棹，自去自回，言有尽而意无穷。”即指尾联。参其语意，四联分应起承转合无疑。清冒春荣《葚原诗说》亦承此说：“诗之五言八句，如制艺之起承转合为篇法也。起联道破题意，次联承其意，第三联用开笔，结句收转，与起联相应，以成章法。”

后人论律诗篇法，有人持第一种观点，有人持第二种观点，且都能举名篇为例。到底谁是谁非？我以为有合第一种情况者，也有合第二种情况者，有法而无法，无法而有法，岂可胶柱鼓瑟，固执一端？以下分别举例说明之。第一种诗例，如孟浩然的《过故人庄》：

故人具鸡黍，邀我至田家。
绿树村边合，青山郭外斜。
开轩面场圃，把酒话桑麻。

待到重阳日，还来就菊花。

第一句为起，第二句为承，中二联一写景，一言农事，围绕故人庄展开，第七句为转，预言重阳，宕开一步，第八句合，期待重来，属于第一种情况。又如杜甫《九日宴蓝田崔氏庄》：

老去悲秋强自宽，兴来今日尽君欢。
羞将短发还吹帽，笑倩旁人为正冠。
蓝水远从千涧落，玉山高并两峰寒。
明年此会知谁健，醉把茱萸仔细看。

杜陵伤乱余生，寒士悲秋，崔庄逢场，强自为欢，意含转折，为起句。二句“兴来”“尽君欢”即承首句“强自宽”。中二联一言当时人事，一言崔庄风光，“衬贴题目”。第七句感叹世事难料，盛会不常，为转。第八句写醉眼朦胧，细看茱萸，不觉悲从中来，为合。

第二种诗例，如王勃的《送杜少府之任蜀州》：

城阙辅三秦，风烟望五津。
与君离别意，同是宦游人。
海内存知己，天涯若比邻。
无为在歧路，儿女共沾巾。

首联言送别之地和目力所及之环境，为起。颔联以“同是宦游人”惺惺相惜，为承。颈联言千里同心，知己难得，推进一层，暗逗尾联，为转。尾联复再劝慰，关合离情，为合。此诗婉转顿挫，开合自如，虽为初唐之作，已启盛唐律法。

起承转合，是近体诗一般规律的总结，但不可泥于此法，导致死板呆滞。明李东阳《麓堂诗话》提醒道：

律诗起承转合，不为无法，但不可泥，泥于法而为之，则撑拄对待，四方八角，无圆活生动之意。然必待法度既定，从容闲习之馀，或溢而为波，或变而为奇，乃有自然之妙，是不可以强致也。若并而废之，亦奚以律为哉？

其中的辩证关系，不可不察。超出法度之外的律诗也屡见不鲜。如毛泽东七律《长征》：

红军不怕远征难，万水千山只等闲。
五岭逶迤腾细浪，乌蒙磅礴走泥丸。
金沙水拍云崖暖，大渡桥横铁索寒。
更喜岷山千里雪，三军过后尽开颜。

首联“红军不怕远征难，万水千山只等闲”，起，概括写红军的革命乐观主义和革命浪漫主义精神。颔联“五岭逶迤腾细浪，乌蒙磅礴走泥丸”，承“千山”，具体描写。颈联“金沙水拍云崖暖，大渡桥横铁索寒”，承“万水”，也是具体描写。尾联“更喜岷山千里雪，三军过后尽开颜”，以喜悦总结全诗，长征即将取得伟大的胜利，绾合开头的“不怕”“等闲”。这首诗有起、承、合，没有转，依然衔接紧凑，结构严整，叙述的次序完全符合当时的真实情况，勾勒出一幅行军路线的示意图。又如杜甫的《闻官军收河南河北》，也是有起、承、合，没有转（或者说转不明显），但不失为老杜“生平第一快诗”。

二、开头、中间与结尾

起承转合，是就意义结构说的，开头、中间与结尾，是就材料安排来说的，两者相关又有区别。

律诗四联，各有讲究，起句尤为重要。杨慎谓“五言律起句最难”（杨慎《升庵诗话》），王寿昌谓“七律发端倍难于五言”（王寿昌《小清华园诗谈》），朱庭珍则谓“凡五、七律诗，最争起处”（朱庭珍《筱园诗话》）。起句如何入题？如何“阔占地步”？须慎重考虑。较常见的两种起法是：一、突兀，二、平直。突兀者，行神如空，行气如虹，突然而来，横空出世，骇人心目，从而吸引读者阅读的兴趣。如杜审言《和晋陵陆丞早春游望》：

独有宦游人，偏惊物候新。
云霞出海曙，梅柳渡江春。
淑气催黄鸟，晴光转绿苹。
忽闻歌古调，归思欲沾巾。

写诗人宦游他乡，春天到来不能归省的伤情。诗一开头就发出感慨，说明离乡宦游，惊心异地早春物候之变化。一个“独”字凭空而来，一个“惊”字也骇人心目。中二联承“物候新”，具体描写。尾联抒情，表达思归之意，绾合起句之“宦游人”。

又如王维的“太乙近天都”（《终南山》），“万壑树参天”（《送梓州李使君》），“楚塞三湘接”（《汉江临眺》），“风劲角弓鸣”（《观猎》），杜甫的“国破山河在”（《春望》），“带甲满天地”（《送远》），“花近高楼伤客心”（《登楼》），“风急天高猿啸哀”（《登高》），“剑外忽传收蓟北”（《闻官军收河南河北》），“群山万壑赴荆门”（《咏怀古迹》其三），柳宗元的“城上高楼接大荒”（《登柳州城楼寄漳汀封连四州刺史》），刘禹锡的“天地英雄气”（《蜀先主庙》），“王濬楼船下益州”（《西塞山怀古》）等等，皆突兀、峭拔，气格雄健，颇有声势。

起句平直，围绕题目，平平道来，虽平淡无奇，却稳健，优游不迫，是律诗最常见的起法。如李白《夜泊牛渚怀古》：

牛渚西江夜，青天无片云。
登舟望秋月，空忆谢将军。
余亦能高咏，斯人不可闻。
明朝挂帆去，枫叶落纷纷。

这首诗是诗人失意后在安徽当涂所作，叙写诗人望月怀古，抒发不遇知音的伤感情绪。起句就题而起，点明时间和地点，平平道来，酝酿出一种舒缓的望月怀古的调子。其他如常建的“清晨入古寺”（《破山寺后禅院》），孟浩然的“故人具鸡黍”（《过故人庄》），杜甫的“今夜鄜州月”（《月夜》），“细草微风岸”（《旅夜书怀》），“昔闻洞庭水”（《登岳阳楼》），“丞相祠堂何处寻”（《蜀相》），“舍南舍北皆春水”（《客至》），王维的“空山新雨后”

（《山居秋暝》），刘长卿的“古台摇落后”（《秋日登吴公台上寺远眺》），“一路经行处”（《寻南溪常山道人隐居》），白居易的“离离原上草”（《赋得古原草送别》），崔颢的“昔人已乘黄鹤去”（《黄鹤楼》），李白的“凤凰台上凤凰游”（《登金陵凤凰台》），韦应物的“去年花里逢君别”（《寄李儋元锡》），李商隐的“昨夜星辰昨夜风”（《无题》）等等，或写背景，或点时地，或作陪衬，拈出话头，蓄势待发。

薛雪《一瓢诗话》说：“人云：起要平直，戒陡顿；承要从容，戒迫促；转要变化，戒落魄；合要渊永，戒断送。起处必欲突兀，承处必不优柔；转处不致窘束，合处必不致匮竭。此是担板汉参却死语，腊月三十，依旧手忙脚乱。”由此可知，起句平直亦可，突兀亦可，甚或婉曲迂回，皆须根据题材、立意而定。

以格律而言，有仄起，有平起，有首句入韵，有首句不入韵，有散起，有对起，不一而足。

律诗的中二联，一般要求对仗，至少有一联，特别是颈联要对仗。就内容上说，宜作分工。胡应麟《诗薮》云：“作诗不过情景二端。如五言律体，前起后结，中四句，二言景，二言情，此通例也。”中四句皆言景，容易堆砌，多无足观，必以情间之方好，如杜甫的律诗。又有中二联一联叙事、一联议论，亦可。“若老手大笔，则情景混融，错综惟意，又不可专泥此论。”如杜甫《登岳阳楼》：

昔闻洞庭水，今上岳阳楼。
吴楚东南坼，乾坤日夜浮。
亲朋无一字，老病有孤舟。
戎马关山北，凭轩涕泗流。

颔联写景，描绘洞庭湖的浩大壮阔，颈联写人事，抒情，写孤独漂泊感。大体这样，不可绝对。如毛泽东的《长征》中四句都是写景，但有变化，一联写山，一联写水，仍然有分工。没有处理好的例子，如有人作《农家乐》："绿叶轻扶碧水河，梯田万顷泛金波。朝闻百鸟吟新曲，夜赏群鸥唱晚歌。陌上莺声当暮种，横江鹭影对春哦。丰收在望农家乐，老汉街前笑语多。"中间四句都写到鸟，百鸟、群鸥、莺声、鹭影，在鸟身上花的笔墨太多了。

郁达夫在《谈诗》一文中说，旧诗的秘诀有一种巧妙的法子，即"辞断意连"和"粗细对称"，并称杜甫、龚自珍擅用此法。"粗细对称"之说可能受古人影响，目的是求变化，就律诗而言，同是写景，可以一大一小，"粗细对称"。胡应麟《诗薮》云：

李梦阳云："叠景者意必二，阔大者半必细。"此最律诗三昧。如杜"诏从三殿去，碑到百蛮开。野馆浓花发，春帆细雨来"，前半阔大，后半工细也；"浮云连海岱，平野入青徐。孤嶂秦碑在，荒城鲁殿余"，前景寓目，后景感怀也。唐法律甚严惟杜，变化莫测亦惟杜。

写景抒情，还可以虚实相间，奇正变化。如唐诗人崔珏《和友人鸳鸯之什》：

翠鬣红毛舞夕晖，水禽情似此禽稀。
暂分烟岛犹回首，只渡寒塘亦并飞。
映雾尽迷珠殿瓦，逐梭齐上玉人机。
采莲无限兰桡女，笑指中流羡尔归。

三、四两句实写鸳鸯相依相恋的深情，五、六句变换思路，宕开一笔，写殿上覆盖的鸳鸯瓦，闺中纺织的鸳鸯锦，此乃借鸳鸯形象而作的工艺装饰，自然寄托着人们的美好愿望，是虚写鸳鸯，中二联虚实结合，思绪跳跃，意蕴丰厚，比全部写实要好得多。

作诗起句难，结句尤难，谢榛《四溟诗话》云："律诗无好结句，谓之虎头鼠尾。"结句须响亮，笔力健举，最宜有远韵，有余味。律诗结句之法，杨载《诗法家数》归为"或就题结，或开一步"，沈德潜《说诗晬语》归为三种："或放开一步，或宕出远神，或本位收住。"吴乔《围炉诗话》谓："结句收束上文者，正法也，宕开者，别法也。"由此观之，律诗结法大致有二："就题结""开一步"。就题结，紧扣题目自然作结，如孟浩然《与诸子登岘山》：

人事有代谢，往来成古今。
江山留胜迹，我辈复登临。
水落鱼梁浅，天寒梦泽深。
羊公碑尚在，读罢泪沾襟。

诗以议论起，前四句俯仰古今，感慨苍凉。颔联写冬天登岘首山所见之景。羊公碑，指西晋名将羊祜的堕泪碑。羊祜镇守荆襄时，登岘首山对同游者说："自有宇宙，便有此山，由来贤者胜士登此远望如我与卿者多矣，皆湮灭无闻，使人伤悲。"后来百姓建此碑纪念他。尾联写读碑堕泪，抒发自己不能施展抱负，寂寞无闻的哀伤，以追怀羊祜作结，乃题中应有之义。其他"就题结"的例子很多，如常建的"万籁此俱寂，唯闻钟磬音"（《破山寺后禅院》），李白的"挥手自兹去，萧萧班马鸣"（《送友人》），王维的"欲投人处宿，隔水问樵夫"（《终南山》），韦应物的"相送情无限，沾襟比散丝"（《赋得暮雨送李曹》），杜甫的"白头搔更短，浑欲不胜簪"（《春望》），"飘飘何所似，天地一沙鸥"（《旅夜书怀》），"戎马关山北，凭轩涕泗流"（《登岳阳楼》），"出师未捷身先死，长使英雄泪满襟"（《蜀相》），高适的"圣代即今多雨露，暂时分手莫踌躇"（《送李少府贬峡中王少府贬长沙》）等等。

开一步，讲究言外之意，味外之味，言有尽意无穷，含蓄蕴藉，令人品之不尽。揆诸诗例，以景结为佳。钱起的五言排律《省试湘灵鼓瑟》结句"曲终人不见，江上数峰青"最为耐人寻味，此联紧承上一联"流水传湘浦，悲风过洞庭"，绾合题目"湘灵鼓瑟"，不显生硬凑泊，仿佛余音袅袅，隐入江上青山，有远神，故妙。五律如王维的《酬张少甫》：

晚年惟好静，万事不关心。
自顾无长策，空知返旧林。
松风吹解带，山月照弹琴。

君问穷通理，渔歌入浦深。

前四句写自己不为世用，不与世争，既然没有好的营世之术，只有归隐山林。五、六句言松风山月，皆清幽之境，解带弹琴，皆闲适之事，写出隐士逍遥自在的生活情趣。末句酬张少甫，何谓穷通利达？不做正面回答，请听浦上渔歌，意味早已将它们抛到九霄云外，而“不关心”了。结句发言玄远，“宕出远神”，颇有禅意。

又如清人陈泰的《游五华山西庵》：

石磴盘旋上，幽栖策杖寻。
白云当面起，青草到腰深。
境僻人难至，山高日易沉。
莫愁归去晚，明月上松林。

前三联写山中白日情景，尾联以“明月上松林”另辟一境，点到即止，令人想象。该诗结句本诸孟浩然《游凤林寺西岭》结句“莫愁归路暝，招月伴人还”，而更有境界。七律如李商隐的《隋宫》：

紫泉宫殿锁烟霞，欲取芜城作帝家。
玉玺不缘归日角，锦帆应是到天涯。
于今腐草无萤火，终古垂杨有暮鸦。
地下若逢陈后主，岂宜重问后庭花？

该诗讽刺隋炀帝奢靡享乐，荒淫误国。紫泉，即紫渊。司马相如《上林赋》写长安形胜，有“丹水更其南，紫渊径其北”之语。此处因避唐高祖李渊讳改称紫泉，借指长安。首联意即：长安宫殿烟霞缭绕，已经十分壮丽了，隋炀帝还想在江都（芜城）再建帝王之家。可见隋炀帝奢侈享乐没有止境。日角，古代星相家把人的额骨中央隆起如日者称为日角，认为这是帝王之相。这里代指李渊。颔联作设想，为流水对，意即：如果不是因为政权被李渊夺取，隋炀帝的龙舟一定会游荡到天涯海角。颈联切题，于今隋宫腐草离离，但萤火绝迹，隋堤垂杨，暮鸦聒噪，慨叹隋炀帝国亡身死。《隋遗录》载：隋炀帝游江都，梦遇陈后主。见舞女数十，中有一人尤美。炀帝屡目之，后主曰：“即丽华（后主宠妃）也。”炀帝因请丽华舞《玉树后庭花》。丽华徐起，终一曲。后主问帝曰：“龙舟之游乐乎？始谓殿下致治在尧舜之上，今日复此逸游，曩时何见罪之深耶？”炀帝忽寤，叱之，恍然不见。尾联用事假设，意即：如果在地下逢到陈后主，还好意思再请张丽华舞一曲《玉树后庭花》吗？尾联以假设之辞，尖刻嘲讽隋炀帝死后也紧随陈后主，迷恋声色，至死不悟（参阅刘学锴、余恕诚选注《李商隐诗选》）。该诗结句所谓“放开一步”，含蓄深刻。其他如杜甫的“何时倚虚幌，双照泪痕干”（《月夜》），“明年此会知谁健，醉把茱萸仔细看”（《九日宴蓝田崔氏庄》），孟浩然的“待到重阳日，还来就菊花”（《过故人庄》），李益的“明日巴陵道，秋山又几重”（《喜见外弟又言别》），许浑的“帝乡明日到，犹自梦渔樵”（《秋日赴阙题潼关驿楼》），李商隐的“刘郎已恨蓬山远，更隔蓬山一万重”（《无题》）等等。

第三节　古体诗

古体诗相对于近体诗（律诗、绝句）而言，是唐代近体诗产生以前的各种诗体的统称，又称古诗或古风。从每句的字数上看，有三言、四言、五言、六言、七言、杂言等，比如《诗经》以四言为主，《古诗十九首》均为五言，魏文帝《燕歌行》为七言，《离骚》为杂言。也有将杂言古诗统称七言古诗的，比如陈子昂的《登幽州台歌》一共四句，两句五言，两句六言，《唐诗三百首》将其列入“七言古诗”卷首。自汉代李陵、苏武写五言诗以后，四言诗渐少，其后五言、七言最为常见，五言古诗简称五古，七言古诗简称七古，包括歌行。五古风格以质朴自然、浑厚高古为宗，七古风格以雄浑动荡、婉转流利为上。就格律而言，律诗、绝句格律森严，有规矩可依，古诗篇幅长短不定，没有对仗的要求，韵脚灵活，可以一韵到底，也可以转韵，可押平声韵，也可以押仄声韵（但不可平仄互押）。因此，明许学夷《诗源辩体》说：“律诗易晓，古诗难知。”

一、短制

古体诗有短制，有长篇，同样要注意章法结构。古体诗短制，或一气浑成，或略作开阖，篇法圆紧，比较容易驾驭。如《古诗十九首》其二：

青青河畔草，郁郁园中柳。
盈盈楼上女，皎皎当窗牖。
娥娥红粉妆，纤纤出素手。
昔为倡家女，今为荡子妇。
荡子行不归，空床难独守。

首两句咏物起兴，写环境。以下四句写女子美丽仪态。后四句写女子的身世及独守空房的苦闷心情。细分为三个层次，但结构紧密，顺流而下。押上声韵，一韵到底，加上六句叠字，显得音节流畅，一气呵成。短歌如初唐王勃的《滕王阁》：

滕王高阁临江渚，佩玉鸣鸾罢歌舞。
画栋朝飞南浦云，珠帘暮卷西山雨。
闲云潭影日悠悠，物换星移几度秋。
阁中帝子今何在？槛外长江空自流。

诗中的滕王、帝子，指唐高祖李渊之子李元婴，滕王阁为其所建。前四句写滕王阁的雄伟气势以及当年宴会的豪华，“罢歌舞”，以反写正，暗逗下文，是一层；后四句言世事沧桑，豪华难再，不胜感慨，是一层。前四句仄声韵，后四句转平声韵，一韵一层意思，恰似意思相连的两首绝句组合而成。又如江西诗人熊盛元的《二〇〇五年元旦后一日雪晴与当年下放知青重访故地恒湖东江一大队》：

我来鄱湖滨，沧波何浩渺。
鬓随草同衰，梦与鸥俱杳。
雪底葬青春，几人曾知晓？
弹指三十年，树已插云表。
苍天果有情，缘何不速老？
屋破仍如昔，街门枯藤绕。
当时同窗友，而今咸翁媪。
儿孙虽满堂，容颜尽枯槁。
不忧上学难，只求能温饱。
标语书墙头：三农政策好。
同行皆叹惋，我亦心如捣。
怆然望田间，残雪犹皎皎。

该诗说长不长，说短不短，以叙事为主，夹杂抒情，以写现状为主，时涉往昔。结构上一气贯注，不易分层次，勉强划分，“街门枯藤绕”以上为第一层，重点感叹“雪底葬青春”，“当时同窗友”以下为第二层，写他们艰难的现状。诗人的忧心难以言表，不能不感到怆然。此是以古体诗的形式反映时代，表达忧患意识的佳作。

二、长篇

古体诗长篇大作，取材宜大，感慨宜深，结构上，特别要注意层次感，开合纵横，转折勾连，不宜铁板一块，忌讳颠倒错乱，东拉西扯。试看张若虚的乐府诗《春江花月夜》：

春江潮水连海平，海上明月共潮生。
滟滟随波千万里，何处春江无月明？
江流宛转绕芳甸，月照花林皆似霰。
空里流霜不觉飞，汀上白沙看不见。
江天一色无纤尘，皎皎空中孤月轮。
江畔何人初见月？江月何年初照人？
人生代代无穷已，江月年年只相似。
不知江月待何人，但见长江送流水。
白云一片去悠悠，青枫浦上不胜愁。
谁家今夜扁舟子？何处相思明月楼？
可怜楼上月徘徊，应照离人妆镜台。
玉户帘中卷不去，捣衣砧上拂还来。
此时相望不相闻，愿逐月华流照君。
鸿雁长飞光不度，鱼龙潜跃水成文。
昨夜闲潭梦落花，可怜春半不还家。
江水流春去欲尽，江潭落月复西斜。
斜月沉沉藏海雾，碣石潇湘无限路。
不知乘月几人归？落花摇情满江树。

从开始到“汀上白沙看不见”为第一小层：围绕春江花月夜五个字写景。从“江天一色无纤尘”到“但见长江送流水”为第二小层：由江月引发哲理思考。第一、二小层合成第一大部分，主要写景，表达对宇宙人生的哲理思考。从“白云一片去悠悠”到“鱼龙潜跃水成文”为第三小层：写思妇。从“昨夜闲潭梦落花”到结束为第四小层：写游子。第三、四小层合成第二大部分，写游子、思妇的情怀。全诗四句一换韵，平仄相间，韵换意换。将画境、诗情与哲理融为一体，情景交融，华美感伤。王闿运称之为“孤篇横绝，竟为大家”。闻一多称“这是诗中的诗，顶峰上的顶峰”，“孤篇压全唐”。长篇歌行体，唐代以白居易的《长恨歌》《琵琶行》为代表，清初以吴伟业的《圆圆曲》为代表。吴伟业的歌行，继承了中唐元白善于叙事言情的特点，又汲取初唐四杰多用典的特色，加上他善于转韵，语言华美，被称为“梅村体”。《圆圆曲》如下：

鼎湖当日弃人间，破敌收京下玉关。
恸哭六军俱缟素，冲冠一怒为红颜。
红颜流落非吾恋，逆贼天亡自荒宴。
电扫黄巾定黑山，哭罢君亲再相见。
相见初经田窦家，侯门歌舞出如花。
许将戚里箜篌伎，等取将军油壁车。
家本姑苏浣花里，圆圆小字娇罗绮。
梦向夫差苑里游，宫娥拥入君王起。
前身合是采莲人，门前一片横塘水。
横塘双桨去如飞，何处豪家强载归？
此际岂知非薄命，此时只有泪沾衣。

熏天意气连宫掖，明眸皓齿无人惜。
夺归永巷闭良家，教就新声倾坐客。
坐客飞觞红日暮，一曲哀弦向谁诉？
白皙通侯最少年，拣取花枝屡回顾。
早携娇鸟出樊笼，待得银河几时渡？
恨杀军书底死催，苦留后约将人误。
相约恩深相见难，一朝蚁贼满长安。
可怜思妇楼头柳，认作天边粉絮看。
遍索绿珠围内第，强呼绛树出雕栏。
若非壮士全师胜，争得蛾眉匹马还？
蛾眉马上传呼进，云鬟不整惊魂定。
蜡炬迎来在战场，啼妆满面残红印。
专征箫鼓向秦川，金牛道上车千乘。
斜谷云深起画楼，散关月落开妆镜。
传来消息满江乡，乌桕红经十度霜。
教曲妓师怜尚在，浣纱女伴忆同行。
旧巢共是衔泥燕，飞上枝头变凤凰。
长向尊前悲老大，有人夫婿擅侯王。
当时只受声名累，贵戚名豪竞延致。
一斛明珠万斛愁，关山漂泊腰肢细。
错怨狂风飏落花，无边春色来天地。
尝闻倾国与倾城，翻使周郎受重名。
妻子岂应关大计，英雄无奈是多情。

全家白骨成灰土，一代红妆照汗青。
君不见，馆娃初起鸳鸯宿，越女如花看不足。
香径尘生乌自啼，屧廊人去苔空绿。
换羽移宫万里愁，珠歌翠舞古梁州。
为君别唱吴宫曲，汉水东南日夜流！

该诗写陈圆圆与吴三桂悲欢离合的故事，同情陈圆圆的不幸遭遇，也讽刺了吴三桂叛明降清的罪行。试看其情节结构：从起始到“哭罢君亲再相见”，写吴三桂“冲冠一怒为红颜”，为了夺回圆圆勾引清军入关，揭示他的罪行。以下四句转折笔锋，简略地写过去，陈、吴的初次相见以及陈等待吴迎娶为妾之事。“家本姑苏浣花里”至“强呼绛树出雕栏”，再往回写陈的身世遭遇，如何为妓，如何不被崇祯帝怜惜，如何被吴三桂看上，又如何被抢来抢去，如此等等，一波三折。“若非壮士全师胜”至“散关月落开妆镜”，又接上现在时，写陈与吴在战场上相见，随吴军辗转汉中。“传来消息满江乡”至“有人夫婿擅侯王”，转写陈圆圆当年的教曲师傅和女伴，侧面写陈。“当时只受声名累”至“一代红妆照汗青”，概括陈、吴的悲欢离合故事，并作评价。“君不见”至结束，感叹荣华富贵终不长久，以吴王夫差比拟吴三桂，暗含讽刺。古典叙事诗大都按时间顺序叙述，《圆圆曲》的布局谋篇却相当复杂，时空跳跃多变，情节跌宕起伏，有插叙，有倒叙，吸收了小说、戏曲的写法，联系明清之际，小说、戏曲的流行，以及吴伟业本人曾写过戏曲，其中渊源则不难理解。在用韵上，长篇如果一韵到底，则显单调板滞，该诗多次转韵，平仄韵相间，有四句一韵、六句一韵、八句一韵，其中以四句一韵为多，每一转韵，起句皆入韵，读起来婉转流利，饶有风致。转韵与情节转换相关，形式与内容统一，正如赵翼《瓯北诗话》所云：“梅村古诗胜于律诗。而古诗擅长处，尤妙在转韵。一转韵，则通首筋脉，倍觉灵活。”可以说，“梅村体”是歌行的一种极致，多多研读，必有获益。

第四节　词

一、词句特点

在谈词的章法之前，得先了解一下词句的特点。近体诗的句子长短一致，所谓齐言诗，古诗虽有杂言，也还是以相对整齐的句子为主。词则不然，尽管有整齐的五言词如《生查子》，整齐的七言词如《浣溪沙》，但多数词还是长短句结合，所以词有“长短句”的别名。长短句可以适应不同声情的内容，听起来更为悠扬婉转，音乐性极强。词的句子有一字至十字不等。词中一字、二字、三字句叫短句。一字句，仅见《十六字令》（又名《苍梧谣》《归字谣》），如张孝祥的“归，猎猎薰风卷绣旗。拦教住，重举送行杯”，首句就是一字。毛泽东亦有咏山的三首《十六字令》。四字句、五字句、六字句是词的基本句式，出现频率高。七字以上的句子称为长句，大多由两个短句合成，如辛弃疾《摸鱼儿》“见说道天涯芳草无归路”，“君不见玉环飞燕皆尘土”，都是三七合成的十字句，读时，前三字后略作停顿，为逗。

词中有领字，领字一般都是虚字，在句首领起一句或数句，多用于词意转折处，起联系或过渡作用，使语词虚实相偕，声情抑扬顿挫。张炎《词源》说："词与诗不同，词之句语，有二字、三字、四字至六字、七八字者，若堆叠实字，读且不通，况付之雪儿乎？合用虚字呼唤，单字如'正''但''任''甚'之类。两字如'莫是''还又''那堪'之类。三字如'更能消''最无端''又却是'之类。此等虚字，却要用之得其所。若能尽用虚字，句语自活，必不质实，观者无掩卷之诮。"施蛰存以为单字领句在用法上最为明确，它不成一个概念，只是领起下文，二字、三字，本身就具有一个概念，意义相对完整，不宜称作领字（施蛰存《词学名词释义》）。领字有领一句、二句、三句、四句的，各举两例如下，加着重号的为领字：

但暗忆江南江北。（姜夔《疏影》）

应是良辰好景虚设。（柳永《雨霖铃》）

探风前津鼓，树杪参旗。（周邦彦《夜飞鹊》）

那堪片片飞花弄晚，蒙蒙残雨笼晴。（秦观《八六子》）

渐霜风凄紧，关河冷落，残照当楼。（柳永《八声甘州》）

正莺儿啼，燕儿舞，蝶儿忙。（秦观《行香子》）

想骢马钿车，俊游何在；雪梅蛾柳，旧梦难招。（张翥《风流子》）

望长城内外，惟余莽莽；大河上下，顿失滔滔。（毛泽东《沁园春·雪》）

一字领二句的句法在词中为多，这二句一般用对句。一字领三句的，这三句中一般有两句为对句，或前二句对，或后二句对，亦有三句鼎足对的情况。一字领四句的，这四句必须是两个对句，或为排比句。

二、词的结构

吟诗作词，积句成段，积段成篇。第一章说过，词按篇幅长短可分小令、中调、长调。若按段落划分，有一段、二段、三段、四段之分，段或称遍、片等。词仅有一段的，称为单调，单调皆为小令，如《十六字令》《渔歌子》《如梦令》《忆江南》等。词的章法结构没有一定规矩，尤其是单调小令，不容铺张渲染，多以赋笔直奔主题，写景抒怀，表情达意。如韦庄的《思帝乡》：

春日游，杏花吹满头。陌上谁家年少，足风流。妾拟将身嫁与，一生休。纵被无情弃，不能羞。

该词勾画出一位天真烂漫的追求爱情的少女形象。以赋的手法写出一见钟情的时间、地点、人物和心理活动，抓住要点，一气直下。小令结尾以含蓄蕴藉为佳，该词却以直抒胸臆而妙。又有结构精巧而有层次者，如白居易的《忆江南》：

江南好，风景旧曾谙。日出江花红胜火，春来江水绿如蓝。能不忆江南？

前两句为起，说江南风景好，但只是一个笼统的交代，三、四句是承，具体写江南风景好在哪里，第五句以反问句作收束，说江南让人念念不忘，也是说江南好，是合，该小令类似绝句的结构。

词以两段的形式分上下片者，称为双调，双调的词在词中占大多数，令、引、近、慢诸调中皆有，如《菩萨蛮》《摊破浣溪沙》《长相思》《蝶恋花》《江城梅花引》《祝英台近》《剑器近》《长亭怨慢》《木兰花慢》《水调歌头》《金缕曲》《六州歌头》等。词的上下片在内容上宜有分工，忌重复，要做到既分工又合作，开合照应，辞断意连。如毛泽东的《浣溪沙·和柳亚子先生》：

长夜难明赤县天，百年魔怪舞翩跹。人民五亿不团圆。一唱雄鸡天下白，万方乐奏有于阗。诗人兴会更无前。

上片写旧中国的黑暗、苦难；下片写新中国空前团结、统一的气象。上下片对比，两个时代两重天，突出了现在的欢乐喜悦之情。又如苏轼的《蝶恋花》：

花褪残红青杏小。燕子飞时，绿水人家绕。枝上柳绵吹又少，天涯何处无芳草。墙里秋千墙外道。墙外行人，墙里佳人笑。笑渐不闻声渐悄，多情却被无情恼。

词的上片写春景，下片写人事。上片乃是伤春。对“天涯何处无芳草”一句，解释者常引《离骚》“何所独无芳草兮，尔何怀乎故宇？”为证，认为是失望之后的希望、达观，今人也常用此句当作对失恋者的安慰语。我倒觉得仍是伤春语，你看，芳草长遍天涯，不就是春已暮，春将去吗？它顺承上句“枝上柳绵吹又少”，而不是反转。上片点出“人家”，所写当为环绕人家的景物，为下片院墙、佳人的出场铺垫。一“绕”字，又仿佛暗示“行人”也在这人家周围徘徊、遣闷，或者心有所向亦未可知。下片用了显隐法。墙外、墙里，行人、佳人，多情、无情，两两对照，极有意思。行人听见院墙内有美人荡秋千，传出银铃般的笑声，就驻足聆听，欣赏，并渴望能与美人之间发生点什么事，这是显。爱美之心人皆有之，由“巧笑倩兮”，进而想象美人的姿态，“美目盼兮”。这是隐，给读者留下了大量空白，没有“绮罗香泽”，却有吸引人的艺术魅力。但美人不知道墙外有人，她已经荡罢秋千，径自离去了，故曰“无情”，行人欲欣赏而不能，徒增烦恼而已。一方心生爱慕，一方浑然无觉，高墙阻隔，欲亲密接触而不得，如之奈何？结局仍是伤情，只不过被喜剧性情境冲淡罢了。因此，该词上片写景，景中含情，下片写人，仍含情，无处倾诉的感伤情怀贯穿始终。

双调的词有四处值得注意：起句、歇拍（上片的结尾句）、过片（下片的起句，或称“换头”“过拍”“过变”等）、结句。词的起结方式与诗相似，读者可参阅前文所述律绝的起结，当可会意。歇拍或自然收束上片，如苏轼《水调歌头》（明月几时有）歇拍“起舞弄清影，何似在人间”，为上片写天上月作收束。或暗逗下片，如苏轼《念奴娇·赤壁怀古》歇拍“江山如画，一时多少豪杰”，为下片写豪杰周瑜做了铺垫。这里重点说说词的过片，过片如同近体诗的“转折”处。宋人张炎《词源》中说：“最是过片不要断了曲意，须要承上接下，如姜白石词云：‘曲曲屏山，夜凉独自甚情绪？’于过片则云：‘西窗又吹暗雨。’此则曲之意脉不断矣。”如五代牛希济的《生查子》：

春山烟欲收，天淡稀星小。残月脸边明，别泪临清晓。语已多，情未了，回首犹重道。记得绿罗裙，处处怜芳草。

该词写一对恋人分别的情境。上片写分别的环境和神态，时间是在春天的清早，“残月”就在脸边，与“江清月近人”（孟浩然《宿建德江》）同一机杼，用残月衬托情人的脸，只见泪眼盈盈，不忍分离。过片“语已多，情未了”承上启下。“语已多”承上，说明分别时反复叮咛嘱咐，仿佛有说不完的话，“情未了”启下，紧接着就是“重道”。顺便说一下该词的结句：“记得绿罗裙，处处怜芳草”，当言别后事，因为思念心上人的绿罗裙，所以爱怜天涯芳草，见到天涯芳草，就会忆及心上人的绿罗裙，表示“长勿相忘”之意，情思绵邈，令人回味无穷。

三段、四段的词皆为长调，很少见。三段的称为三叠，词调有《三台》《瑞龙吟》《兰陵王》《夜半乐》《宝鼎现》《戚氏》等。四段的称为四叠，词调有《莺啼序》《丰乐楼》，均二百四十字，大约是最长的词了，南宋吴文英有《莺啼序》，明王翃有《丰乐楼》。试看周邦彦《瑞龙吟》的结构：

章台路，还见褪粉梅梢，试花桃树。愔愔坊陌人家，定巢燕子，归来旧处。　　黯凝伫。因念个人痴小，乍窥门户。侵晨浅约宫黄，障风映袖，盈盈笑语。前度刘郎重到，访邻寻里，同时歌舞，惟有旧家秋娘，声价如故。吟笺赋笔，犹记燕台句。知谁伴、名园露饮，东城闲步？事与孤鸿去。探春尽是，伤离意绪。官柳低金缕。归骑晚、纤纤池塘飞雨。断肠院落，一帘风絮。

该词写旧地重游，见不到昔日情人的怅惘之情。“伤离意绪”乃词眼，一篇之主旨。该词三段，前两段较短，句法结构一致，为双拽头，写忆旧。第三段写伤今。唐圭璋《唐宋词简释》对其结构分析非常精到，特引述之：

第一片记地，“章台路”三字，笼罩全篇。“还见”二字，贯下五句，写梅桃景物依稀，燕子归来，而人则不知何往，但徘徊于章台故路、愔愔坊陌，其怅惘之情为何如耶！第二片记人，“黯凝伫”三字，承上起下。“因念”二字，贯下五句，写当年人之服饰情态，细切生动。第三片写今昔之感，层层深入，极沉郁顿挫缠绵宛转之致。“前度”四句，不明言人不在，但以侧笔衬托。“吟笺”二句，仍不明言人不在，但以“犹记”二字，深致想念之意。“知谁伴”二句，乃叹人去。“事与孤鸿去”一句，顿然咽住，盖前路尽力盘旋，至此乃归结，既以束上三层，且起下意。所谓事者，即歌舞、赋诗、露饮、闲步之事也。“探春”二句，揭出作意，唤醒全篇。前言所至之处，所见之景，所念之人，所记之事，无非伤离意绪，“尽是”二字，收拾无遗。“官柳”二句，写归途之景，回应篇首“章台路”。“断肠”二句，仍寓情于景，以风絮之悠扬，触起人情思之悠扬，亦觉空灵，耐人寻味。

第五章　造句与用字

在执笔创作时，意念中是以句为单位的，不是一个字一个字地蹦出来，而是一句一句地写出来，再推敲用字是否确当。

从道理上讲，写诗的程序是先立意，再谋篇布局，再诉诸字句。在具体创作过程中，则未必都拘守此程序，同时进行，交错反复者常有之。偶然兴会，一时感触，先得佳句或一联，然后敷衍成篇的情况，大量存在，相信很多诗人都有此体会，此即造句之一法。谢榛《四溟诗话》云："诗以一句为主。落于某韵，意随字生，岂必先立意哉？杨仲宏所谓'得句意在其中'是也。"李贺常骑驴出游，背一只破锦囊，得句辄书写，投放锦囊，归来后再补充整理成诗，这先得之句，大约都是一些灵感佳句。梅尧臣作诗也有此习惯，先得半联或一字，记录下来，他日或可用之（赵威伯《娱书堂诗话》）。整理得好，浑融完整；整理不善，便有分离破碎之感，或有句无篇，这两种情况在李贺诗中皆有。《四溟诗话》又云：

宗考功子相过旅馆曰："子尝谓作近体之法，如孙登请客。未喻其旨，请详示何如？"曰："凡作诗先得警句，以为发兴之端、全章之主。格由主定，意从客生，若主客同调，方谓之完篇。"

此即所谓"善人在座，君子俱来"。写新诗都是从头往后写，写旧体诗，尤其是近体律绝，如果先得警句，可能倒着写，或从中间写起，前后照应，相互勾连，一首乃成，此不足怪也。我有一首五律《人到中年》，即是先得颈联"思多眠渐少，事急气犹平"。写一句一联，不必急于成篇，作为练笔，亦无不可。

第一节　造　句

诗句不同于文句，以其有字数、格律的限制，必须精炼、动听，重含蓄又求变化。与其他文体相比较，诗句将汉语的优点发挥到了极致，其美感是其他字母文字所无法比拟的。前人创作的大量诗话、诗说也总结了诗句的特点与方法，我们可以从句式与句法两方面来参悟领会。

一、诗的句式

《诗经》以四言为主，但四言节奏快，声促意少，不易舒展。至魏晋五言诗普及，至唐七言诗普及，五言、七言一口气读出，长短适宜，合乎生理自然节奏，所以唐以后作诗便以五言、七言为尚。七言以上的句子实可看作两句合成，在古体诗和词的写作中也属少数。这里只以五言和七言为例谈造句，余可类推。根据汉语单音节的特点，一般每两个字形成一顿，一句诗中则有一个大的停顿，叫作逗，这个逗把诗句分成前后两半，其音节分配是：四言二二，五言二三，七言四三。林庚指出，这是中国诗歌在形式上的一条规律，并称之为“半逗律”。他说：“‘半逗律’乃是中国诗行基于自己的语言特征所遵循的基本规律，这也是中国诗歌民族形式上的普遍特征。”（转引自袁行霈《中国诗歌艺术研究》）“半逗律”实际上就是“音步切分”，它依据阅读习惯来确定节奏。而意义节奏则依据字句的意义构成单位来切分，或者也可参考语法结构来切分，有时就与“半逗律”不一致。如“青——惜峰峦过，黄——知橘柚来”，此按意义节奏切分，先见颜色后知何物，符合我们观物的顺序，也突出了其色彩，杜甫诗中屡屡见之。下面我们来看看从意义节奏上划分的诗的句式，五言有如下数种：

竹——怜新雨后，山——爱夕阳时。（上一下四）
有弟——皆分散，无家——问死生。（上二下三）
把君诗——过目，念此别——惊神。（上三下二）
星临万户——动，月傍九霄——多。（上四下一）

七言句式更是多变，可分如下六种：

山——动将崩未崩石，松——浮欲尽不尽云。（上一下六）
霜落——雁声来紫塞，月明——人梦在青楼。（上二下五）
斑竹风——连山雨暗，枇杷门——向楚天开。（上三下四）
世事茫茫——难自料，春愁黯黯——独成眠。（上四下三）
永夜角声悲——自语，中天月色好——谁看。（上五下二）
却从城里携琴——去，许到山中寄药——来。（上六下一）

尽管五言二三，七言四三是“音步切分”的基本句式，但如果意义节奏皆如此，未免平板单调。善为诗者，必使意义节奏参差不一，于整齐中求变化，顿挫生姿。这种变化在律诗中显得尤为重要，特别是律诗的中间两联句式宜求变化。如戴叔伦的《除夜宿石头驿》：

旅馆谁相问，寒灯独可亲。
一年将尽夜，万里未归人。
寥落悲前事，支离笑此身。
愁颜与衰鬓，明日又逢春。

颔联两句皆上四下一，颈联两句变为上二下三，这样就避免了复调的毛病。除了节奏宜变化之外，颔、颈两联的词性结构亦须变化，虚字、实字位置宜错综安排，避免整齐划一。司空曙的《贼平后送人北归》诗：

世乱同南去，时清独北还。
他乡生白发，旧国见青山。
晓月过残垒，繁星宿故关。
寒禽与衰草，处处伴愁颜。

中间四句意义节奏全是上二下三，扩至全诗，八句皆如此，节奏单调。“他乡”“旧国”“晓月”“繁星”，皆为偏正性名词结构，“生”“见”“过”“宿”皆为动词，“白发”“青山”“残垒”“故关”复为偏正性名词结构，四句词性结构一致，略无变化，殊觉单调。

二、诗的句法

这里所说诗的句法，不是语法分析意义上的句法，而是指诗歌造句不同于文句的一些重要特点。主要原因在于近体诗有字数的限制和格律的要求，作者为适应限制和要求，又力求变化翻新，遂与散文句法有别。易闻晓说：“诗之造语，略在倒、隐、缩、疏，得其概要。‘倒’者语序之倒装，‘缩’者句意之缜密，‘隐’者字有隐略，‘疏’者构结非死。”（易闻晓《中国古代诗法纲要》）所说有理。唯“缩”与“隐”密切相关，不易区分，可以合并观之。故我觉得诗句的主要特点为律、简、倒、活。诗一般为五七言句式，有平仄、对仗、押韵的要求，此是最不同于散文的地方，此即律，第一章已经说过，兹不赘。

简，即精炼含蓄，要言不烦。古人作诗惜墨如金，尽量以很少的字表达丰富的情思。如谢灵运的“抚镜华缁鬓，揽带缓促衿”（《晚出西射堂》），翻译成现代汉语则是：对镜自照，原先乌黑的鬓角已成花白，手挽衣带，原先很紧促现在却变得宽松了。诗句仅以十字尽之。要是用上典故，语言的密度更大，隐含的意思更多。互文也有这样的效果。下面从三个角度来阐释“简”之含义。

第一，抓住主要意思来写，突出重点，写出人、事物的精神面貌和特征，不能眉毛胡子一把抓，面面俱到。所谓见微知著，直指要害，窥一斑知全豹。如元稹《行宫》：

寥落古行宫，宫花寂寞红。
白头宫女在，闲坐说玄宗。

前两句写行宫、宫花，衰败寂寞，令人回想过去的繁华热闹，有不胜今昔之感。后两句写宫女、玄宗，一在一不在，通过白头宫女述说天宝遗事，具体是什么不做说明，只呈现一个场面，沧桑之感和历史的反思意识俱蕴其中。二十个字包含着丰富的内容和深切的感慨。明代瞿佑说得好：“《长恨歌》凡一百二十句，读者不厌其长；微之《行宫》诗才四句，读者不觉其短……文章之妙也。”（瞿佑《归田诗话》）又如杨万里《莲花》：

红白莲花开共塘，两般颜色一般香。
恰如汉殿三千女，半是浓妆半淡妆。

写莲花突出其主要特点：红白颜色与清香，其他便不再涉及。

第二，压缩句子，使文字紧密，一句多意。如杜甫《登高》

的颈联“万里悲秋常作客，百年多病独登台”，宋人罗大经《鹤林玉露》曾评述该联云：“盖万里，地之远也；秋，时之惨也；作客，羁旅也；常作客，久旅也；百年，暮齿也；多病，衰疾也；台高，迥处也；独登台，无亲朋也。十四字间含八意，而对偶又精确。”内涵丰富，别人难出其右。又如杨万里《诚斋诗话》云：

东坡《煎茶》诗云：“活水还将活火烹，自临钓石汲深清。”第二句七字而具五意：水清，一也；深处清，二也；石下之水，非有泥土，三也；石乃钓石，非寻常之石，四也；东坡自汲，非遣卒奴，五也。

可谓压缩至不能再压缩。这样精炼之句当然不会太多，初学者有此意识，当不至于将诗句写得拖沓松散。此外，通过比较，也可以辨明诗句的繁简，意义的多寡。谢榛《四溟诗话》卷二云：

诗有简而妙者，若刘桢“仰视白日光，皎皎高且悬”，不如傅玄“日月光太清”。阮籍“一身不自保，何况恋妻子”，不如裴说“避乱一身多”。戴叔伦“还作江南会，翻疑梦里逢”，不如司空曙“乍见翻疑梦”。沈约“及尔同衰暮，非复别离时”，不如崔涂“老别故交难”……

当然，也不是说写诗字数越少就越好，要意足神完乃佳。谢榛也罗列了一些“简而弗佳者”，如鲍泉“夕鸟飞向月”，就不如曹操的“月明星稀，乌鹊南飞”。一句多意，须炼至缜密精炼乃可。《四溟诗话》卷一又云：

僧处默《胜果寺》诗："到江吴地尽，隔岸越山多。"陈后山炼成一句："吴越到江分。"或谓简妙胜默作。此"到"字未稳，若更为"吴越一江分"，天然之句也。

"吴越到江分"实在说完了前面两句的意思，但"到"字还有问题，是从吴到越呢？还是从越到吴？改成"吴越一江分"，便如空中俯瞰，超然浑成。

第三，省略。删繁就简，省略掉一些闲字赘语，而不影响诗意。常见的是省略掉虚词中的副词、介词、连词等。如杜甫"读书云阁观，问绢锦官城"（《送窦九归成都》），补全应为"读书在云阁观，问绢在锦官城"。杜牧"东风不与周郎便，铜雀春深锁二乔"（《赤壁》），"东风"前省略了一个表假设的"若"字。又有平行语的省略，即省去后面相同位置上的字。如杜甫"山雪河冰野萧瑟，青是烽烟白人骨"（《悲青坂》），后一句"白"字后省略一"是"字。

倒，即倒装。或调平仄、韵脚、对仗而倒装；或有意使诗句曲折、劲峭而倒装；或突出重点，而将有关字词放置一句的首或尾。此皆突破一般的语法结构而颠倒错置。

因调平仄而倒装的，如王安石"暗香一阵连风起，知有蔷薇涧底花"（《同熊伯通自定林过悟真二首》），后一句本应为"知涧底有蔷薇花"，系调平仄而为之。又如王士禛"二月梅花烂熳开，游人多自虎山来。新安坞畔重重树，画舫青油日几回？"（《邓尉竹枝词六首》其一），末句"画舫青油"系"青油画舫"之倒装，意为用青油涂饰的游船。该句平仄格式为：仄仄平平仄仄平，倒装后乃合。因押韵需要而倒装的，如杜甫《冬日有怀李白》首联“寂寞书斋里，终朝独尔思”，后一句的正常语序应为“终朝独思尔”，该诗为五律，押平声“四支”韵，“尔”为上声纸韵，“思”押支韵，倒装后就合韵了。为适应对仗需要而倒装的，如杜甫的“听猿实下三声泪，奉使虚随八月槎”（《秋兴八首》其二），前一句正常语序应为“听猿三声实下泪”，为了对仗，将“三声”后移。有时因多种原因而倒装。如鲁迅的“坟坛冷落将军岳，梅鹤凄凉处士林”（《阻郁达夫移家杭州》），正常语序应为“岳将军坟坛冷落，林处士梅鹤凄凉”，倒装既为了押韵，也为了调平仄，一举两得，诗句略显错综。

有的倒装是为了避免诗句圆滑俗熟，而使诗句拗折劲健，获得陌生化的效果。李东阳《麓堂诗话》云：“诗用倒字倒句法，乃觉劲健。”蔡约之《西清诗话》云：

王仲至召试馆中，试罢作一绝题于壁云：“古木森森白玉堂，长年来此试文章。日斜奏罢长杨赋，闲拂尘埃看花墙。”荆公见之甚欢爱，为改为“奏赋长杨罢”，且云：“诗家语如此乃健。”（见《苕溪渔隐丛话》前集卷五十二）

顺写“日斜奏罢长杨赋”，平衍无力，倒装为“日斜奏赋长杨罢”，遂觉劲健。又如杜甫“名岂文章著，官应老病休”（《旅夜书怀》），原应作“文章岂著名，老病应休官”，倒置后沉郁顿挫。

因强调而倒装的，如老杜名句“香稻啄余鹦鹉粒，碧梧栖老凤凰枝”（《秋兴八首》其八），理顺读为“鹦鹉啄余香稻粒，凤凰栖老碧梧枝”，平仄完全一致，可见诗人不是为协平仄而倒置，将“香稻”“碧梧”提到句首起强调作用，有秋兴之意，也使句子顿挫生姿。又如老杜“红入桃花嫩，青归柳叶新”（《奉酬李都督表丈早春作》），因先见颜色，后知其物，将颜色词“红”“青”倒置句首，符合观察事物之实际。将颜色词置于句首现象在杜诗中多次出现。

最后是活。南宋及以后人多谈杨万里诗之“活法”，杨万里在《和李天麟二首》中说：“学诗须透脱，信手自孤高。”此“透脱”大约就是“活法”，不拘泥执着，而能灵活变通，富有生机。我以为诗句之“活”应是多方面的。格律方面，知格律但不为格律所限，不以词害意，是活；句式方面，突破语法规范，灵活组词造句，即上文所述的“倒”，是活；语言方面，生动活泼，是活；手法方面，化实为虚，化虚为实，是活；立意方面，诗意新奇精警，也是活。格律从严，但也可适当突破，古人诗中大量的拗句，或救或不救，即是变通的表现。李商隐《登乐游原》：“向晚意不适，驱车登古原。夕阳无限好，只是近黄昏。”按：此五绝为仄起首句不押韵式，首句平仄格式应为：仄仄平平仄。但李诗起句五字全仄，对句“登”字当仄而平，算是救了出句三、四字当平而仄的不足。手法灵活亦须多加揣摩，初学者往往拘泥于写实，缺少想象的空间，显得太呆滞，不够超脱空灵。即如咏物诗，不宜粘皮带骨，要在若即若离，似与不似之间。又如写美人，白居易《长恨歌》写杨妃“回眸一笑百媚生，六宫粉黛无颜色”，以衬托夸张笔法写之，“玉容寂寞泪阑干，梨花一枝春带雨”，以比喻笔法写之，皆令人想见，远胜于正面详细描绘。

第二节　用　字

积字成句，积句成篇。佳篇字句皆好，字句好未必成佳篇，足见吟诗填词锤词炼句之重要。薛雪《一瓢诗话》云：“篇中炼句，句中炼字，炼得篇中之意工到，则气韵清高深渺，格律雅健雄豪，无所不有，诗文之能事毕矣。”诗词用字颇有讲究，现参考诸家之说，略陈用字之崇尚：曰准，曰雅，曰活，曰新。

一、准

提笔下字，首先要考虑的是准确地描写对象，传情达意。然字有实有虚，实字雅健，虚字贯通，皆须择而用之。实字如名、动、形容，乃骨骼肌体，支撑形象；虚字如副、介、连、助，乃筋脉气息，牵系联带。实字健，宜多；虚字弱，宜少。善用者虚实配合，生机勃勃，顾盼神飞。岑参“孤灯然客梦，寒杵捣乡愁”（《宿关西客舍寄东山严许二山人时天宝初七月初三日在内学见有高道举征》），“然”“捣”二实字健举。李商隐“刘郎已恨蓬山远，更隔蓬山一万重”（《无题》四首），“已”“更”二虚字空际传神。

再看古人炼字使稳的例子。宋叶梦得《石林诗话》云：

王荆公编《百家诗选》，从宋次道借本，中间有“暝色赴春愁”，次道改“赴”字作“起”字，荆公复定为“赴”字，以语次道曰：“若是起字，人谁不能到？”次道以为然。

按：“暝色赴春愁”系唐皇甫冉诗句，原诗《归渡洛水》：“暝色赴春愁，归人南渡头。渚烟空翠合，滩月碎光流。澧浦饶芳草，沧浪有钓舟。谁知放歌客，此意正悠悠。”诗写渡洛水的情景，“赴”字显示春愁浩荡，连绵不绝，若用“起”字便显薄弱。又如胡仔《苕溪渔隐丛话》后集“孟浩然”条云：

诗句以一字为工，自然颖异不凡。如灵丹一粒，点石成金也。浩然云“微云澹河汉，疏雨滴梧桐”。上句之工在一“澹”字，下句之工在一“滴”字。若非此二字，亦乌得而为佳句哉？如《六一居士诗话》云“陈舍人从易偶得杜集旧本，文多脱误，至《送蔡都尉》云：身轻一鸟，其下脱一字。陈公因与数客论，各以一字补之。或云疾，或云落，或云起，或云下，或云度，莫能定。其后得一善本，乃是：身轻一鸟过。陈公叹服。余谓陈公所补数字不工，而老杜一“过”字为工也。

其他如王安石“春风又绿江南岸”（《泊船瓜洲》）句，“绿”字经反复推敲乃定；“麦涨一川云”（《题齐安壁》）句，“涨”字何等生机！王国维《人间词话》云：宋祁“红杏枝头春意闹”，著一“闹”字境界全出，张先“云破月来花弄影”，著一“弄”字境界全出。皆炼字出色之表现。近代诗人汪石青善用动词，准确传神，如“酌罢葡萄酒一卮，清风沁到半醺时。吟余叱起花间月，照入帘栊瘦似诗”（《月下作》）。“沁”“叱”二字传神。“秋风生白露，春梦蚀红颜”（《病》）之“蚀”字，“柏叶迎风簪旧俗，梅花入座照良缘”（《剑门以岁首见怀诗惠寄次韵和之》）之“簪”“照”二字，“一灯煮梦夜迢迢”（《秋宵》）之“煮”字，皆活泼生动，新颖传神。有人作绝句《夏天喜雨》云：“酷暑天阴骤起风，频频雷电震长空。甘霖普降农家喜，又是金秋五谷丰。”“又是金秋”与诗题“夏天”错位，我以为改“是”为“兆”方准。1895年，中日甲午战争中方失败后，清廷大臣李鸿章作为全权代表，在日本春帆楼同日方签订不平等的《马关条约》，中国割让台湾岛及其附属各岛屿、澎湖列岛与辽东半岛给日本。安徽诗人沈汝葆填一词《满江红·甲午之战百廿周年》咏此事，上片结云：“春帆楼，一纸失金瓯，同呜咽。”我觉得“失金瓯”不符合实际，建议改为“裂金瓯”，沈先生欣然同意。

二、雅

雅即高雅，脱却卑俗凡近，立意要高，用字要雅。古人曾言：五言律诗如四十个贤人，著一个屠沽儿不得。冒春荣《葚原诗说》卷一云：

> 用字宜雅不宜俗，宜稳不宜险，宜秀不宜笨。一字之工，未足庇其全首；一字之病，便足累其通篇，下笔时最当斟酌。

今有人作《赏海棠》绝句云：

粉面娇容映绿池，丰姿俏丽孕清奇。
繁华自在风神秀，落蕊飞扬香满蹊。

“粉面娇容”“丰姿俏丽”“风神秀”，用语皆俗，而且空洞。前三句的意思第一句已经说尽，语意重复。该诗立意平凡，造语、用字皆俗不入调，却选登在权威性的诗词刊物上，说明有些编辑的欣赏趣味值得反思。谢榛《四溟诗话》卷三云：

诗忌粗俗字，然用之在人，饰以颜色，不失为佳句。譬诸富家厨中，或得野蔬，以五味调和，而味自别，大异贫家矣。

比如，有人认为诗中写鼠必写猫，写猫必写鼠，不然则俗。谢榛云：“猫蹲花砌午。”有猫无鼠，但饰以花，饰以砌，饰以午，则不俗。陈廷焯《白雨斋词话》卷六列举了一些俗字，以为不宜入词：

词中如佳人、夫人、那人、檀郎、伊家、香腮、心儿、莲瓣、双翘、鞋钩、断肠天、可怜宵、莽乾坤、哥、奴、姐、耍等字面，俗劣已极，断不可用。即老子、玉人、则个、好个、那个、拌个、元是、娇瞋、兜鞋、恁、些、他、儿等字，亦以慎用为是。盖措词不雅，命意虽佳，终不足贵。

比较口语化的俗语俗字，用在曲中尚可，诗词中宜慎用或不用。试读前人名篇佳作，选词用字大抵高雅，口语、俗字尽量少用。今之作者张口摇笔即来，率尔为篇，立意不高，语言更是俗不可耐，翻翻各地的诗词刊物，此类作品触目皆是。就拿当代颇有成就的“杂文诗派”的诗人来说，他们尝试以口语、俗语入诗，也是失大于得。如聂绀弩的“开会百回批掉了，发言一句可听么”，“数来三十多三个，一路欢呼满载归”，“相依相靠相狼狈，掣肘偕行一笑‘哈……’”，“何处飞来一石咚”，“多谈几句顶瓜瓜”，“老夫事事不如他”；杨宪益的“反道人民素质孬”，“屁渣算个啥东西”；李汝伦的“光焰长何万丈呀”，“笔端纸尾祸之妈”，“维纳斯们离画幅……君子观来肉未麻”；邵燕祥的“大会开得很好嘛”。其中的“了”“么”“个”“哈”“咚”“顶瓜瓜”“孬”“啥”“呀”“妈”“们”“肉麻”“嘛”等词多具打油味，有些油腔滑调，不伦不类，要是被清代的朱庭珍看见了，不知要贬斥到何等地步。在聂绀弩那里，一些极难入诗的粗俗语、不登大雅之堂之物，也被拿来入诗，真是艺高人胆大，如“口中淡出鸟来无”，“枯对半天无鸟事”，“红心大干管他妈”，“儿童涂壁书忘八，车马争途骂别三”等等。口语、俗语好懂，有生活气息，但不易入诗，如何与文言相协调，如何避免庸俗、油滑，运用之妙存于一心。

三、活

诗词以意为主，兴会意到，字句随之，自然活泼，无须刻意搜寻，此就大体言之。但有时必得反复推敲，精心修改，“吟安一个字，拈断数茎须”，才使声情俱佳，惬心贵当。袁枚《随园诗话》卷四云：

诗得一字之师，如红炉点雪，乐不可言。余祝尹文端公寿云：“休夸与佛同日生，转恐恩荣佛尚差。”公嫌“恩”字与佛不切，应改“光”字。《咏落花》云：“无言独自下空山。”邱浩亭云：“空山是落叶，非落花也，应改‘春’字。”《送皇宫保巡边》云：“秋色玉门凉。”蒋心余云：“‘门’字不响，应改‘关’。”《赠乐清张令》云：“我惭灵运称山贼。”刘霞裳云：“‘称’字不亮，应改‘呼’字。”凡此类，余从谏如流，不待其词之毕也。

袁简斋所改前二例，因准而活，所改后二例，因响而活。劝其改者不愧为一字师。

字眼要活。刘熙载《艺概·诗概》云：“炼篇、炼章、炼句、炼字，总之所贵乎炼者，是往活处炼，非往死处炼也。夫活，亦在乎认取诗眼而已。诗眼，有全集之眼，有一篇之眼，有数句之眼，有一句之眼；有以数句为眼者，有以一句为眼者，有以一二字为眼者。”炼字，重在“以一二字为眼”，且欲使活。李商隐《锦瑟》一诗，解说纷纭，莫衷一是，薛雪《一瓢诗话》云：“如此一首诗全在起句‘无端’二字，通体妙处，俱从此出。”如此，“无端”当为《锦瑟》起句字眼，亦是诗眼，精神凝聚之处。古人炼字，常于字眼上炼，而字眼无有定处。字眼在第二字者，如“屏开金孔雀，褥隐绣芙蓉”（杜甫《李监宅》），“碧知湖外草，红见海东云”（杜甫《晴二首》）；字眼在第三字者，如“寒灯思旧事，断雁警愁眠”（杜牧《旅宿》），“渚云低暗渡，关月冷相随”（崔涂《孤雁》）；字眼在第五字者，如“浮天沧海远，去世法舟轻”（钱起《送僧归日本》），“树色随关迥，河声入海遥”（许浑《秋日赴阙题潼关驿楼》）。此类字眼赋予诗句以生机，以神情。

又有词的活用亦可称为活。词的活用使诗句新鲜活泼，生动传神，诗词中常见。如名词活用作动词，“古庙杉松巢水鹤，岁时伏腊走村翁”（杜甫《咏怀古迹五首》其四），“巢”本为名词，指鸟巢，这里活用为动词，意即“筑巢栖息”。动词的使动用法，如“笔落惊风雨，诗成泣鬼神”（杜甫《寄李十二白二十韵》），“惊风雨”，即使风雨受惊，“泣鬼神”，即使鬼神哭泣。形容词活用作动词，如“春风又绿江南岸，明月何时照我还”（王安石《泊船瓜洲》），“绿江南岸”，意即“使江南岸绿”。形容词活用作名词，如“青惜峰峦过，黄知橘柚来”（杜甫《放船》），“青”，形容词，这里指青色的事物，“黄”，形容词，这里指黄色的事物。这一联应该理解成：青色的过去了，是让人怜惜峰峦；黄色的到来了，客人知道是橘柚。

四、新

新，即新鲜，陌生化，力避陈俗。陈言务去，避免那些用滥了的陈词套语，诸如“罗帷”“翠袖”“银釭”“劫灰”“更漏”“雁字”等。还有那些空洞无力的词语，诸如“锦绣”“辉煌”“烂漫”“新气象”“起宏图”“乐悠悠”等，也尽量少用或不用。

避俗的同时要求新。字是现成的平常字，无须生造，关键只在如何运用。杜甫“语不惊人死不休”，其用字多新奇峭拔，坚劲有力。如“星垂平野阔，月涌大江流”（《旅夜书怀》），谢榛称“句法森严，‘涌’字尤奇”。又如“吴楚东南坼，乾坤日夜浮”（《登岳阳楼》），“坼”字、“浮”字也新奇有力。李贺作诗力避俗语、俗意，“思牵今夜肠应直”（《秋来》），不着眼回肠、曲肠，而说曲肠几乎要变直了，形容用心劳苦之甚，一“直”字迥不犹人。又如“浓笑”“腻叶”“老景沉重”等，皆避俗，又喜用“老”“冷”“死”“鬼”“啼”等字眼，为险语。王湾“海日生残夜，江春入旧年”（《次北固山下》），“生”字、“入”字亦新。王维的“泉声咽危石，日色冷青松”（《过香积寺》）中的“冷”字，反常合道，写出感觉真实，是“诗家语”，有新意。个中意味，值得揣摩。钟振振有一首咏江南水乡的七绝：“曙气红洇麦烟绿，云英紫间菜花黄。四邻长啭嘤嘤鸟，一镇都飘淡淡香。”首句描画出色，新在一“洇”字。试看：清晨，曙光初照，麦田上飘浮着淡青色的薄烟，红色的曙光缓缓渗透淡青色的薄烟，颇具水彩画的韵味。“洇”字新鲜，生动（钟振振《旧体诗词创作杂谈》）。

关于新词入诗，我觉得应该允许尝试。实际上，历代都有尝试的例子，在当代杂文诗派那里更是比比皆是。如聂绀弩《削土豆种伤手》中的“建中华”“献国家”，其他如“投身阶级斗争里，见汝诗材大马驮”之“阶级斗争”，“毛泽东思想都学，输君把卷定忘疲”之“毛泽东思想”，“社会主义春不老，孙曾艺圃枣将瓜”之“社会主义”，“中国共产党同志，晚清小说史殊名”之“中国共产党”“同志”，“门对珞珈山不远，人携辩证法同居”之“辩证法”。杨宪益的“人到中年才入党，事非经过不知难”

之“入党”，“狐媚偏能惑帝王，则天犹胜四人帮。丰碑无字留千古，谁记江青老板娘”之“四人帮”“老板娘”，“五粮液够天天喝，百丈楼高百姓穷”之“五粮液”，“希望工程成泡影，祖先基业换金条”之“希望工程”，“干部无聊卖书号，官僚只管盖图章。苍天已死黄天立，何必多余说扫黄”之“书号”“扫黄”等等。外来语也屡见不鲜，如聂绀弩的“普罗文学有批评”之“普罗”（无产阶级），“错从耶弟方犹大”之“耶”（耶稣）、“犹大”，邵燕祥的“少年布尔什维克，老境烟斯披里纯”之“布尔什维克”（共产党）、“烟斯披里纯”（灵感），杨宪益的“且饮白兰地，抛却可的松”之“白兰地”“可的松”，李汝伦的“回眸一笑道‘拜拜’”之“拜拜”等。这些新词及外来语涉及新的题材、新的形象、新的内容，开拓了诗的表现领域，有很强的时代感和现实气息，无疑增强了旧体诗的魅力。

第六章　修辞技巧

修辞是传情达意的手段，即运用各种方式和技巧，使语言更富于表现力，更能获得理想的表达效果。在某种意义上说，诗词就是修辞的艺术，掌握相关的修辞手段和技巧，于诗词创作大有裨益。修辞技巧花样繁多，诸如用典、比喻、拟人、夸张、通感、互文、顶真、借代、叠字、对偶、反衬等，下面针对前九种修辞技巧举例说明。

第一节　用　典

较之其他文体，诗词用典最为常见，关系更为密切。有事典，有语典，事典即古人故事，语典即经史子集等诗文言句。诗词创作体制短小，讲究精炼含蓄，用典恰好迎合了这一要求。我们说话作文，常用成语，那成语往往就是典故，一个成语就是一个故事，一个“历史的比喻”。周啸天说：“用语用事之能丰富诗意，往往因为它事实上是一种‘节用’，借助读者的文化知识，能以片言兼包余意。”（周啸天《古典诗词鉴赏方法》）实际上，除了“节用”，典故还能“曲用”，当诗人的情思不能明说、不便明说而又不能不说的时候，用典就是一方便法门。读者则须“猎微穷精”，方能悟其要旨。因此，用典的作用是使诗词委婉、含蓄、深沉、凝练。高友工指出：“一个典故有两个极点：一个与现实问题相关，一个与历史事件相关，两个互相比较，而比较的目的则在于显示它们的相似之处，从而提供机会以使诗人描述或评论现实的问题。”（高友工、梅祖麟《唐诗的魅力》）可见，用典的目的在于它在创作中的现实意义。这是就大部分情况而言，如果考虑到今典的问题，用典的意义则在于：古为今用或借彼喻此。朱庭珍《筱园诗话》卷一云：“正用不如反用，明用不如暗用。或借宾以定主，或托虚以衬实。死事则用之使活，熟事则用之使生。渲染则波澜叠翻，熔铸则炉锤在握。”清代黄景仁《绮怀》（十六首其五）云：

几回花下坐吹箫，银汉红墙入望遥。
似此星辰非昨夜，为谁风露立中宵？
缠绵思尽抽残茧，宛转心伤剥后蕉。
三五年时三五月，可怜杯酒不曾消。

黄景仁是一个深于情且被情所累的悲情诗人，他的情诗皆本乎性情，多透骨情语，醇厚迷人。他常用透过一层的写法，将情感写极写绝，写到无以复加。上面这首诗即有两处用语典。“似此星辰非昨夜”从李商隐诗句“昨夜星辰昨夜风”（《无题二首》其一）化出，谓星辰如昨，花下吹箫的浪漫故事已不再，大有物是人非之感。“缠绵思尽抽残茧”从李商隐“春蚕到死丝方尽”（《无题》）化出，但翻进一层，犹言相思之情如春蚕吐丝，丝尽情该尽了吧？然而不，再剥茧抽丝，反复咀嚼着悲哀。两处不是直接引用李商隐诗句，是为暗用语典。

再如范成大诗《春晚》的一联“吾衰久矣双蓬鬓，归去来兮一钓丝”，前者语出《论语·述而》：“子曰：‘甚矣吾衰也！久矣吾不复梦见周公。’”孔子慨叹“王道”沦丧，周公盛世一去不返。范成大以“吾衰久矣”慨叹南宋小朝廷偏安一隅，恢复中原无望，自己无力回天，只好归隐垂钓。“归去来兮”语出陶渊明辞赋《归去来兮辞》，范成大以陶自况，暗示自己情怀高洁。这两处系明用语典，后一句也是事典。杜甫诗句“齿落未是无心人，舌存耻作穷途哭”（《暮秋枉裴道州手札率尔遣兴寄递呈苏涣侍御》），后一句用阮籍穷途的典故。《晋书·阮籍传》载：“（籍）时率意命驾，不由径路，车迹所穷，辄恸哭而反。”该典故本意是因车无路可行而悲伤，后也指处于困境的绝望。杜诗中，却以“穷途哭”为耻辱，是反其意而用之。此例即反用事典。又如周啸天的诗句“此日白宫应折屐，大漠惊沙狐兔悲”（《代悲白头翁》），“折屐”即用事典，事见司马光《资治通鉴·淝水之战》：“谢安得驿书，知秦兵已败，时方与客围棋，摄书置床上，了无喜色，围棋如故。客问之，徐答曰：‘小儿辈遂已破贼。’既罢，还内，过户限，不觉屐齿之折。”“白宫应折屐”，指萨达姆落网，美国总统小布什故作低调，实深喜之。用此事典言简意赅，以少胜多。

第二节　比　喻

朱熹说：“比者，以彼物比此物也。”（朱熹《诗集传》）刘勰说：“比之为义，取类不常：或喻于声，或方于貌，或拟于心，或譬于事。”（《文心雕龙·比兴》）是说比喻中的本体、喻体都是多方面的。陈望道《修辞学发凡》称比喻为譬喻，他将譬喻分为明喻、隐喻、借喻三大类，皆为诗词中常见的比喻修辞格。

明喻，是分明用另外的事物来比拟此一事物的譬喻，常用比喻词来连接二者，比喻词有“如”“犹”“若”“似”“有如”“恰似”等。如：“手如柔荑，肤如凝脂，领如蝤蛴，齿如瓠犀，螓首蛾眉。”（《诗经·卫风·硕人》）用一系列比喻赞美卫庄公夫人庄姜的美貌。“大弦嘈嘈如急雨，小弦切切如私语。”（白居易《琵琶行》）用“急雨”“私语”比喻琵琶声。“可怜九月初三夜，露似真珠月似弓。”

（白居易《暮江吟》）后一句两个比喻真切形象。“问君能有几多愁？恰似一江春水向东流。”（李煜《虞美人》）以具象喻抽象，比喻而带夸张，感染力十足。

用喻力求新颖别致，避免陈陈相因，味同嚼蜡。如“忆君清泪如铅水”（李贺《金铜仙人辞汉歌》），比喻警拔，神妙无比。又如陈三立《十一月十四夜发南昌月江舟行》四首其二：

露气如微虫，波势如卧牛。
明月如茧素，裹我江上舟。

该诗用了三个明喻写月夜江上情景：江上的露气细微，浸润肌肤，就像无数的小虫在蠕动；江面波势起伏，隆起处就像卧牛的黑色脊背；明月素洁，像一张巨大的蚕茧，裹住了江上的行船。这三个比喻皆新颖奇警，由小到大，描画出一幅空明灵异的江月夜舟图。陈三立为晚清“同光体”的领袖人物，其诗宗江西派，崇新尚奇，从这首诗中的三个比喻即可看出。

隐喻，也叫暗喻，比明喻进一层，不用比喻词，而是将一事物直接说成是另一事物，散文中常用“是”“成”“即”“成为”“变为”等词连接本体和喻体，诗词中经常不用关系词，直接将两者并列言说，从而构成隐喻。如：“君失臣兮龙为鱼，权归臣兮鼠变虎。”（李白《远别离》）说全了便是：君失去了臣，就像龙变为鱼；臣有了权力，就像鼠变成虎。“江作青罗带，山如碧玉簪。”（韩愈《送桂州严大夫》）前一句隐喻，后一句明喻。“花扶翠墨香如海，梦破愁城酒是兵。”（吴昌硕《病起料书，得造像残拓，书后》）前一句明喻，后一句隐喻。“遥望洞庭山水翠，白银盘里一青螺。”（刘禹锡《望洞庭》）白银，隐喻洞庭水，青螺，隐喻洞庭湖上的山。“试问闲愁都几许？一川烟草，满城风絮，梅子黄时雨。”（贺铸《青玉案》）以烟草、风絮、梅雨三者形容闲愁，是谓博喻。“臣心一片磁针石，不指南方不肯休。”（文天祥《扬子江》）以“磁针石”隐喻“臣心”。钟振振写甘南藏族自治州的即景小诗：“连山黍麦杂青黄，茵草平铺百里长。翡翠盘中珠一串，日之夕矣下牛羊。”后两句构成隐喻：远观无垠碧草中的一串白羊就像翡翠盘中的一串珍珠，比喻新颖。

借喻，比隐喻更进一层，直接借比喻的事物来代替被比喻的事物，被比喻的事物和比喻词都不出现。如：“人行明镜中，鸟度屏风里。”（李白《清溪行》）诗写清溪美丽清幽的山水，“明镜”借喻清澈透明的溪水，“屏风”借喻两岸重叠绵延的群山，真让人感到美不胜收。“乱石穿空，惊涛拍岸，卷起千堆雪。”（苏轼《念奴娇·赤壁怀古》）“雪”借喻浪花。“望美人兮长颈鹿，思君子也细腰蜂”（聂绀弩《反省时作》其五），“长颈鹿”“细腰蜂”均借以喻人，比喻新颖独创，令人击节叹赏。

第三节　拟　人

拟人，即将物当作人来写，使物具有人的语言行动或思想感情，增强亲切感和感染力。拟人手法多见于咏物诗词和山水诗词。比如韩愈《晚春》：

草树知春不久归，百般红紫斗芳菲。
杨花榆荚无才思，惟解漫天作雪飞。

诗写草树知春，百花争艳，杨花榆荚虽不艳丽，但也来凑热闹，因风起舞，化作雪飞。花草树木本非人，但诗人将它们拟人化，能“知”能“斗”，才思有高下，活画出一幅生机勃勃的晚春图景。又如王之涣《出塞》：

黄河远上白云间，一片孤城万仞山。
羌笛何须怨杨柳，春风不度玉门关。

诗写戍卒怀乡之情。前两句写戍卒所在的环境，处境艰难，苍凉悲壮。后两句诗人用豁达的语调排解：羌笛何必老是吹奏那哀怨的《折杨柳》曲调呢？要知道，玉门关外本来就是春风吹不到的地方，哪有杨柳可折！第三句简化成“羌笛何须怨杨柳”，羌笛有怨，是拟人，借羌笛传达出戍卒思乡情怀。又如“羁鸟恋旧林，池鱼思故渊”（陶渊明《归园田居》五首其一），鸟和鱼思恋旧处，皆拟人。又如“春风知别苦，不遣柳条青”（李白《劳劳亭》），联系折柳送别，春风不让柳条青，使人无法折柳，系阻止离别之意，把春风写得有情有义。又如“春蚕到死丝方尽，蜡烛成灰泪始干”（李商隐《无题》），蜡烛流泪，是拟人。又如“我见青山多妩媚，料青山、见我应如是。情与貌，略相似。”（辛弃疾《贺新郎》）“我”与青山相互欣赏，志同道合。黄宾虹五绝《迎送松》云：“今古几游客，劳劳管送迎。苍官不知老，披拂自多情。”以拟人手法写黄山二天门的迎送松的情意：送往迎来，多情好客，不知身之既老。

与拟人相对应的是拟物，即将人当物来写，别有趣味。如："雄兔脚扑朔，雌兔眼迷离。两兔傍地走，安能辨我是雄雌？"（《木兰诗》）木兰自拟为兔。

第四节　夸　张

夸张，说话夸大其词，言过其实，重在主观情意的抒发，不计较客观真实，在诗词创作中常常用来表达比较强烈的感情。如"力拔山兮气盖世"（项羽《垓下歌》），谁能拔山？项羽自谓能拔，是夸大形容自己的英雄气概。又如"遥望齐州九点烟，一泓海水杯中泻。"（李贺《梦天》）即是说：从天上遥望九州（齐州），小得像九点烟尘，大海中的水就像从杯中倾泻下来一样，极言其小，也是夸张。又如"何方可化身千亿，一树梅花一放翁。"（陆游《梅花》）陆游爱梅，忽生奇想：有什么办法可以使自己化成无数身，每一棵梅花前都有一个放翁在欣赏呢？此奇想即是夸张，以狂言寄痴情。又，这两句脱胎于柳宗元的"若为化得身千亿，散上峰头望故乡。"（《与浩初上人同看山寄京华亲故》）后者亦是夸张，表达在贬谪之地无限辛酸的思乡之情。李白诗豪迈奔放，喜用夸张，如《望庐山瀑布二首》其二：

日照香炉生紫烟，遥看瀑布挂前川。

飞流直下三千尺，疑是银河落九天。

庐山香炉峰形似香炉，上有氤氲之气如香烟缭绕，所以名香炉峰，李白诗首句“日照香炉生紫烟”，烘托瀑布所在的环境，紫烟迷离。香炉峰的瀑布很出名，因为是远望瀑布，就像一匹白练悬挂在那里，一个“挂”字化动为静，瀑布落地即为“前川”的支流，可以想见。第三句“飞流直下三千尺”，是想象，写足瀑布形态与气势，极具飞动气象，逼出结句“疑是银河落九天”，就像银河从九天倾泻而下，夸张到位，水到渠成。此夸张建立在想象的基础上，可见李白的出色的想象力。其他如：

蜀道之难，难于上青天。（《蜀道难》）

君不见高堂明镜悲白发，朝如青丝暮成雪。（《将进酒》）

我且为君捶碎黄鹤楼，君亦为吾倒却鹦鹉洲。（《江夏赠韦南陵冰》）

白发三千丈，缘愁似个长。（《秋浦歌十七首》其十五）

一风三日吹倒山，白浪高于瓦官阁。（《横江词六首》其一）

以上五例，或夸物态，或夸情绪，或夸时间之迅速，或夸力量之巨大，兴会淋漓，各臻妙境。夸张在于有真切的感受，觉得如此，不必考诸实际，核以实情。胡仔《苕溪渔隐丛话》前集卷八记载：

《学林新编》云：“《古柏行》曰‘霜皮溜雨四十围，黛色参天二千尺。’沈存中《笔谈》云：‘无乃太细长。’某按子美

《潼关吏》诗曰：‘大城铁不如，小城万丈余。’岂有万丈城耶？姑言其高。‘四十围’‘二千尺’者，亦姑言其高且大也。诗人之言当如此，而存中乃拘以尺寸校之，则过矣。”

沈存中即北宋科学家沈括，著有《梦溪笔谈》，他以科学的眼光读杜甫的《古柏行》当然行不通。夸张要适度，走向极端便是浮夸，这是要防止的，二十世纪五十年代末的“大跃进”民歌很多就是浮夸之作，不值得仿效。

第五节　通　感

通感，即感官之间的沟通，通过甲感官的感受写乙感官的感受。佛教有“六根互用”的说法，六根即眼、耳、鼻、舌、身、意，六根清净者，任何一根均可产生他根的功能，迭相为用，如耳视、目听之类。钱锺书在《通感》一文中谈通感的修辞手法云：“在日常经验里，视觉、听觉、触觉、嗅觉、味觉往往可以彼此打通或交通，眼、耳、舌、鼻、身各个官能的领域可以不分界限。颜色似乎会有温度，声音似乎会有形象，冷暖似乎会有重量，气味似乎会有体质。”（钱锺书《七缀集》）通感的运用使诗词语句产生陌生化、新鲜感的效果。

最早的通感诗句可能出于西晋诗人陆机笔下，他的《拟西北有高楼》诗云：

高楼一何峻，苕苕峻而安。
绮窗出尘冥，飞陛蹑云端。
佳人抚琴瑟，纤手清且闲。
芳气随风结，哀响馥若兰。
玉容谁得顾？倾城在一弹。
伫立望日昃，踯躅再三叹。
不怨伫立久，但愿歌者欢。
思驾归鸿羽，比翼双飞翰。

该诗模拟《古诗十九首》中的《西北有高楼》一首。“苕苕”通“岧岧”，高的样子。前四句写楼高而安稳，为佳人出场设置一个超尘脱俗的环境。中六句写佳人的美好及琴声的动人。后六句写楼下观望者对佳人的仰慕之情，渴望与之比翼双飞之意。诗一般，但“芳气随风结，哀响馥若兰”两句大可值得玩味。“结”有盘旋之意，写佳人的香气随风盘旋，抚琴瑟的哀响像兰草一样芳香。气味看得见，响声有香味，即是通感。这种写法可能与对佳人的全身心的感受有关，一切都是打通的，又都是美好的，具有创造性的意义。

又如庾肩吾的“已同白驹去，复类红花热”（《南城门老》），红是暖色调，让人感觉到热，遂将视觉转化为触觉。与陆机的通感诗句一样，写出了特定情境下人的感觉与情绪。钱锺书分析李贺《恼公》诗中的“歌声春草露，门掩杏花丛”之前一句：“歌如珠，露如珠，两者都是套语陈言，李贺化腐为奇，来一下转移

（transference）：‘歌如珠，露如珠，所以歌如露。’”（钱锺书《七缀集》）将听觉的歌声转化为视觉的露珠。李贺的感觉、知觉与联想能力都很强，所以诗中通感也比较多；他的联想常常推进一层，所以新奇。又如“天河夜转漂回星，银浦流云学水声。”（《天上谣》）因流云像水流动，水流有声，便联想到流云也有声，以听觉写视觉。又如“弹琴看文君，春风吹鬓影。”（《咏怀二首》其一）鬓影可吹，通过触觉写视觉。“秋野明，秋风白”（《南山田中行》），风是白的，以视觉写触觉。“东关酸风射眸子”（《金铜仙人辞汉歌》），风是酸的，以味觉写触觉。其他如：柳宗元的“欸乃一声山水绿”（《渔翁》），将桨声与水光山色联系起来，仿佛桨声使山水变绿了，视听效果极佳。梅鼎祚的“下界钟声杖底悬”（《阮鹤皋自广陵归，同登赭山望大江》），阮大铖的“日暮潮声如雪涌”（《获港杨守戎子仪移酌舟中》），皆是通过视觉写听觉的通感，新颖别致。我写的“暗闻春麦绿，似见菜花香”（《正月初八喜雨》），前句以嗅觉写视觉，后句以视觉写嗅觉，形成互文关系，亦觉鲜活。周振甫《诗词例话》云：

像林逋的《梅花》诗：“小园烟景正凄迷，阵阵寒香压麝脐。”“香”是嗅觉，“压”是触觉，是嗅觉通于触觉，用的也是通感手法。

周说不妥。此处“压”是胜过、超过的意思，意为寒梅的香气超过麝脐的香气，不是通感手法。

第六节　互　文

互文，即上下文合说一件事，参互成文，合而见义。互文是古诗文中常见的一种修辞方法，周振甫认为是“为了音节和字数的限制”，避免重复，才出现这种情况（《诗词例话》）。

《木兰诗》中有多处互文，如“将军百战死，壮士十年归”，意思是：将士们从军十年，经过千百次战斗，有的战死沙场，有的凯旋而归。“当窗理云鬓，对镜帖花黄”，意思是：当窗、对镜理云鬓、帖花黄。“雄兔脚扑朔，雌兔眼迷离”，意思是：雄兔脚扑朔眼迷离，雌兔眼迷离脚扑朔。所以两兔在地上跑时，就难以分辨雄雌了。

杜甫诗中的互文亦多见，如《东屯北崦》一诗：

盗贼浮生困，诛求异俗贫。
空村惟见鸟，落日未逢人。
步壑风吹面，看松露滴身。
远山回白首，战地有黄尘。

该诗系杜甫晚年漂泊夔州时所作，当时吐蕃犯边，蜀中军阀互相征讨，诗从侧面反映了兵乱导致的农村一片荒凉景象。“空村惟见鸟，落日未逢人”，前言空间，后言时间，构成互文，意即：落日空村，只见飞鸟，未逢人物。互文极言荒凉，含蓄地表达了杜甫厌战心理和漂泊情怀。又如“客子入门月皎皎，谁家捣练风凄凄？”（《暮归》）意即：客子入门时，月皎皎，风凄凄；谁家正捣练，风凄凄，月皎皎。“花径不曾缘客扫，蓬门今始为君开”（《客至》），黄生解释说：“花径不曾缘客扫，今始缘君扫；蓬门不曾为客开，今始为君开。上下两意交互成对。”（黄生《杜诗说》卷八）

王昌龄的“秦时明月汉时关”（《出塞》），不是说明月属秦，关属汉，而是互文见义：秦汉时的明月秦汉时的关。白居易的“主人下马客在船”（《琵琶行》），意即主人和客人都下马到了船上，而不是主人才下马，客人就已经跑到船上去了。沈亚之的“旧日闻箫处，高楼当月中”（《挽弄玉公主》），意即过去弄玉公主在楼头月下吹箫，是对旧日情境的回忆。

第七节　顶　真

据陈望道《修辞学发凡》解释：“顶真是用前一句的结尾来做后一句的起头，使邻接的句子头尾蝉联而有上递下接趣味的一种措辞法。”顶真使语气相承，反复之间有吟唱意味，多见于歌曲，在意义上，递进或翻卷一层，增强层次感，在乐府诗、古诗中较为多见。如“长跪读素书，书上竟何如？”（《饮马长城窟行》）“人随沙岸向江村，余亦乘舟归鹿门。鹿门月照开烟树，忽到庞公栖隐处。”（孟浩然《夜归鹿门歌》）“轮台东门送君去，去时雪满天山路。”（岑参《白雪歌送武判官归京》）“一举累十觞，十觞亦不醉。”（杜甫《赠卫八处士》）“牵衣顿足拦道哭，哭声直上干云霄。……县官急索租，租税从何出。”（杜甫《兵车行》）“恸哭六军俱缟素，冲冠一怒为红颜。红颜流落非吾恋，逆贼天亡自荒宴。”（吴伟业《圆圆曲》）今人周啸天的七言古诗常用顶真句，上传下接，于重复中向前推进一层，又使语气连贯，势力陡增，歌味更浓。如：“医缘每每化吉凶。逢凶化吉有后福”（《成龙歌》）；“服食尤惜年光促。年光促兮终不悔”（《人妖歌》）；“老街易作反修名。名易改，城难复”（《徽州民居》）；“总统地底多行宫。地底行宫路欲迷”（《代悲白头翁》）；“诗有别材非关酒，酒有别趣非关愁”（《将进茶》）等等。以上各例是诗篇中个别地方用了顶真。又有贯穿全诗的顶真。如李白的《白云歌送刘十六归山》：

楚山秦山皆白云，白云处处长随君。长随君，君入楚山里，云亦随君渡湘水。湘水上，女萝衣，白云堪卧君早归。

又有章和章之间顶真的，如王安石《忆金陵三首》：

覆舟山下龙光寺，玄武湖畔五龙堂。
想见旧时游历处，烟云渺渺水茫茫。

烟云渺渺水茫茫，缭绕芜城一带长。
蒿目黄尘忧世事，追思陈迹故难忘。

追思陈迹故难忘，翠木苍藤水一方。
闻说精庐今更好，好随残汴理归艎。

曹植的《赠白马王彪》与此相类，诗太长，故不引。

第八节　借　代

据《现代汉语词典》解释：借代，是一种“修辞方式，不直接把所要说的事物名称说出来，而用跟它有关系的另一种事物名称代替它”。陈望道《修辞学发凡》解释说：“所说事物纵然同其他事物没有类似点，假使中间还有不可分离的关系时，作者也可借那关系事物的名称，来代替所说的事物。如此借代的，名叫借代辞。”按：两种解释都看重借代所涉两者之间要有“关系”。唐与汉都强大，两者相似，唐诗中常以汉代唐，而避免直接指陈唐朝皇帝。“武皇开边意未已”（杜甫《兵车行》），“汉皇重色思倾国”（白居易《琵琶行》），人们常解释说是借“武皇”“汉皇”代替唐玄宗李隆基。但我以为，李隆基与汉朝皇帝之间没有“关系”，所以这是借喻，而不是借代。

借代的表现方式多种多样，如借特征或标记代整体，处所代主体，部分代全体，具体代抽象，结果代原因等等。借代的原因也是多种多样的，有的是为了调声韵格律，有的是美化、雅化对象，有的是避免直露而含蓄婉转，有的是精简字数，目的都是出于传情达意的需要。如：“纨袴不饿死，儒冠多误身。”（杜甫《奉赠韦左丞丈二十二韵》）纨绔是富贵子弟的标记，儒冠是文人学者的标记，两处皆以标记代人。“焦遂五斗方卓然，高谈雄辩惊四筵。”（杜甫《饮中八仙歌》）筵，指筵席上的人们，以处所代主体。“田园寥落干戈后，骨肉流离道路中。”（白居易《望月有感》）干戈代战争，以工具代事物。“过尽千帆皆不是，斜晖脉脉水悠悠。”

（温庭筠《望江南》）帆，代船，以部分代全体。“含风鸭绿粼粼起，弄日鹅黄袅袅垂。”（王安石《南浦》）“鸭绿”代春水，“鹅黄”代初春杨柳，以特征代整体。“昨夜雨疏风骤，浓睡不消残酒。试问卷帘人，却道海棠依旧。知否？知否？应是绿肥红瘦。”（李清照《如梦令》）绿代海棠叶，红代海棠花，也是以特征代整体。我写的“哗哗穿夜幕，习习湿衣襟”（《六月六日夜大雨》），哗哗代大雨，习习代有水汽的凉风，也是以特征代整体。

第九节　叠　字

叠字，即将同一字接连重复使用。叠字可以增强语言的形象性和音乐美，起到积极的审美效果。《诗经》里就有很多叠字，《文心雕龙·物色》云：

诗人感物，联类不穷。流连万象之际，沈吟视听之区，写气图貌，既随物以宛转，属采附声，亦与心而徘徊。故“灼灼”状桃花之鲜，“依依”尽杨柳之貌，“杲杲”为出日之容，“瀌瀌”拟雨雪之状，“喈喈”逐黄鸟之声，“喓喓”学草虫之韵……并以少总多，情貌无遗矣。

本书第四章所引《古诗十九首》（青青河畔草），连用六处叠字，刻画人物，描写情境，生动贴切，流畅自然，顾炎武曾大为赞赏。王维《积雨辋川庄作》中有“漠漠水田飞白鹭，阴阴夏木啭黄鹂”二句，唐人李肇称李嘉祐有“水田飞白鹭，夏木啭黄鹂”二句。

李嘉祐与王维同时而稍晚，谁袭用谁的诗句，史上互有争议。然而，从艺术上看，两人诗句还是有高下的。宋人叶梦得说：“此两句好处，正在添漠漠阴阴四字，此乃摩诘为嘉祐点化，以自见其妙，如李光弼将郭子仪军，一号令之，精采数倍。”（《石林诗话》卷上）“漠漠”有广阔意，“阴阴”有幽凉意，添上两处叠字，画面就显得开阔幽深，富于境界，渲染了积雨天气空蒙迷茫的色调和氛围。杜甫诗中叠字很多，可供学习。如“车辚辚，马萧萧，行人弓箭各在腰。”（《兵车行》）两处叠字，作拟声词，模拟车喧马叫，渲染出一幅兵荒马乱的图景。“无边落木萧萧下，不尽长江滚滚来。”（《登高》）“萧萧”写落叶声，“滚滚”状江水貌，应重读，突出秋色秋情弥漫天地之感。王安石的“含风鸭绿粼粼起，弄日鹅黄袅袅垂。”（《南浦》）“粼粼”状风吹水面，“袅袅”写柳丝映日，著两处叠字，顿觉南浦春景妩媚多姿。李清照《声声慢》一词的开头云：“寻寻觅觅，冷冷清清，凄凄惨惨戚戚。乍暖还寒时候，最难将息。”连下十四叠字，描摹神态，烘托环境，悲愁、孤寂的情感逐渐加深加重，词人的难堪处境和心理得到充分的展示，音调凄抑，语言流畅。钱仲联的“霜气压篷灯悄悄，笳声挟浪夜冥冥。”（《十二月初十湘江夜发》）“悄悄”“冥冥”状写夜船江上情形，烘托出抗战初期压抑的时代氛围。饶宗颐的“流梦涤波声细细，牵衣红树话依依。”（《浣溪沙》）状写画中秋景的明丽温馨，颇有春意，故该词的结句云“教人翻信是春归”，“细细”“依依”陡添女性的细腻亲切，宜其将该词奉赠给张充和女士。

第七章　阅读与门径

第一节　阅　读

《文心雕龙·知音》云："操千曲而后晓声，观千剑而后识器。"俗话说："熟读唐诗三百首，不会吟诗也会吟。"学写诗词，先得从阅读做起，广泛阅读古人、今人佳作，取精用弘，成就自家面目。古今诗词佳作浩如烟海，沉沉夥矣，先宜通览诗歌史，探其源流，疏通脉络，知其特色，察其变化，做到大局在胸，得失了然。现择其要者略作简介。

一、读诗

《诗经》，作为我国最早的一部诗歌总集，四言诗之滥觞，是首先要阅读的，尤其是十五国“国风”，取其现实主义精神，真情流露，不假雕饰的感情抒写，窥其兴观群怨之大用，学其赋比兴的基本写法。其次是《楚辞》，尤其是屈原的《离骚》，取其爱国忧民的情怀和高尚的人格，浪漫主义精神和飞腾的想象力，香草美人的象征手法，初步熟悉骚体诗的体式。《诗经》和《楚辞》作为我国数千年诗歌的两大源头，泽被后世，不可不读。

汉末《古诗十九首》为“五言之冠冕”（刘勰《文心雕龙·明诗》），语言质直，感情真挚，意味深醇，掩映千古。魏晋南北朝五言诗兴盛，五古本色在兹。建安中，曹操的诗梗概多气，如幽燕老将，气韵沉雄。建安七子的作品刚健质朴、慷慨激昂，宜有涉猎。曹植的诗“骨气奇高，词采华茂。情兼雅怨，体被文质”（钟嵘《诗品》），学之虽难，不妨浸染。正始文学以阮籍、嵇康为代表，“嵇志清峻，阮旨遥深”（刘勰《文心雕龙·明诗》），高出众人，亦当涵咏。西晋形式主义诗风颇盛，虽则“潘江陆海”名气颇大，铺采摛文，动辄长篇，然其缺乏真情，不可仿效；唯左思、刘琨等少数诗人值得注意。左思咏史抨击门阀制度，表达怀才不遇之愤懑，笔力矫健，名为咏史，实则咏怀。刘琨存诗不多，清刚悲壮，有超拔之气。东晋陶渊明为一大家，他将自己与生活与自然打成一片，语言清新自然，情思渊深朴茂，最不可及，欲学其诗，先学其为人。宋初庄老告退，山水方滋，谢灵运开始大量创作山水诗，永嘉山水之灵秀尽收笔底，其精神性情直与山水相契，非浮光掠影者所能到，然其诗富丽精工，有些雕绘过甚，且多玄言尾巴，瑕瑜互见，不若后来谢朓山水诗之清新流丽。谢朓的一些五言乐府短篇颇似唐人绝句，由此可知绝句源出于乐府。鲍照的主要成就在乐府诗，他继承了汉魏乐府的传统精神，深刻反映了现实生活，其《拟行路难》十八首丰富、发展了七言诗，押韵方式较为灵活多变，改变了曹丕《燕歌行》句句押韵的样式。庾信是南北朝最后一个优秀诗人，他由南入北，诗风大变，凌云健笔意纵横，他的不少诗从句数、对仗、押韵上看，具备近体律绝雏形，唯粘对平仄上有些问题，已是唐人近体诗先声。

诗至唐，名家辈出，灿若繁星，五言七言、古体近体俱臻成熟，且多登峰造极之作，各种题材、风格的作品绚烂缤纷，蔚为大观。唐诗例分初盛中晚，虽轻重不一，都有耐读耐品之作。王绩、初唐四杰、陈子昂在诗歌革新，扫除齐梁浮艳诗风上起了积极作用，尤其是陈子昂的《感遇诗》三十八首，内容坚实丰富，上继阮籍《咏怀诗》，下启张九龄《感遇》和李白的《古风》，唐人对之评价颇高。张若虚的《春江花月夜》将游子思妇的传统主题与宇宙意识结合起来，融哲理于抒情，语言优美，音韵浏亮，真七言歌行中绝调。盛唐诗歌，首推李白、杜甫，此二公不独是唐诗的顶峰，亦是中国诗歌史上的顶峰，所谓“李杜文章在，光焰万丈长”（韩愈《调张籍》）是也。李白是诗仙，他的想象与夸张能力是一流的，又有着现实的情绪内容，非不食人间烟火的游仙诗之类。他的浪漫主义情怀不易学，但其“清水出芙蓉，天然去雕饰”的语言却是应该效法的对象。杜甫颠连漂泊，心系苍生，爱国忧民，诗以当史，呕心沥血，语必惊人，是为诗圣。其诗山负海涵，沉郁顿挫，众体兼备，变化万端，真无所不能也。严沧浪云：李杜二公诗集须“枕藉观之”，寝馈其中，斯言不虚。唐山水田园诗是一大端，盛唐王维、孟浩然，中唐韦应物、柳宗元为代表，他们性分遭际有别，诗亦同中有异。王清秀雅淡，富有生气；孟冲淡闲远，风神散朗；韦韵高气静，冷清孤寂；柳清峭幽冷，常怀郁愤。边塞诗亦是唐诗一大端，盛唐高适、岑参、王昌龄、王之涣、李颀，中唐李益等均有佳构，高岑歌行成就尤其突出，二王、李益绝句出类拔萃。不过，边塞诗与历史环境的关系极大，这类诗今人多不写，或以变化出之。中唐诗派较多，于盛唐李杜二峰之下，众水分流。“韩孟诗派”以韩愈为主，孟郊为辅，韩诗奇崛险怪，气象峥嵘，其创新精神可学，铺张排奡，过分雕搜不可学。“元白诗派”以白居易为主，元稹为辅，白诗平易通达，叙述曲尽情态，其语浅情深处可学，率易应酬不可学。李贺系鬼才，唐代的“超现实主义”诗人，其诗源于《离骚》而流入虚荒诞幻，但他是一个天才诗人，奇幻的想象，灵妙的修辞手段，象征的色彩，瑰丽奇峭的语言都是一流的，可资借鉴处尤多。中唐前期的刘长卿、后期的刘禹锡皆工于近体诗，刘长卿尤工五律，曾自称为“五言长城”，写山水隐逸生活的诗成就较高；刘禹锡的诗充满历史和人生感喟，深沉隽永，其《竹枝词》学习民歌，含思婉转，别有情趣。晚唐以杜牧、李商隐为高。杜牧咏史、写景抒情绝句风流俊爽，思致活泼；李商隐的诗造诣颇高，七律学杜尤为出色，咏史诗、爱情诗、咏物诗深情绵渺，绮丽精工，难见同调。

唐诗是诗的盛世，高峰难越，宋人另辟蹊径，力求写出自家面目，也是时代及诗歌自身发展使然。钱锺书云："唐诗多以丰神情韵擅长，宋诗多以筋骨思理见胜。"（钱锺书《谈艺录》）斯言得之。魏晋诗情即是理，理即是情，情理浑融，唐宋其分承魏晋乎？宋初王禹偁提倡继承杜甫、白居易现实主义诗歌传统，诗有较强的人民性，古体长篇初步表现宋诗议论化、散文化的倾向。欧阳修诗学韩愈，但其佳处不在险怪生僻，而在文从字顺、风格清新之作。梅尧臣官小家贫，接近底层人民，诗多反映人民的贫困生活，艺术上追求意新语工，造语平淡。宋诗至王安石始见大家气象，他的政治诗、田园山水诗、咏史诗都有很好的表现，暮年所作绝句意境空灵清婉，富有画意，成就极高。苏轼多才多艺，诗词文赋无所不能，表现了北宋文学的最高成就。苏轼诗有不脱离现实处，但没有杜甫沉得那么深，有浪漫处，但不像李白那样神游天外，实在说，苏轼的风格处于李杜之间。苏诗数量大，究以七言律绝为佳，脍炙人口者多在此。黄庭坚、陈师道开创宋代影响最大的江西诗派，但黄诗刻意争新出奇，在书本知识和技巧上讨生活，其诗多生硬槎枒，了无生气，断不可学。 陈师道学杜学黄，刻意求深，语言有涩味，有些平易质朴的诗倒也真挚动人。两宋之交的陈与义诗颇为杰出，早期流连光景之作清新可喜，南渡后，对杜甫诗的精神实质有了深入体会，写了不少感怀家国的诗篇，雄阔慷慨，苍凉悲壮，不似正宗江西诗派之诗。杨万里、范成大、陆游、尤袤号称"中兴四大诗人"，尤袤流传下来的诗很少，成就也不高，实在不能和杨、范、陆相比。杨万里的诗立意新颖，幽默风趣，语言清新活泼，号为“诚斋体”，于寻常事物中发现情趣，且手段灵敏，是他的一大能耐，但有时刻意追求理趣从而堕入理障，有时一挥而就过于草率。范成大反映民生疾苦和爱国情怀的诗固然不错，他的田园诗影响更大，《田园四时杂兴》摆脱了传统田园诗的闲适隐逸情调，扎实地写出了泥土味和血汗气，钱锺书称之“算得中国古代田园诗的集大成”（钱锺书《宋诗选注》）。陆游的诗取材广阔丰富，主要有两方面：一是志在恢复，报仇雪耻的诗篇；一是咀嚼生活，写景抒情的诗篇。两类诗在后世的影响各有起伏。陆游古体诗才气豪健，议论纵横；律诗“名章俊句，层见叠出，令人应接不暇”（赵翼《瓯北诗话》），堪称大家。

金代杰出诗人元好问孤峰挺出，他的近体诗比古体诗更好，尤其是七律，学杜甫而有自家面目，慷慨悲凉，锻炼精纯。《论诗绝句三十首》对建安以来诗歌作了较系统的评论，时有卓见。元诗成就不高，可不必学。有明一代，前后七子名气很大，“诗必盛唐”，模拟之功多，天然之姿少，缺乏独创性。明初高启可为明诗人之冠，他对汉魏六朝诗及唐诗广泛学习，才气超迈，众体兼长，惜卒于壮年，未能臻于极境。明中叶的王阳明虽是思想家，诗也好，他的山水诗能写出山水情趣，寄托自己的身世感慨，还能体现他的心学思想，“万物皆备于我”，随意点化，景情理浑融。前七子乏善可陈，后七子的李攀龙、王世贞诗可一读。李攀龙七言律绝规模唐人，风流可赏，七绝语近情深，跨越余子。王世贞学问广博，著作丰富，用古体乐府写时事，开阖纵横，略无滞碍，近体诗亦有可取之处。明末陈子龙书写家国之感，抗清之志，慷慨悲壮，为明诗殿军。

南宋末至明末，诗之衰颓久矣，清代复为振起。清诗以清初和清末为两大高峰，尤其是清末，值世局大变，风云激荡，不少诗人为学者，集诗人之诗和学人之诗于一身，题材丰富，风格多样，溢彩流芳。应该说，清诗的整体成就不在两宋之下，只是关注不足罢了。明清之际，钱谦益被认为是文坛执牛耳的人物，其诗沉雄博丽，感慨殊深，惜用典过多，读来不大畅快。吴伟业、龚鼎孳与钱合称“江左三大家”，他们的诗都抒写了故国之思和亡国之痛。吴伟业七言歌行学元白，叙写时事，辞藻华美，音节浏亮，善于转韵，号称“梅村体”，这些长篇叙事诗为古代叙事诗的高峰，堪称一代“诗史”，学写歌行者宜多加玩味。七律寓议论于形象，写景叙事，属对精工，亦有过人之处。相较之下，龚鼎孳诗歌成就不及钱、吴远甚。顾炎武诗重民族气节，苍凉悲壮，接近杜甫，驱遣学问为抒情服务，使事用典多而贴切，学问修养不足者不易读其诗。吴嘉纪诗多反映清初民生疾苦，善于叙事，以白描取胜。在遗民诗界，顾、吴各有千秋。清初较早的诗人还有宋琬和施闰章，号称“南施北宋”。施闰章的诗亦多反映民生疾苦，诗风温柔敦厚，尤工五律。宋琬诗以反映个人遭遇为主，诗风雄健磊落，尤擅长七言古诗。朱彝尊被尊为浙派开山祖师，富于学问，诗亦博丽，早期表现抗清斗争和故国之痛，现实感很强，后期诗转为颂圣、闲适等，意义不大，格调由激烈变为平和，艺术上由学唐转向学宋，要之，不失为一代名家。屈大均、梁佩兰、陈恭尹为清初“岭南三大家”，朱庭珍《筱园诗话》认为三者以陈恭尹诗为高，“雄厚浑成，警策古淡，天分人工，两造其极”，他最工七律，怀古之作尤为突出。王士禛为康熙朝一代诗宗，他倡导神韵说，诗论来源于唐代的司空图和宋代的严羽，并身体力行，其诗善于造境，诗意朦胧，含蓄蕴藉，辞藻风流，七绝尤工，影响远至晚清的苏曼殊。稍晚于王士禛的查慎行诗学苏轼、陆游，多写山水行旅，善于白描，辞意婉转畅达，自成一家。厉鹗为“浙派”诗人代表，其山水诗清妙逸群，抒情诗亦深情绵邈。袁枚诗主性灵，要求写真性情，表现自我，有进步意义，其诗有民主气息，通俗活泼，风趣幽默，但有时难免浮滑。赵翼论诗主张创新，亦重性情，其诗题材丰富，众体兼备，写大西南的诗有开创性意义，论史论诗之作尤为精彩。张问陶论诗亦主性灵，其诗善言情理，工于写景，七言律绝潇洒流畅，性情毕露，张恨水曾说“船山律句纳兰词，二十年来向往之”（《二十三年冬由平南下过南京感而赋此》）。黄仲则短暂的一生贫病交加，《两当轩集》“好作幽苦语”，体现了乾隆盛世之衰音，然其天资超迈，时人比之李太白，为诗能豪能婉，缠绵悱恻之情，低回掩抑之感，表现得尤为动人，郁达夫非常欣赏他。龚自珍在清代诗坛上异军突起，他具有“忧患意识、批判精神和改革思想”（孙钦善语），诗中也多有体现，诗歌想象奇特，境界独辟，自由奔放，色彩瑰丽，影响深远。

鸦片战争后，历史进入近代，晚清至民国年间，风云际会，诗学极盛。郑珍为晚清宋诗派的代表诗人，其诗丰富博大，凡伦理亲情，山川形势，悯乱伤生，兵火流离，无不收于笔下，诗中有“我”，忠厚缠绵，允称大家。江湜清贫坎坷，诗多危苦，然以真情为主，不喜用典，以白描见长，写难状之隐，明白如话。王闿运是近代湖湘派的首领，其诗宗法汉魏六朝，下及盛唐，有拟古倾向，也有忧愤国事，感叹时局的诗篇，如《圆明园词》即是歌行佳作。张之洞主张“宋意入唐格”，兼采唐宋，诗风明朗雅健，优游不迫，被人称颂。张之洞与曾国藩一样，是晚清能诗之名臣，但曾诗不及张诗。晚清诗派以“同光体”影响最大，又分三支，闽派以郑孝胥、陈衍为代表，赣派以陈三立为代表，浙派以沈曾植为代表。郑孝胥曾任伪满洲国国务总理，不以人废言，诗清苍幽峭，锻炼精纯，自备一格。陈三立诗宗黄庭坚，避俗避熟，诗风清奇拗涩，颇有独到之处，声望很高。沈曾植诗中学问太多，生涩奥衍，颇不易读。樊增祥、易顺鼎齐名，号称“樊易”，然易才大于樊。樊诗多咏物闲情，艳体诗颇为自负，感念国事之作亦不少，歌行体前后《彩云曲》负有盛名。易顺鼎才气纵横，转益多师，光彩照人。其诗多行役游览之作，动辄长篇放歌，寄情山水，气象万千，属对新颖灵动，令人目不暇接。黄遵宪是晚清“诗界革命”的一面旗帜，论诗主张“诗之外有事，诗之中有人”，多方学习，“要不失乎为我之诗”（《人境庐诗草·自序》）他的诗渗透着爱国精神，有新的题材内容和卓越的艺术手腕，其叙事诗堪称诗史，域外诗拓宽了古典诗歌的表现领域，诗风沉雄博大，宏丽恢张，足称大家。丘逢甲亦是“诗界革命”之巨子，其诗具有强烈的反帝爱国之思想，悲壮慷慨，有一股豪迈之气，近体诗尤佳。杨圻“才华富丽，魄力沉雄”（钱仲联语），七言歌行步武梅村，《天山曲》《檀青引》传颂一时。南社诗人以柳亚子为代表，鼓吹革命，思想激进，可惜诗多粗豪，成就不高。

“五四”新文化运动以推翻旧体诗词为己任，然终是矫枉过正，中华诗词香火不绝，“五四”以后仍有诗词名家相继出现，且高手多为学者型诗词家。即以诗人论，马一浮、陈寅恪、胡先骕、徐英、潘伯鹰、钱仲联、饶宗颐等在各自专业领域均有精深造诣，诗亦属一流。其余像陈独秀、林散之、陈寂、聂绀弩、潘受、周弃子、刘征、熊鉴、李汝伦、张梦机、陈永正、滕伟明、何永沂、杨逸明、杨启宇、周啸天、钟振振、刘梦芙等，其中不少亦为学者诗人，诗风各异，都有不俗的表现。

二、读词

词萌芽于隋，成于唐、五代，盛于两宋。词上不似诗，下不类曲，作之亦难。王国维《人间词话删稿》云：“词之为体，要眇宜修。能言诗之所不能言，而不能尽言诗之所能言。诗之境阔，词之言长。”此就大体而言之。词从近体诗演变而来，作词难于诗，学词，可从近体诗入手，方易入门。沈义父《乐府指迷》云：“音律欲其协，不协则成长短之诗。下字欲其雅，不雅则近乎缠令之体。用字不可太露，露则直突而无深长之味。发意不可太高，高则狂怪而失柔婉之意。”此四条可作学词之指南。学词，亦当先读历代优秀词作。

世传李白作有《忆秦娥》《菩萨蛮》二词，虽系小令，犹有浑厚高古气象，《忆秦娥》一首非大手笔不能道。《花间集》是第一部文人词集，成于后蜀广政三年(940)，以婉约为主，虽然“类不出乎绮怨”，学词者宜先玩味，可得词之基本旨趣。集中以晚唐温庭筠和韦庄成就最为突出。温庭筠致力于词，错彩镂金，风流蕴藉，“精妙绝人”（刘熙载《艺概》）。韦庄词情深语秀，较温词俊逸，“似直而纡，似达而郁，最为词中胜境。”（陈廷焯《白雨斋词话》）南唐君臣之词大可值得注意。冯延巳词清新流转，不像花间词人那样甜腻，将婉约词风推进一步，影响到宋初的晏殊、欧阳修。李煜词写故国之思，亡国之痛，以赋体直抒胸臆，复有婉转缠绵之致，其秀在神，难以企及。

北宋词之大家，吴梅《词学通论》概括云：“余谓承十国之遗者，为晏欧。肇慢词之祖者，为柳永。具温韦之情者，为张先。洗绮罗之习者，为苏轼。得骚雅之意者，为贺铸。开婉约之风者，为秦观。集古今之成者，为邦彦。此外或力非专诣，或才工片言，要非八家之敌也。”秦观词固然婉约，但非婉约词之第一人。晏几道似也可列入其中。其余所论均确。晏殊词承南唐而来，是宋词发轫者。《珠玉词》多写富贵悠游生活，也有一些离愁别恨、人生感喟之作，温婉清丽，华贵典雅。欧阳修词大部分写爱情，少数表现个人抱负，词风清疏峻洁，“疏隽开子瞻，深婉开少游。”（冯煦《宋六十一家词选·例言》）柳永词多取材都市生活，大量描写妓女，表现了他的浪子作风，大量创制慢词，铺陈描叙，吸收口语入词，对于拓展词境，增强词的表现力贡献尤大，学慢词可从柳永入手。张先词情致高雅，清秀隽永，情词从“花间”而来，却比“花间”明白爽快，他善用“影”字，体现缥缈朦胧的美感，人称“张三影”。苏轼天性豁达，襟抱开朗，为词超凡入圣，胡寅在《酒边词序》里说他“一洗绮罗香泽之态，摆脱绸缪宛转之度，使人登高望远，举首高歌，而逸怀浩气超乎尘埃之外”。他突破了晚唐五代以来专写男女恋情、离愁别绪的框架，拓展了词的表现领域，风格上于婉约之外别开豪放一派，名章俊句纷至沓来，令人称颂。贺铸为词，或缠绵深婉，或俊爽磊落，豪放婉约，兼收并蓄，又好化用前人诗句，其悼亡妻之《半死桐》《减字浣溪沙》哀婉缠绵，备极感人，《六州歌头》（少年侠气）表达报国无门的悲愤，系宋词中第一首真正的爱国词篇。秦观一向被奉为婉约词正宗，其词刻画工细，景色凄迷，措辞婉转，充满感伤情调。周邦彦著有《清真词》，富艳精工，沉郁顿挫，吴梅认为：“词至美成，乃有大宗。前收苏秦之终，后开姜史之始。”（吴梅《词学通论》）其慢词的章法结构尤其值得注意，曲折顿挫，备极吞吐，颇有层次感。晏几道为晏殊幼子，有人将晏氏父子追配南唐李氏父子，确有可比之处。晏几道擅长小令，措词婉妙，浅处能深，值得一读。

南宋词在北宋的基础上做了多方面的探索发展，吴梅选七家作为代表，他们是：辛弃疾、姜夔、张炎、王沂孙、史达祖、吴文英、周密，以为南宋词坛领袖。从风格之突出，影响之巨大这两方面看，我觉得只有辛弃疾、姜夔、吴文英可称领袖，而其中的吴文英词堆砌、雕琢过甚，似珠扎美人，了无生气，余素不喜。除此以外，李清照、张孝祥、刘克庄等人的词亦值得阅读。下面试做简单介绍。李清照生活在两宋之交，是我国文学史上的杰出女词人。她的词主要继承婉约一路，语言清丽，圆转如珠，富于声调美。至于张孝祥，宛敏灏著《张于湖评传》阐述张孝祥词的三种风格：“大抵激于爱国热情，发抒忠义之气者，则如惊涛出壑”；“其直抒胸臆，表达豪迈坦率之怀者，则如静练赴海”；“至于摹景融情，别有清隽自然之趣缠绵悱恻之思，则似皱縠纹江”。其总体风格，“实介乎苏辛之间”。辛弃疾词题材广泛，以表现抗金爱国和壮志难酬的遭遇为主，高昂激越，境界雄奇阔大，沉郁顿挫，突过东坡。在艺术上，想象神奇，善用比兴象征，以辞赋、散文语气、句法入词又合词律，读来颇觉畅快，无疑扩大了词的创作手段，增强了词的艺术表现力。姜夔善以健笔写柔情，反映个人幽僻心境，咏合肥情事的词比《暗香》《疏影》要好。张炎概括姜夔词风为“清空”，王国维认为“虽格韵高绝，然如雾里看花，终隔一层”（王国维《人间词话》）。史达祖著有《梅溪词》，其词擅长咏物和描写情境，笔法细腻，辞藻华美。刘克庄是辛派词人，其词多为长调，疏宕奔放，好发议论。王沂孙著有《碧山乐府》，咏物词很有名，发于忠爱，时时寄托，词品极高。张炎著有《山中白云词》，词风空灵婉丽。周密词近吴文英，但比吴词清丽。

金代元好问词最为突出，词集为《遗山乐府》，取法苏辛，吊古伤时，多慷慨之音，声情激越。元代张翥词最好，著有《蜕岩词》，多长调，流丽畅快，多咏物与赠答之作，取材不够宽广。元明词格调卑靡，成就远不及两宋，与诗一样，词至清才见复兴气象。而清词高峰在清初和清末，亦复如诗。余怀才情艳逸，词多清丽，饶宗颐、张璋编纂《全明词》收入其词作，因其主要生活、创作皆在清初，应为清初词人。陈维崧为清初词坛巨擘，阳羡词派领袖，其词数量惊人，感怀往昔，慨叹现实，师法稼轩而纵横跌宕，“沉雄俊爽，论其气魄，古今无敌手”（陈廷焯《白雨斋词话》卷三），在词史上起到振衰起弊的作用。小令亦笔力坚挺，以盛气豪情出之，令人惊异。朱彝尊博学多才，为浙西词派宗主，曾编纂唐宋金元词五百余家为《词综》，是旧时规模较大的词选集。朱彝尊词以姜夔、张炎为宗，抒情言志，清空醇雅。但其《茶烟阁体物集》专门咏物，穷极工巧，意义不大。顾贞观著有《弹指词》，抒怀吟志，记游览胜，咏物怀古，友情恋情等均以“情胜”，其“以词代书”，以词题画作跋等，在词体功能方面做了有益的尝试。纳兰性德著有《饮水词》，悼亡词与边塞行吟词最为突出，词宗李后主，直抒胸臆，自然流丽，颇为引人注目。继朱彝尊之后，清中期词人厉鹗为浙派词人一大家，写景言情，吟哦山光水色尤其突出，以“幽隽”风格著称。张惠言为常州词派的开创者，他和弟弟张琦编有《词选》，选唐五代两宋词 44 家 116 首，后附录同邑友人黄景仁等人词作。其论词主张“意内言外”，比兴寄托，然其评解前人词作难免穿凿附会。自著《茗柯词》浑雅条畅，并无晦涩的毛病。晚清蒋春霖为词坛巨擘，龙榆生评价曰：“咸同兵事，惟一蒋春霖，运以深沉之思、清折之语，长歌当哭，托体甚高；《水云楼词》，世谓足以冠冕一代。”（龙榆生《清季四大词人》）谭献于词用力甚深，曾选清人词为《箧中词》。自著《复堂词》，小令精绝，有五代风神，长调却比较沉闷。龙榆生 1931 年 1 月发表文章《清季四大词人》列四大词人为：王鹏运、文廷式、郑文焯、况周颐。20 世纪 40 年代末薛志泽辑刻《清季四家词》，无文廷式，有朱孝臧。要之，这五位词人，加上王国维、秋瑾，都是晚清名家，代表了这一时期词的最高成就。王鹏运有《半塘定稿》，其词上承常州词派，重寄托，朗健清寒，为“临桂词派”的开创者。文廷式有《云起轩词》，自写胸臆，悲愤沉郁，意境苍凉。郑文焯有《樵风乐府》，多隐逸气息，也有风骨劲峭之作。朱孝臧有《彊村语业》，多忧国伤世之情，风格亦多样，被尊为“集清季词学之大成”者。况周颐论词推举“重、拙、大”，著有《蕙风词》，风格却不似。王国维系国学大师，著有《人间词话》，拈出“境界”说，颇有创建。其词工小令，深情凄婉，时含哲思，出神入化。秋瑾具有报国的革命热忱和大无畏的战斗精神，被称为“鉴湖女侠”，词作刚健遒劲、雄浑豪放，具有浓郁的浪漫主义色彩，读之足以振顽起懦。

“五四”以来词坛亦多健将，详见刘梦芙先生《“五四”以来词坛点将录》，大型词选见刘梦芙先生编选《二十世纪中华词选》。兹列举可供学习者十余人如下：吕碧城、马一浮、毛泽东、顾随、张伯驹、夏承焘、唐圭璋、龙榆生、丁宁、卢前、钱仲联、沈祖棻、饶宗颐、寇梦碧、叶嘉莹、陈永正、刘梦芙等。

以上所列大抵是诗词史中的名家名作，有的必须读，有的可选择读，有的名家作品太多，不容易通读，可读选本，且最好有注释，方便理解。读书也需要积累，不断扩大深入，不断提高自己鉴赏与创作水平。生活经验、阅历对创作也极其重要，可遇不可求，但读书是必不可少而且能够做到的，此等皆诗外工夫。除了阅读诗史、词史及相关作品以外，有关诗话、词话亦可选择阅读，品评古人作品之优劣，汲取古人创作之经验。古代汉语知识必须了解，以便打下阅读与创作的语言基础。历史、哲学、美学、自然科学乃至其他艺术亦须涉猎，腹笥充实，积理厚，知识丰，于诗词创作大有裨益。

第二节 门 径

一、何体入手

学诗门径如何？当从何体入手？由来说法不一。《红楼梦》第四十八回香菱向黛玉学诗有一段：

香菱笑道："我只爱陆放翁的诗'重帘不卷留香久，古砚微凹聚墨多'，说的真有趣！"黛玉道："断不可学这样的诗。你们因不知诗，所以见了这浅近的就爱，一入了这个格局，再学不出来的。你只听我说，你若真心要学，我这里有《王摩诘全集》，你且把他的五言律诗读一百首，细心揣摩透熟了，然后再读一二百首老杜的七言律，次再李青莲的七言绝句读一二百首。肚子里先有了这三个人作了底子，然后再把陶渊明、应玚、谢、阮、庾、鲍等人的一看。你又是一个极聪敏伶俐的人，不用一年的工夫，不愁不是诗翁了！"

林黛玉的意思是：先学王维的五律，再学杜甫的七律，再学李白的七绝，再学唐以前陶渊明等人的古诗。清诗人厉志也主张先学五言律诗，他在《白华山人诗说》卷二中说：

凡人学诗，往往先作七律，到工夫进时，一首都不得佳。七律大难，不如从五律入手，其错处还容易周防，且五律，众诗之基也。

清代冒春荣《葚原诗说》卷一说：“诗有古今诸体，初学未能遍攻，当先自近体始。近体有五七言律，五七言排律，五七言绝句。”至卷四又推翻前说云：

五言古，诗之根本也。其余诸体，诗之枝叶也……予尝语从游辈，凡学诗须从五言古入手，尽探古今作者之源流，得其风概，充之以笔力，渐次出入变化，自成大家。如从五言律诗入者，亦可成名家，但局度恐不能阔大，便逊五古入手一筹。不知诗者，或漫然从七绝七律作起，躐等而进，误入旁门，终成外道。

又主张从五古入手了。当代学者霍松林则主张：“应先作古体，渐及近体；古近各体兼擅，始能表现各种情境。”（《海岳风华集》修订本，霍松林序）刘梦芙也持此观点。青年学者徐晋如则认为：“诗能到什么样的高度，是天性和思想决定的，与先学古风、先学律绝之类关系不大。”（《国诗答疑录》）我觉得徐说甚为通达。有人性近古风，有人喜欢绝句，有人倾心律诗，先学何体可依个人的天性和才华而定，甚至靠某种机缘，不必定于一尊。那么词呢？徐晋如认为“初学填词宜自长调入”（《国诗答疑录》），这又有点拘执了，诗词一理，先学长调，还是先学小令，学豪放，还是学婉约，在了解词史的基础上，同样可依个人的天性和才华，选择适合自己的名家作为学习对象。

下面说说我本人的学诗经历。我开始写旧体诗在2004年，从绝句开始，当时觉得绝句短小，且不需对仗，容易入手。我的专业是中国现当代文学，觉得绝句像“五四”时期的白话小诗，宜于写一地的景色，一时的情趣。我最早发表诗作也是在2004年，《安徽师大报》上登了我的四首题名《山中》的小诗：

白雾绕山岩，青草埋荒径。
偶闻林间鹊，恍惚遇幽人。（《山行》）

光影时明灭，清风响林巅。
独坐而无友，山鸟来相伴。（《静坐》）

三五远游客，携酒上山来。
何故闹嚷嚷？林禽讶以怪。（《游山》）

书抛岩石上，笔落草丛间。
梦里秋风起，黄叶满衣衫。（《高卧》）

当时不懂格律，只是凭着感觉写，现在读来当然可笑。比如押韵问题：《山行》一首“岩”字不入韵，“径”“人”即使按方言读押韵，但平仄韵互押也是不妥当的；《静坐》《游山》也是平仄韵互押；《高卧》一首，“间”“衫”不在一个韵部，即使填词也不可通押。又有粘对平仄问题《山行》第二句第二字“草”仄声，与出句第二字“雾”仄声失对；《静坐》第三句第二字“坐”仄声，与第二句第二字“风”平声失粘；《游山》第三句只有“何”字是平声字，犯孤平；每首诗都有平仄不谐的问题。就这样，我写不合格律的绝句将近两年，才在相关老师的指点下，参看王力的《诗词格律》等工具书，才明白了格律是怎么一回事，到2006年写绝句才符合格律规范。

这样写了几年，再尝试写五七言律诗，自己觉得有点像样子了，再尝试写古体诗，也还在摸索阶段，至今所写古体诗不超过十首。对于词，开始存在畏惧心理，但在写律诗的时候，还是鼓起勇气尝试了，是从小令着手的，填《忆江南》《浣溪沙》《生查子》之类，写到一定程度，尝试写慢词，觉得很不成功，也还在初学阶段。我的体会是：首先要克服畏难心理，不要怕，世上无难事，只要肯登攀。胡适也说过“自古成功在尝试”，不入虎穴焉得虎子？不试一试怎么知道自己行不行呢？从何体开始着手，关系不大，但尽量尝试各种体裁，这样可以扩大视野，开拓思路，也知道自己所长在哪里，所短在何处，从而扬长避短，未必人人都像老杜，各种诗体都能取得很高的成就，能将某一体写得出色就相当不错了。其次，要懂诗词格律，虚心向别人请教，看有关工具书，这样可以少走弯路。最后，就是要多读历代名家名作，细心揣摩，反复比照，逐步提高。诗词创作要达到一定程度，绝不是一蹴而就的，懂得了基本知识还只是起步。一艺成名亦大难，好像林散之说过这样的话。好诗也是一个人能力与修养的综合体现，“路漫漫其修远兮，吾将上下而求索。”

二、学习何人

先学何体已经说明，接着就是学谁的问题了。严羽《沧浪诗话·诗辨》云：“入门须正，立志须高……学其上，仅得其中；学其中，斯为下矣。”先学何体没有一定，先学何人，则须谨慎选择，这方面前人总结的经验值得参考。我认为先学第一流诗人诗作，再转益多师，方期有所成就。古风可供学习的对象如《古诗十九首》、曹植、阮籍、陶渊明、李白、杜甫、黄仲则、郑珍、黄遵宪等；歌行可供学习的对象如岑参、白居易、吴伟业、樊增祥、易顺鼎等；五律可供学习的对象如王维、孟浩然、杜甫、施闰章等；七律可供学习的对象如杜甫、李商隐、陆游、陈恭尹、徐英、潘受等；五绝可供学习的对象如王维、孟浩然、杨万里、黄宾虹等；七绝可供学习的对象如李白、王昌龄、杜牧、王安石、王士禛、龚自珍、陈寂等。大家如李杜往往各体皆工，众体兼备。学诗可先攻某体，略呈气候，便可涉猎他体，以期拓宽思路，互为补益。至于词，周济《宋四家词选》序云：

清真，集大成者也。稼轩敛雄心，抗高调，变温婉，成悲凉。碧山餍心切理，言近指远，声容调度，一一可循。梦窗奇思壮采，腾天潜渊，返南宋之清泚，为北宋之秾挚。是为四家，领袖一代……问涂碧山，历梦窗、稼轩，以达清真之浑化。余所望于世之为词人者，盖如此。

周济主张从王沂孙（碧山）入手，浸染吴文英（梦窗）、辛弃疾（稼轩），最后达到周邦彦（清真）浑化之境。所列四者皆为两宋名家甚至大家，不妨做一条学习的路子，但不必定于一家，画地为牢。私下以为，学小令可从《花间集》、李煜入手，慢词可从柳永、周邦彦入手，再旁涉其他名家、大家。总之，两宋名家作品宜多读，寖馈其中，掌握词性、词调，区别不同风格；次则多读晚清词人的作品，如蒋春霖、王鹏运、文廷式、朱孝臧、郑文焯、况周颐等人词作，朱庸斋认为他们的词多结合时事，且时代较近，社会差距尚不太大，易于为初学者接受（朱庸斋《分春馆词话》）。

学习古人，要能入能出，其中要有个“我”在；否则，亦步亦趋，即便酷肖古人，终是随人作计，无有出头之日。顾随《驼庵诗话》说得好：“人要以文学安身立命，连精神性命都拼在上面，但心中不可有师，且不可有古人，心中不可存一个人才成。学时要博采，创作时要一脚踢出。若不然便处处要低一格。”林散之《作书》诗云：“不随世俗任孤行，自喜年来笔墨真。写到灵魂最深处，不知有我更无人。”是作书，也是诗词创作的最高境界。

学写诗词，阅读、借鉴古人是必要的，动手写作更是题中应有之义。我读了不少古今名家诗词作品，受他们的影响是不可避免的，但我自己没有刻意学哪一位作家，只是顺着自己的性情和趣味去写。另外，名师指点、诗友切磋也非常重要，独学而无友，则孤陋而寡闻，昔人言之矣。能亲聆名家高手的教导，远胜于自己孤独摸索，尽管自己的摸索也很重要。我开始写诗的两年因为不懂格律，没有向人求教，所以走了弯路。后来向安徽师范大学的孙文光教授学诗，向祖保泉教授学词，创作才真正起步。2008年加入芜湖诗词学会以后，诗词方面的交往也多起来，切磋交流，获益匪浅。孙文光先生看了我的不少习作，建议不要写得太实，太死，宜写虚一点，空灵超脱一点，做到虚实结合方好；诗不宜写得太直白，把话说完了，无余味，要含蓄一些；诗的标题尽量简洁，能略则略等等。祖保泉先生更多地教我如何为人处世，如乐观态度和进取精神，填词也不做寒酸语，即使是愁苦之音，也以坦然宽慰的语言出之。北京的刘征先生说我的诗冷静的说理多，热烈的抒情少，因诗以情为主，建议多些激情。四川的周啸天先生在电子邮件中示我七绝的构思与做法。在我写绝句的阶段，合肥的刘梦芙先生建议我涉猎五七律和古体，以拓宽诗境。同时他们也对我多加鼓励，还有芜湖的老诗人方竑、芜湖诗词学会《滴翠诗丛》主编周正环、安徽宿松的老诗人梅笑春，他们一看到我的有些特色的作品就大加表扬，如此等等，鞭策与鼓励，都是我进步的动力和上升的阶梯。由此可见，请教与交流对学写诗词非常重要。

附录一：诗韵简编

说明：简编以《平水韵》为依据，删去生僻字，保留常用字。一字收入两韵以上者，注明它在某韵中的意义。如果是同义的，则注“某韵同”。

上平声

【一东】东同童僮铜桐峒筒瞳中（中间）衷忠盅虫冲终忡崇嵩（崧）菘戎绒弓躬宫穹融雄熊穷冯风枫疯丰充隆窿空公功工攻蒙朦瞢笼胧栊咙聋珑砻泷蓬篷洪荭红虹鸿丛翁嗡匆葱聪骢通棕烘

崆

【二冬】冬咚彤农侬宗淙钟龙茏舂松淞冲容榕蓉溶庸佣慵封胸凶匈汹雍邕痈浓脓重（重复）从（服从）逢缝峰锋丰蜂烽葑纵（纵横）踪茸蛩邛筇跫供（供给）蚣喁

【三江】江缸窗邦降（降伏）双泷庞撞豇扛杠腔梆桩幢蛩（冬韵同）

【四支】支枝肢移为（施为）垂吹陂碑奇宜仪皮儿离施知驰池规危夷师姿迟龟眉悲之芝时诗棋旗辞词期祠基疑姬丝司葵医帷思滋持随痴维卮麋螭麾墀弥慈遗肌脂雌披嬉尸狸炊湄篱兹差（参差）疲茨卑亏蕤骑（跨马）歧岐谁斯澌私窥熙欺疵赀羁彝髭颐资糜饥衰锥姨夔祇涯（佳、麻韵同）伊追蓍缁其箕椎罴篪萎匙脾坻嶷治（治国）骊綦怡尼漪牺饴而鸱推（灰韵同）陲魑锤缡璃羸帔蘼芪畸羲曦欹猗崎崖筛狮蛳绥虽粢瓷嫠痍惟唯机耆逵岿丕毗枇貔楣霉辎蚩嗤媸飔坍莳鲥鹚笞漓贻禧噫其琪祺麒栀鹂累踟琵祁骐訾咨睢膪胝鳍蛇（委蛇）陴淇丽（地名）厮氏（月氏）僖嘻琦怩熹孜罹磁痿隋逶郦嵋椅（音漪，木名）

【五微】微薇晖辉徽挥韦围帏违闱霏菲（芳菲）妃飞非扉肥威祈畿机几（微也，如见几）讥玑稀希衣（衣服）依归饥（支韵同）矶欷诽绯睎葳巍沂圻颀

【六鱼】鱼渔初书舒居裾琚车（麻韵同）渠蕖余予（我也）誉（动词）舆胥狙锄疏蔬梳虚嘘墟徐猪闾庐驴诸储除滁蜍如畲淤妤苴菹沮徂龉茹榈於祛蘧疽蛆醵纾樗躇欤据（拮据）

【七虞】虞愚娱隅无芜巫于衢癯瞿氍儒襦濡须需朱珠株诛铢

蛛殊俞瑜榆愉逾渝窬谀腴区躯驱岖趋扶符凫芙雏敷麸夫肤纡输枢厨俱驹模谟摹蒲逋胡湖瑚乎壶狐弧孤辜姑觚菰徒途涂荼图屠奴吾梧吴租卢鲈炉芦颅垆趺孥帑苏酥乌污（污秽）枯粗都茱侏姝禺拘嵎踽桴俘臾萸吁滹瓠糊醐呼沽酤泸舻轳鸬驽匍葡铺（铺盖）菟诬鸣迂盂竽趺毋孺酴鸪骷刳蛄晡蒱葫呱蝴劬殂猢邪孚

【八齐】齐黎犁梨妻（夫妻）萋凄堤低题提蹄啼鸡稽兮倪霓西栖犀嘶撕梯鼙赍迷泥溪蹊圭闺携畦嵇跻奚脐醯黧蠡醍鹈奎批砒睽荑篦齑藜猊蜺鲵羝

【九佳】佳街鞋牌柴钗差（差使）崖涯（支麻韵同）偕阶皆谐骸排乖怀淮豺侪埋霾斋槐（灰韵同）睚崽楷秸揩挨俳

【十灰】灰恢魁隈回徊槐（佳韵同）梅枚玫媒煤雷颓崔催摧堆陪杯醅嵬推（支韵同）诙裴培盔偎煨瑰茴追胚徘坯桅傀儡（贿韵同）莓开哀埃台苔抬该才材财裁栽哉来莱灾猜孩徕骀胎唉垓挨皑呆腮

【十一真】真因茵辛新薪晨辰臣人仁神亲申身宾滨槟缤邻鳞麟珍瞋尘陈春津秦频苹颦濒银垠筠巾囷民岷泯（轸韵同）珉贫莼淳醇纯唇伦轮沦抡匀旬巡驯钧均榛莘遵循甄宸纶椿鹑屯呻粼嶙辚磷呻伸绅寅姻荀询峋氤恂嫔彬皴娠闽纫湮肫逡菌臻豳

【十二文】文闻纹蚊云分（分离）氛纷芬焚坟群裙君军勤斤筋勋薰曛醺芸耘芹欣氲荤汶汾殷雯贲纭昕熏

【十三元】元原源沅鼋园袁猿垣烦蕃樊喧萱暄冤言轩藩媛援辕番繁翻幡璠鸳鹓蜿湲爰掀燔圈谖魂浑温孙门尊（樽）存敦墩炖暾蹲豚村屯囤（囤积）盆奔论（动词）昏痕根恩吞荪扪昆鲲坤仑

婚阍髡馄喷狲饨臀跟瘟飧楈

【十四寒】寒韩翰（羽翮，翰韵同）丹单安鞍难（艰难）餐檀坛滩弹残干肝竿阑栏澜兰看（翰韵同）刊丸完桓纨端湍酸团攒官观（观看）鸾銮峦冠（衣冠）欢宽盘蟠漫（大水貌）叹（翰韵同）邯郸摊玕拦珊狻鼾杆蹒姗殚箪瘅谰獾倌棺剜潘拚（问韵同）盘般蹒瘢磐瞒谩馒鳗钻抟邗汗（可汗）

【十五删】删潸关弯湾还环鬟寰班斑蛮颜奸攀顽山闲艰间（中间）悭患（谏韵同）孱潺擐圜菅般（寒韵同）颁鬘疝讪斓娴鹇鳏殷（赤黑色）纶（纶巾）

下平声

【一先】先前千阡笺天坚肩贤弦烟燕（地名）莲怜连田填巅鬈宣年颠牵妍研（研究）眠渊涓捐娟边编悬泉迁仙鲜（新鲜）钱煎然延筵毡旃蝉缠廛联篇偏绵全镌穿川缘鸢旋船涎鞭专圆员乾（乾坤）虔愆权拳椽传焉嫣鞯褰搴铅舷跹鹃筌痊诠悛先邅禅婵躔颛燃涟琏便（安也）翩骈癫阗钿（霰韵同）沿蜒胭芊蝙胼滇佃畋咽湮狷蠲荐骞膻扇棉拴荃籼砖挛儇璇卷（曲也）扁（扁舟）单（单于）溅（溅溅）犍

【二萧】萧箫挑貂刁凋雕迢条髫调（调和）蜩枭浇聊辽寥撩寮僚尧宵消霄绡销超朝潮嚣骄娇蕉焦椒饶硝烧（焚烧）遥徭摇谣瑶韶昭招镳瓢苗猫腰桥乔娆妖飘逍潇鸮骁祧鹪鹩缭獠嘹夭（夭夭）幺邀要（要求）姚樵谯憔标飚嫖漂（漂浮）剽佻龆苕岧噍哓跷侥了（明了）魈峣描钊轺桡铫鹞翘枵侨窑礁

【三肴】肴巢交郊茅嘲钞包胶苞梢姣庖匏坳敲胞抛蛟崤鸡鞘抄蝥咆哮凹淆教（使也）跑艄捎爻咬铙茭炮（炮制）泡鲛刨抓

【四豪】豪劳毫操（操持）髦绦刀萄猱褒桃糟旄袍挠（巧韵同）蒿涛皋号（号呼）陶鳌曹遭羔糕高搔毛艘滔骚韬缫膏牢醪逃濠壕饕洮淘叨啕篙熬遨翱嗷臊嗥尻鏖螯獒敖牦漕嘈槽掏唠涝捞痨芼

【五歌】歌多罗河戈阿和（和平）波科柯陀娥蛾鹅萝荷（荷花）何过（经过）磨（琢磨）螺禾珂蓑婆坡呵哥轲沱鼍拖驼跎佗（他）颇（偏颇）峨俄摩么娑莎迦疴苛蹉嵯驮箩逻锣哪挪锅诃窠蝌髁倭涡窝讹陂鄱皤魔梭唆骡挼靴瘸搓哦痤酡

【六麻】麻花霞家茶华沙车（鱼韵同）牙蛇瓜斜邪芽嘉瑕纱鸦遮叉奢涯（支佳韵同）巴耶嗟遐加笳赊槎差（差错）蟆骅虾葭袈裟砂衙呀琶耙芭杷笆疤爬葩些（少也）佘鲨查楂渣爹挝咤拿椰珈跏枷迦痂茄桠丫哑划哗夸胯抓洼呱

【七阳】阳杨扬香乡光昌堂章张王房芳长塘妆常凉霜藏场央泱鸯秧嫱床方浆觞梁娘庄黄仓皇装殇襄骧相湘箱缃创忘芒望尝偿樯枪坊囊郎唐狂强肠康冈苍匡荒遑行妨棠翔良航倡伥羌庆姜僵缰疆粮穰将墙桑刚祥详洋徉佯粱量羊伤汤鲂樟彰漳璋猖商防筐煌隍凰蝗惶璜廊浪当裆珰沧纲亢吭潢钢丧肓簧忙茫傍汪臧琅当庠裳昂障糖疡锵杭邙赃滂禳攘瓤抢螳踉眶炀阊彭蒋亡殃蔷镶孀搪彷胱磅膀螃

【八庚】庚更（更改）羹盲横（纵横）觥彭亨英烹平枰京惊荆明盟鸣荣莹兵兄卿生甥笙牲擎鲸迎行（行走）衡耕萌甍宏闳茎罂莺樱泓橙争筝清情晴精睛菁晶旌盈楹瀛嬴赢营婴缨贞成盛（盛

受）城诚呈程酲声征正（正月）轻名令（使令）并（并州，交并）倾萦琼峥嵘撑粳坑铿撄鹦鶁蘅澎膨棚浜坪苹钲伧檠嘤轰铮狰宁狞瞪绷怦璎砰氓鲭侦柽蛏莹赪茕赓黉瞠

【九青】青经泾形陉亭庭廷霆蜓停丁仃馨星腥醒（醉醒）惺俜灵龄玲铃伶零听（径韵同）冥溟铭瓶屏萍荧萤荣扃坰蜻硎苓聆瓴翎娉婷宁暝瞑螟猩钉疔叮厅町泠棂囹羚蛉咛型邢

【十蒸】蒸烝承丞惩澄陵凌绫菱冰膺鹰应（应当）蝇绳升缯凭乘（驾乘，动词）胜（胜任）兴（兴起）仍兢矜征（征求）称（称赞）登灯僧憎增曾矰层能朋鹏肱薨腾藤恒罾崩縢誊崚嶒婠塍冯症甃瞢凝（径韵同）棱楞

【十一尤】尤邮优流旒留骝榴刘由油游猷悠攸牛修羞秋周州洲舟酬雠柔俦畴筹稠丘邱抽瘳遒收鸠搜驺愁休囚求裘仇浮谋牟眸侔矛侯喉猴讴鸥楼陬偷头投钩沟幽纠啾楸蚯踌绸惆勾娄琉疣犹邹兜呦咻貅球蜉蝣辀帱阄瘤硫浏庥湫泅酋瓯啁飕鍪篌抠篝诌骰偻沤（水泡，名词）蝼髅搂欧彪掊虬揉蹂抔不（与有韵“否”通）瓿缪（绸缪）

【十二侵】侵寻浔临林霖针箴斟沈心琴禽擒衾钦吟今襟（衿）金音阴岑簪（覃韵同）壬任（负荷）歆森禁（力所胜任）祲琛涔骎忱淋妊掺参（人参）椹郴芩檎琳蟫愔喑黔嵚

【十三覃】覃潭参（参考）骖南楠男谙庵含涵函（包函）岚蚕探贪耽眈龛堪谈甘三酣柑惭蓝担簪（侵韵同）谭昙坛婪戡颔痰篮襤蚶憨泔聃邯蟫（侵韵同）

【十四盐】盐檐廉帘嫌严占（占卜）髯谦奁纤签瞻蟾炎添兼

缣沾尖潜阎镰黏淹钳甜恬拈砭詹蒹歼黔钤佥觇崦渐鹣腌襜阉

【十五咸】咸函（书函）缄岩谗衔帆衫杉监（监察）凡馋芟搀喃嵌掺巉

上 声

【一董】董懂动孔总笼（名词，东韵同）拢桶捅蓊蠓汞

【二肿】肿种（种子）踵宠垅（陇）拥冗重（轻重）冢捧勇甬踊涌俑蛹恐拱竦悚耸巩怂奉

【三讲】讲港棒蚌项耩

【四纸】纸只咫是靡彼毁委诡髓累技绮觜此泚蕊徙尔弭婢侈弛豕紫旨指视美否（臧否，否泰）痞兕几姊比水轨止徵市喜已纪跪妓蚁鄙晷子仔梓矢雉死履垒癸趾址以已似耜祀史驶耳使（使令）里理李起杞圮跂士仕俟始齿矣耻麂枳峙鲤迩氏玺巳（辰巳）滓苡倚匕迤逦旖旎舣蚍秕芷拟你企诔捶屣棰揣豸祉恃

【五尾】尾苇鬼岂卉几（几多）伟斐菲（菲薄）匪篚娓悱榧韪炜虺玮虮

【六语】语（语言）圉圄吕侣旅杼伫与（给予）予（赐予）渚煮暑鼠汝茹（食也）黍杵处（居住，处理）贮女许拒炬距所楚础阻俎沮叙绪序屿墅巨去（除也）莒举讵溆浒钜醑咀诅苎抒楮

【七麌】麌雨宇舞府鼓虎古股贾（商贾）估土吐圃庾户树（种植，动词）煦诩努辅组乳弩补鲁橹睹腐数（动词）簿竖普侮斧聚午伍釜缕部柱矩武五苦取抚浦主杜坞祖愈堵扈父甫禹羽怒（遇韵同）腑拊俯罟赌卤姥鹉拄莽（养韵同）栩窭脯妩庑否（是否）麈

褛篓偻酤牡谱怙肚踽虏拏诂瞽羖祜沪雇仵缶母某亩蛊虢

【八荠】荠礼体米启陛洗邸底抵弟坻柢涕悌济（水名）澧醴诋眯娣棨递昵睨蠡

【九蟹】蟹解洒楷（佳韵同）拐矮摆买骇

【十贿】贿悔罪馁每块汇猥璀磊蕾傀儡腿海改采彩在宰醢铠恺待殆怠乃载（岁也）凯闿倍蓓迨亥

【十一轸】轸敏允引尹尽忍准隼笋盾（阮韵同）闵悯菌（真韵同）蚓牝殒紧蠢陨哂诊疹赈肾蜃膑黾泯窘吮缜

【十二吻】吻粉蕴愤隐谨近忿拉刎揾槿瑾恽韫

【十三阮】阮远（远近）晚苑返反饭（动词）偃蹇琬沅宛婉畹菀蜿绻巘挽堰混棍阃悃捆衮滚鲧稳本畚笨损忖阃遁很沌恳垦龈

【十四旱】旱暖管琯满短馆（翰韵同）缓盥（翰韵同）碗懒伞伴卵散（散布）伴诞罕瀚（浣）断（断绝）侃算（动词）款但坦袒纂缎拌澣谰莞

【十五潸】潸眼简版板阪盏产限绾柬拣撰馔赧皖汕铲羼见楝栈

【十六铣】铣善（善恶）遣（遣送）浅典转（霰韵同）衍犬选冕辇免展茧辨篆勉剪卷显饯（霰韵同）践喘藓软蹇（阮韵同）演兖件腆跣缅缱鲜（少也）殄扁匾蚬岘畎燹隽键变泫癣阐颤膳鳝舛娩辗遭（先韵同）脔辩捻

【十七小】筱小表鸟了（未了，了得）晓少（多少）扰绕绍杪沼眇矫皎杳窈窕袅挑（挑拨）掉（啸韵同）肇缥缈渺淼茑赵兆缴缭（萧韵同）夭（夭折）悄舀侥蓼娆硗剿晁藐秒殍了（了望）

【十八巧】巧饱卯狡爪鲍挠（豪韵同）搅绞拗咬炒吵佼姣（肴韵同）昴茆獠（萧韵同）

【十九皓】皓宝藻早枣老好（好丑）道稻造（造作）脑恼岛倒（跌到）祷（号韵同）捣抱讨考燥扫（号韵同）嫂保鸨稿草昊浩镐杲缟槁堡皂瑙媪燠袄懊葆褓毛澡套涝蚤拷栲

【二十哿】哿火舸亸舵我拖娜荷（负荷）可左果裹朵锁琐堕惰妥坐（坐立）裸跛颇（稍也）夥颗祸榧婀逻卵那坷爹（麻韵同）簸叵垛哆硪么（歌韵同）峨（歌韵同）

【二十一马】马下（上下）者野雅瓦寡社写泻夏（华夏）也把厦惹冶贾（姓贾）假（真假）且玛姐舍喏赭洒嘏剐打耍那

【二十二养】养痒象像橡仰朗桨奖蒋敞鳖厂枉往颡强（勉强）惘两曩丈杖仗（漾韵同）响掌党想鲞榜爽广享向飨幌莽纺长（长幼）网荡上（上升）壤赏仿罔谠倘魍魉谎蟒漭嗓盎恍脏（肮脏）吭沆慷襁镪抢肮犷

【二十三梗】梗影景井岭领境警请饼永骋逞颖颍顷整静省幸颈郢猛丙炳杏秉耿矿冷靖哽绠荇艋蜢皿儆悻婧阱狰（庚韵同）靓惺打瘿并（合并）犷眚憬鲠

【二十四迥】迥炯茗挺艇梃醒（青韵同）酩酊并（并行，并且）等鼎顶肯拯謦到溟

【二十五有】有酒首口母（麌韵同）妇（麌韵同）后柳友斗狗久负（麌韵同）厚手叟守否（麌韵同）右受牖偶走阜（麌韵同）九后咎薮吼帚垢舅纽藕朽臼肘韭亩（麌韵同）剖诱牡（麌韵同）缶酉苟丑糗扣叩某莠寿绶玖授蹂（尤韵同）揉（尤韵同）溲纣钮

扭呕殴纠耦掊瓿拇姆擞绺抖陡蚪篓黝赳取（麌韵同）

【二十六寝】寝饮（饮食）锦品枕（枕衾）审甚（沁韵同）廪衽稔凛懔沈（姓氏）朕荏婶沈（沈阳）葚禀噤谂怎恁饪覃

【二十七感】感览揽胆澹（淡，勘韵同）啖坎惨敢颔（覃韵同）撼毯糁湛菡萏罱椠喊嵌（咸韵同）橄榄

【二十八琰】俭焰敛（艳韵同）险检脸染掩点簟贬冉苒陕谄俨闪剡忝（艳韵同）琰奄歉芡崭堑渐（盐韵同）罨捡弇崦玷

【二十九豏】豏槛范减舰犯湛巉（咸韵同）斩黯范

去　声

【一送】送梦凤洞众瓮贡弄冻痛栋恸仲中（击中）粽讽空（空缺）控哄赣

【二宋】宋用颂诵统纵（放纵）讼种（种植）综俸供（供设，名词）从（仆从）缝（隙也）重（再也）共

【三绛】绛降（升降）巷撞（江韵同）戆

【四寘】寘置事地意志思（名词）泪吏赐自字义利器位戏至次累（连累）伪寺瑞智记异致备肆翠骑（车骑，名词）使（使者）试类弃饵媚鼻易（容易）辔坠醉议翅避笥帜炽粹莳谊帅厕寄睡忌贰萃穗二臂嗣吹（鼓吹，名词）遂恣四骥季刺驷寐魅积（积蓄）被懿觊冀愧匮恚馈蒉篑柜暨庇豉莉腻秘比（近也）鸷毖啻示嗜饲伺遗（馈遗）薏祟值惴屣眦詈企渍譬跛挚燧隧悴尿稚雉莅悸肆泌识（音志，记也，又标识）侍踬为（因为）

【五未】未味气贵费沸尉畏慰蔚魏纬胃汇（字汇）谓渭卉（尾

韵同）讳毅既衣（着衣，动词）蜚溉（队韵同）翡诽

【六御】御处（处所）去虑誉（名词）署据驭曙助絮著（显著）箸豫恕与（参与）遽疏（书疏）庶预语（告也）踞倨薅淤锯觑狙（鱼韵同）翥薯

【七遇】遇路辂赂露鹭树（树木）度（制度）渡赋布步固素具务雾鹜数（数量）怒（麌韵同）附兔故顾句墓慕暮募注住驻炷祚裕误悟寤戍库护屦诉妒惧趣娶铸绔傅付谕喻妪芋捕哺互孺寓赴冱吐（麌韵同）污（动词）恶（憎恶）晤煦酤讣仆（偃仆）赙驸婺锢蛀飓怖铺（店铺）塑愫蠹溯镀璐雇瓠迕妇负阜副富（宥韵同）醋措

【八霁】霁制计势世丽岁济（渡也）第艺惠慧币弟滞际涕（荠韵同）厉契（契约）敝弊毙帝蔽髻锐戾裔袂系祭卫隶闭逝缀翳替细桂税婿例誓筮蕙诣砺励瘗噬继脆睿毳曳蒂睇妻（以女妻人）递逮蓟蚋薜荔唳捩粝泥（拘泥）媲嬖彗睥睨剂嚏谛缔剃屉悌俪锲贳掣羿棣蟪剃娣说（游说）赘憩鳜彘呓谜挤

【九泰】泰太带外盖大（个韵同）濑赖籁蔡害蔼艾丐奈柰汰癞霭会旆最贝沛霈绘脍荟狈侩桧蜕酹外兑

【十卦】卦挂画（图画）懈廨邂隘卖派债怪坏诫戒界介芥械薤拜快迈败稗晒瀣湃寨疥届蒯篑蒉喟聩块夬

【十一队】队内辈佩退碎背秽对废悔诲晦昧配妹喙溃吠肺耒块碓刈悖焙淬敦（盘敦）塞（边塞）爱代载（载运）态菜碍戴贷黛概岱溉慨耐在（所在）鼐玳再袋逮埭赉赛忾暧咳嗳睐

【十二震】震信印进润阵镇刃顺慎鬓晋骏闰峻衅振俊舜赆吝

烬讯仞迅汛趁衬仅觐蔺浚赈（轸韵同）龀认殡摈缙躏廑谆瞬韧浚殉馑

【十三问】问闻（名誉）运晕韵训粪忿（吻韵同）酝郡分（名分）紊愠近（动词）拉拚奋郓捃靳

【十四愿】愿怨万饭（名词）献健建宪劝蔓券远（动词）侃键贩畈曼挽（挽联）瑗媛圈（猪圈）论（名词）恨寸困顿遁（阮韵同）钝闷逊嫩溷诨巽褪喷（元韵同）艮揾

【十五翰】翰（寒韵同）瀚岸汉难（灾难）断（决断）乱叹（寒韵同）观（楼观）干（树干，干练）散（解散）旦算（名词）玩烂贯半案按炭汗赞漫（寒韵同。又副词，独用）冠（冠军）灌爨窜幔粲灿璨换焕唤涣悍弹（名词）惮段看（寒韵同）判叛绊鹳伴畔锻腕惋馆旰捍疸但罐盥婉缎缦侃蒜钻谰

【十六谏】谏雁患涧间（间隔）宦晏慢盼豢栈（潸韵同）惯串绽幻瓣苋办谩讪（删韵同）铲绾孪篡裥扮

【十七霰】霰殿面县变箭战扇煽膳传（传记）见砚院练链燕宴贱馔荐绢彦掾便（便利）眷倦羡奠遍恋啭眩钏倩卞汴片禅（封禅）谴溅饯善（动词）转（以力转动）卷（书卷）甸电咽茜单念（念书）眄淀靛佃钿（先韵同）镟漩拣缮现狷炫绚绽线煎选旋（已而，副词）颤擅缘（衣饰）撰唁谚媛忭弁援研（磨研）

【十八啸】啸笑照庙窍妙诏召邵要（重要）曜耀调（音调）钓吊叫眺少（老少）诮料疗潦掉（筱韵同）峤徼跳嘹漂镣廖尿肖鞘悄（筱韵同）峭哨俏醮燎（筱韵同）鹞鹞轿骠票铫（萧韵同）

【十九效】效教（教训）貌校孝闹豹罩棹觉（寤也）较窖爆炮（枪

炮）泡（肴韵同）刨（肴韵同）稍钞（肴韵同）拗敲（肴韵同）淖

【二十号】号（号令）帽报导操（操行）盗噪灶奥告（告诉）诰到蹈傲暴（强暴）好（爱好）劳（慰劳）躁造（造就）冒悼倒（颠倒）燥犒靠懊瑁燠（皓韵同）耄糙套（皓韵同）纛（沃韵同）潦耗

【二十一个】个贺佐大（泰韵同）饿过（歌韵同。又过失，独用）座和（唱和）挫课唾播破卧货簸轲（轗轲）驮髁（歌韵同）磋作做剁磨（磨磐）懦糯缚锉挼些（楚些）

【二十二祃】祃驾夜下（降也）谢榭罢夏（春夏）霸暇灞嫁赦籍（凭籍）假（借也，又休假）蔗化舍（庐舍）价射骂稼架诈亚麝怕借卸帕坝靶鹧贳炙嗄乍咤诧侘罅吓娅哑讶迓华（姓华）桦话胯（遇韵同）跨衩柘

【二十三漾】漾上（上下）望（观望，阳韵同。又名望，独用）相（卿相）将（将帅）状帐唱让浪（波浪）酿旷壮放向忘仗（养韵同）畅量（度量，数量，名词）葬匠障瘴谤尚涨饷样藏（库藏）舫访贶嶂当（适当）抗桁妄怆宕怅创酱况亮傍（依傍）丧（丧失）恙谅胀罋脏（内脏）吭砀伉圹纩桄挡旺炕亢（高亢）阆防

【二十四敬】敬命正（正直）令（命令）证性政镜盛（茂盛）行（品行）圣咏姓庆映病柄劲竞靓净竟孟诤更（更加）并（合并）聘硬炳泳迸横（蛮横）摒阱檠迎郑獍

【二十五径】径定听胜（胜败）罄磬应（答应）赠乘（车乘，名词）佞邓证秤称（相称）莹（庚韵同）孕兴（兴趣）剩凭（蒸韵同）迳甑宁胫暝（夜也）钉（动词）订饤锭謦泞瞪蹭蹬亘（亘古）镫（鞍

镫）滢凳磴泾

【二十六宥】宥候就售（尤韵同）寿（有韵同）秀绣宿（星宿）奏兽漏富（遇韵同）陋狩昼寇茂旧胄宙袖岫柚覆复（又也）救厩臭佑右囿豆饾窦瘦漱咒究疚谬皱逅嗅遘溜镂逗透骤又侑幼读（句读）堠仆副（遇韵同）锈鹫绉味灸籀酎诟蔻僦构扣购彀戊懋贸袤嗽凑鼬甃沤（动词）

【二十七沁】沁饮（使饮）禁（禁令）任（信任）荫浸谮谶枕（动词）噤甚（寝韵同）鸩赁喑渗窨妊

【二十八勘】勘暗滥啖担憾暂三（再三）绀憨澹（感韵同）瞰淡缆

【二十九艳】艳剑念验堑赡店占（占据）敛（聚敛）厌焰（俭韵同）垫欠僭酽潋滟俺砭坫

【三十陷】陷鉴监（同鉴，又中书监）泛梵忏赚蘸嵌站馅

入　声

【一屋】屋木竹目服福禄谷熟肉族鹿漉腹菊陆轴逐苜蓿宿（住宿）牧伏夙读（读书）犊渎牍椟黩毂复（恢复）粥肃碌骕鬻育六缩哭幅斛戮仆畜蓄叔淑倏独卜馥沐速祝麓辘镞蹙筑穆睦秃縠覆辐瀑郁（忧郁，郁郁葱葱）舳掬踘蹴跼茯袱鹏鸽髑槲扑匐簇蔟煜复（复杂）蝠菔孰塾矗竺曝鞠嗾谡簏国（职韵同）副

【二沃】沃俗玉足曲粟烛属录辱狱绿毒局欲束鹄蜀促触续浴酷躅褥旭欲笃督赎渌纛碡北（职韵同）瞩嘱勖溽缛梏

【三觉】觉（知觉）角桷榷岳乐（音乐）捉朔数（频数）卓

啄琢剥驳雹璞朴壳确浊擢濯渥幄握学龌龊槊搦镯喔邈荦

【四质】质日笔出室实疾术一乙壹吉秩率律逸佚失漆栗毕恤密蜜橘溢瑟膝匹述黜弼跸七叱卒（终也）虱悉戌嫉帅（动词）蒺侄踬怵蟋筚篥必泌荜秫栉唧帙溧谧昵轶聿诘耋垤捽茁鹬鹖窒苾

【五物】物佛拂屈郁（馥郁，郁郁乎文哉）乞掘（月韵同）吃（口吃）讫绂弗勿迄不怫绋沸茀厥倔黻崛尉蔚契屹熨（未韵同）绂

【六月】月骨发阙越谒没伐罚卒（士卒）竭窟笏钺歇突忽袜曰阀筏鹘（黠韵同）厥（物韵同）蹶蕨殁橛掘（物韵同）核蝎勃渤悖（队韵同）孛揭（屑韵同）碣粤樾鳜脖饽鹁捽（质韵同）猝惚兀讷（呐）羯凸咄（曷韵同）矻

【七曷】曷达末阔钵脱夺褐割沫拔（挺拔）葛闼渴拨豁括抹遏挞跋撮泼秣掇（屑韵同）聒獭（黠韵同）剌喝磕蘖瘌袜活鸹斡怛钹捋

【八黠】黠拔（拔擢）八察杀刹轧戛瞎刮刷滑辖铩猾捌叭札扎帕茁鹘揠萨捺

【九屑】屑节雪绝列烈结穴说血舌洁别缺裂热决铁灭折拙切悦辙诀泄锲咽（呜咽）轶噎彻澈哲鳖设啮劣玦截窃孽浙孑桔颉拮撷揭褐（曷韵同）缬碣（月韵同）挈抉亵薛拽（曳）爇冽瞥迭跌阅餮耋垤捏页阕觖谲鸩撇鳖篾楔惙辍啜缀撤绁杰桀涅霓蜺（齐，锡韵同）批（齐韵同）

【十药】药薄恶（善恶）作乐（哀乐）落阁鹤爵弱约脚雀幕洛壑索郭错跃若酌托削铎凿箔鹊诺萼度（测度）橐钥龠瀹着著虐掠获（收获）泊搏藿嚼勺谑廓绰霍镬莫镈缚貉各略骆寞膜鄂博昨

柝格拓轹铄烁灼疟蒻箬芍躇却噱矍攫醵踱魄酪络烙珞膊粕簿怍漠摸酢怍涸郝垩谔鳄噩锷颚缴扩椁

【十一陌】陌石客白泽伯迹宅席策册碧籍（典籍）格役帛戟璧驿麦额柏魄积（积聚）脉夕液尺隙逆画（同划，动词）百辟赤易（变易）革脊翮屐获（猎获）适索厄隔益窄核鬲掷责坼惜癖僻掖腋释译峄择摘弈奕迫疫昔赫瘠谪亦硕貊跖鹡碛踖只炙（动词）踯斥窆鬲骼舶珀吓磔拆喀蚱舴剧檗擘栅啧帻箦扼划蜴辟帼蝈刺嵴汐藉螫蓦摭襞虢哑（笑声）绎射（音亦）

【十二锡】锡壁历枥击绩绩笛敌滴镝檄激寂觌溺觅狄荻幂戚鹚涤的吃沥雳霹惕剔砾翟籴倜析晰淅蜥劈甓嫡轹栎阒菂踢迪皙裼逖蜺阒汨（汨罗江）

【十三职】职国德食（饮食）蚀色力翼墨极殛息熄直值得北黑侧贼饰刻则塞（闭塞）式轼域蜮殖植敕亟棘惑忒默织匿慝亿忆臆薏特勒肋幅仄昃稷识（知识）逼克即唧（质韵同）弋拭陟恻测翊洫啬穑鲫抑或匐（屋韵同）

【十四缉】缉辑戢立集邑急入泣湿习给十拾袭及级涩楫（叶韵同）粒汁蛰执笠隰汲吸絷挹浥悒岌熠葺什芨廿揖煜（屋韵同）歙笈（叶韵同）圾褶翕

【十五合】合塔答纳榻阁杂腊匝阖蛤衲沓鸽踏拓拉盍塌咂盒卅搭褡飒磕榼遢蹋蜡溘邋趿

【十六叶】叶帖贴牒接猎妾蝶叠箧惬涉鬣捷颊楫（缉韵同）聂摄慑镊蹑协侠荚挟铗浃睫厌靥蹀躞燮摺辄婕谍堞霎啜喋碟鲽捻晔躐笈（缉韵同）

【十七洽】洽狭峡法甲业邺匣压鸭乏怯劫胁插锸押狎夹恰蛱硖掐剳袷眨胛呷歃闸霎（叶韵同）

附录二：词韵简编

说明：本简编由张珍怀辑。本编依据清戈载著《词林正韵》一书删去僻字，故称“简编”。《词林正韵》原书韵目用《集韵》标目，分目繁多，标目有僻字，因此本编改用比较通行的《诗韵》标目，以便于检韵。至于分部，仍分十九部，一如《词林正韵》原书。

第一部

平声：一东二冬通用

【一东】东同童僮铜桐峒筒瞳中（中间）衷忠盅虫冲终忡崇嵩（崧）菘戎绒弓躬宫穹融雄熊穷冯风枫疯丰充隆窿空公功工攻蒙濛朦曚瞢笼胧栊咙聋珑砻泷蓬篷洪荭红虹鸿丛翁嗡匆葱聪骢通棕烘崆

【二冬】冬咚彤农侬宗淙悰钟龙茏舂松鬆凇冲容榕蓉溶庸佣慵封胸凶匈汹兇雍邕痈浓脓醲秾重（重复）从（服从）逢缝峰锋丰蜂烽葑纵（纵横）踪茸蛩蛬邛筇跫恭龚供（供给）蚣喁

仄声：上声一董二肿
去声一送二宋通用

【一董】董懂动孔总笼（东韵同）拢桶捅蓊蠓汞澒洞（澒洞）

【二肿】肿种（种子）踵宠垅（陇）拥冗氄重（轻重）冢捧勇甬踊涌俑蛹恐拱竦悚耸栱巩怂奉

【一送】送梦凤洞（岩洞）众瓮贡弄冻痛栋恸仲中（击中）粽讽鞚空（空缺）控哄赣

【二宋】宋用颂诵统纵（放纵）讼种（种植）综俸供（供设，名词）从（仆从）缝（隙也）重（再也）共

第二部

平声：三江七阳通用

【三江】江缸窗邦降（降伏）双泷庞舡撞豇扛杠腔梆龙桩幢蛩（冬韵同）

【七阳】阳扬杨洋羊徉佯芳妨方坊防肪房亡忘望（漾韵同）忙茫芒妆庄装奘香乡湘厢箱镶芗相（相互）襄骧光昌堂唐糖棠塘章张王常长（长短）裳凉粮量（衡量）梁粱良霜藏（收藏）肠场尝偿床央鸯秧殃郎廊狼榔锒踉浪（沧浪）浆将（持也，送也）疆僵姜缰觞娘黄皇遑惶徨煌仓苍舱沧伤殇商帮汤创（创伤）疮强（刚强）墙樯嫱蔷囊狂康慷（养韵同）糠冈刚钢纲匡筐荒慌行（行列）杭航桁翔详祥庠桑彰璋漳獐猖倡凰邙臧赃昂丧（丧葬）阊蜣羌锵枪锵抢（突也）蜣跄篁簧璜潢攘纕瓤亢吭（漾养韵并同）旁傍（侧也）孀骦当（应当）裆珰铛筜飏泱旸炀蝗隍怏肓汪鞅滂螂怆（漾韵同）缃琅颃伥螳

仄声：上声三讲二十二养
去声三绛二十三漾通用

【三讲】讲港项棒蚌耩

【二十二养】养痒象像橡仰朗桨奖蒋敞鳖厂枉往颡强（勉强）盪惘两裲曩丈杖仗（漾韵同）响掌党想鲞榜爽广享向飨幌莽纺长（长幼）上（上升）网荡壤赏仿罔谠倘魍魉昉恍谎蟒漭嗓盎恍脏（肮

脏）吭沆慷䄄镪抢肮犷

【三绛】绛降（升降）巷撞（江韵同）戆

【二十三漾】漾上（上下）望（阳韵同）相（卿相）将（将帅）状帐唱让浪（波浪）酿旷壮放向忘仗（养韵同）畅量（数量）葬匠障瘴谤尚涨饷样藏（库藏）舫访觃嶂当（适当）抗桁妄怆宕怅创酱况亮傍（依傍）丧（丧失）恙谅胀鬯脏（内脏）吭砀伉圹纩桄搒挡旺炕亢（高亢）飏阆防（阳韵同）

第三部

平声：四支五微八齐十灰（半）通用

【四支】支枝肢移簃为（施为）垂吹陂碑奇宜仪皮儿离施知驰池规危夷师姿迟龟眉悲之芝时诗棋旗辞词期祠基疑姬丝司葵医帷思滋持随痴维卮麾墀弥慈遗肌脂雌披嬉尸狸炊湄篱兹差（参差）疲茨卑亏蕤骑（跨马）歧岐谁斯澌私窥熙欺疵赀羁彝髭颐资糜饥衰锥姨夔祇涯（佳、麻韵同）伊追缁萁箕治（治国）尼而推（灰韵同）匙陲魑锤缡璃骊羸帔罴縻蘼脾芪畸牺羲曦欹漪猗崎崖萎筛狮蛳鸱绥虽粢瓷椎饴嫠痍惟唯机耆逵岿丕毗枇貔楣霉辎蚩嗤媸飔墀莳鲥鹚笞漓怡贻禧噫其琪祺麒嶷螭栀鹂累踟琵嵋

【五微】微薇晖辉徽挥韦围帏违闱霏菲（芳菲）妃飞非扉肥威祈旂畿机几（微也、如见几）讥玑稀希衣（衣服）依归饥（支韵同）矶欷诽绯晞葳巍沂圻颀

【八齐】齐黎犁梨妻（夫妻）萋凄悽堤低题提蹄啼鸡稽兮倪

霓西栖犀嘶撕梯稊鼙赍迷泥溪蹊圭闺携畦嵇跻谿（溪）奚脐醯黧蠡醍鹈奎批砒睽荑篦齑藜猊鲵羝鸂

【十灰（半）】灰恢魁隈回徊槐（佳韵同）梅枚玫媒煤雷罍颓崔催摧堆陪杯醅嵬推（支韵同）迴诙裴培盔偎煨瑰茴追胚徘坯桅傀儡（贿韵同）莓

仄声：上声四纸五尾八荠十贿（半）
去声四寘五未八霁九泰（半）十一队（半）通用

【四纸】纸只咫是靡彼毁委诡髓累技绮觜此泚蕊徙尔弥（支韵同）弭婢侈弛豕紫旨指视美否（否泰）痞兕几姊比水轨止市徵（角徵）喜已纪跪妓蚁鄙晷子仔梓矢雉死履垒癸趾址以已似耜祀史驶耳使（使令）里理李起杞圮跂士仕俟始齿矣耻麂枳畤峙鲤迩氏玺巳（辰巳）滓苡倚匕迤逦旖旎舣吡秕芷蟢拟你企诔捶屣箠揣豸祉恃

【五尾】尾苇鬼岂卉几（几多）伟斐菲（菲薄）匪篚娓悱榧韪炜飔玮虮

【八荠】荠礼体米启陛洗邸底抵弟坻柢涕悌济（水名）澧醴诋眯娣棨递昵睨蠡

【十贿（半）】贿悔罪馁每块汇（汇合）猥璀磊蕾傀儡腿

【四寘】寘置事地意志思（名词）泪吏赐自字义利器位戏至次累（连累）伪寺瑞智记异致备肆翠骑（车骑，名词）使（使者）试类弃饵媚鼻易（容易）辔坠醉议翅避笥帜炽粹莳谊帅厕寄睡忌贰萃穗二臂嗣吹（鼓吹，名词）遂恣四骥季刺驷泗寐魅积（积蓄）

被芰懿觊冀愧匮恚馈蒉篑柜暨庇豉莉腻秘比（近也）鸷毖啻示嗜饲伺遗（馈遗）薏祟值惴屣眦詈企渍譬跛挚燧隧悴尿稚雉莅悸肆泌识（记也）侍踬为（因为）

【五未】未味气贵费沸尉畏慰蔚魏纬胃汇（字汇）谓渭卉（尾韵同）讳毅既衣（着衣，动词）蜚溉（队韵同）翡诽

【八霁】霁制计势世丽岁济（渡也）第艺惠慧币弟滞际涕（荠韵同）厉契（契约）敝弊毙帝蔽髻锐戾裔袂系祭卫隶闭逝缀翳制替细桂税婿例誓筮蕙诣砺励瘗噬继脆睿毳曳蒂睇妻（以女妻人）递逮蓟系蚋薜荔唳捩粝泥（拘泥）媲嬖彗睥睨剂嚏谛缔剃屉悌俪锲贳掣羿棣蟪薙娣说（游说）赘憩鳜彘呓谜挤

【九泰（半）】会旆最贝沛霈绘脍荟狈侩桧蜕酹外兑

【十一队（半）】队内辈佩退碎背秽对废悔诲晦昧配妹喙溃吠肺耒块碓刈悖焙焠淬倅敦（盘敦）

第四部

平声：六鱼七虞通用

【六鱼】鱼渔初书舒居裾琚车（麻韵同）渠蕖余予（我也）誉（动词）舆胥狙锄疏蔬梳虚嘘墟徐猪闾庐驴诸储除滁蜍如畲淤妤苴菹沮徂耡龉茹榈於祛蘧疽蛆醵纾樗躇（药韵同）欤据（拮据）

【七虞】虞愚娱隅无芜巫于衢癯瞿氍儒襦濡须需朱珠株诛删铢蛛殊俞瑜榆愉逾渝窬谀腴区躯驱岖趋扶符凫芙雏敷麸夫肤纡输枢厨俱驹模谟摹蒲逋胡湖瑚乎壶狐弧孤辜姑觚菰徒途涂荼图屠奴

吾梧吴租卢鲈炉芦颅垆蚨孥帑苏酥乌污（污秽）枯粗都茱侏姝禺拘嵎踽桴俘臾萸吁滹瓠糊醐呼沽酤泸舻轳鸬驽匍葡铺（铺盖）菟诬呜迂盂竽趺毋孺酴鸪骷刳蛄晡蒱摴葫呱蝴劬殂猢邪孚

仄声：上声六语七麌
去声六御七遇通用

【六语】语（语言）圉圄吕侣旅杼伫与（给予）予（赐予）渚煮暑鼠汝茹（食也）黍杵处（居住、处理）贮女许拒炬距所楚础阻俎沮叙绪序屿墅巨去（除也）苣举讵溆御（御韵同）浒钜醑咀诅苎抒楮

【七麌】麌雨宇舞府鼓虎古股贾（商贾）估土吐圃庾户树（种植，动词）煦诩努辅组乳弩补鲁橹睹腐数（动词）簿竖普侮斧聚午伍釜缕部柱矩武五苦取抚浦主杜坞祖愈堵扈父甫禹羽怒（遇韵同）腑拊俯罟赌卤姥鹉拄莽（养韵同）栩窭脯妩庑否（是否）麈褛篓偻酤牡谱怙肚踽虏孥诂瞽牯羖祜沪雇仵缶母某亩蛊琥

【六御】御处（处所）去虑誉（名词）署据驭曙助絮著（显著）箸豫恕与（参与）遽疏（书疏）庶预语（告也）踞倨薪淤锯觑狙（鱼韵同）翥薯

【七遇】遇路辂赂露鹭树（树木）度（制度）渡赋布步固素具务雾骛数（数量）怒（麌韵同）附兔故顾句墓慕暮募注住註驻炷祚裕误悟寤戍库护屦诉妒惧趣娶铸绔傅付谕喻妪芋捕哺互孺寓赴沍吐（麌韵同）赴沍污（动词）恶（憎恶）晤煦酤讣仆（偃仆）

赙驸娶锢蛀飓怖铺（店铺）酺塑愫蠹溯镀璐雇瓠迕妇负阜副富（宥韵同）醋措

第五部

平声：九佳（半）十灰（半）通用

【九佳（半）】佳街鞋牌柴钗差（差使）崖涯（支麻韵同）偕阶皆谐骸排乖怀淮豺侪埋霾斋槐（灰韵同）睚崽楷秸揩挨俳

【十灰（半）】开哀埃台苔抬该才材财裁栽哉来莱灾猜孩徕骀胎唉垓挨咳皑呆腮

仄声：上声九蟹十贿（半）
去声九泰（半）十卦（半）十一队（半）通用

【九蟹】蟹解洒楷（佳韵同）拐矮摆买骇

【十贿（半）】海改采彩在宰醢铠恺待殆怠乃载（岁也）凯闿倍蓓迨亥

【九泰（半）】泰太带外盖大（个韵同）濑赖籁蔡害蔼艾丐奈柰汰癞霭

【十卦（半）】懈廨邂隘卖派债怪坏诫戒界介芥械薤拜快迈败稗晒瀣湃寨疥届蒯篑蒉喟聩块惫

【十一队（半）】塞（边塞）爱代载（载运）态菜碍戴贷黛概岱溉慨耐在（所在）鼐玳再袋逮埭赉赛忾暧咳嫒睐

第六部

平声：十一真十二文十三元（半）通用

【十一真】真因茵辛新薪晨辰臣人仁神亲申身宾滨槟缤邻鳞麟珍瞋尘陈春津秦频苹颦濒银垠筠巾困民岷泯（轸韵同）珉贫莼淳醇纯唇伦轮沦抡匀旬巡驯钧均榛遵循甄宸纶椿鹑嶙辚磷呻伸绅寅姻荀询峋氤恂嫔彬皴娠闽纫湮肫逡菌臻豳

【十二文】文闻纹蚊云分（分离）氛纷芬焚坟群裙君军勤斤筋勋薰曛醺芸耘芹欣氲荤汶汾殷雯贲纭昕熏

【十三元（半）】魂浑温孙门尊（樽）存敦墩炖暾蹲豚村屯囤（囤积）盆奔论（动词）昏痕根恩吞荪扪裈昆鲲坤仑婚阍髡馄喷狲饨臀跟瘟飧

仄声：上声十一轸十二吻十三阮（半）
去声十二震十三问十四愿（半）通用

【十一轸】轸敏允引尹尽忍准隼笋盾（阮韵同）闵悯菌（真韵同）蚓牝殒紧蠢陨哂诊疹赈肾蜃膑黾泯窘吮缜

【十二吻】吻粉蕴愤隐谨近忿抆刎揾卺槿瑾恽韫

【十三阮（半）】混棍焜阃悃捆衮滚鲧稳本畚笨损忖囤遁很沌恳垦龈

【十二震】震信印进润阵镇刃顺慎鬓晋骏闰峻衅振俊舜赆吝烬讯仞迅汛趁衬仅觐寯蔺浚赈（轸韵同）龀认殡摈缙躏廑谆瞬轫浚殉馑

【十三问】问闻（名誉）运晕韵训粪忿（吻韵同）酝郡分（名分）紊愠近（动词）拉拼奋郓捃靳

【十四愿（半）】论（名词）恨寸困顿遁（阮韵同）钝闷逊嫩溷揾诨潠巽褪喷（元韵同）艮

第七部

平声：十三元（半）十四寒十五删一先通用

【十三元（半）】元原源沅鼋园袁猿垣烦蕃樊喧萱暄冤言轩藩媛援辕番繁翻幡璠鸳鹓蜿湲爰掀燔圈谖

【十四寒】寒韩翰（翰韵同）丹单安鞍难（艰难）餐檀坛滩弹残干肝竿乾（乾湿）阑栏澜兰看（翰韵同）刊丸完桓纨端湍酸团攒官观（观看）鸾銮峦冠（衣冠）欢宽盘蟠漫（大水貌）叹（翰韵同）邯郸摊玕拦珊狻鼾杆跚姗殚箪瘅谰獾倌棺剜潘拼槃般蹒瘢磐瞒谩馒鳗钻抟邗汗（可汗）

【十五删】删潸关弯湾还环鬟寰班斑蛮颜奸攀顽山闲艰间（中间）悭患（谏韵同）孱潺擐圜菅般（寒韵同）颁鬘疝讪僝斓娴鹇鳏殷（赤黑色）纶（纶巾）

【一先】先前千阡笺天坚肩贤弦烟燕（地名）莲怜连田填巅鬓宣年颠牵妍研（研究）眠渊涓捐娟边编悬泉迁仙鲜（新鲜）钱煎然延筵毡旃蝉缠廛联篇偏绵全镌穿川缘鸢旋船涎鞭专圆员乾（乾坤）虔愆权拳椽传焉嫣鞯褰搴铅舷跹鹃筌痊诠悛邅禅婵躔颛燃涟琏便（安也）翩骈癫阗钿（霰韵同）沿蜒胭芊蝙胼滇佃畋咽

湮狷斶蔫搴膻扇棉拴荃籼砖挛儇颧璇卷（曲也）扁（扁舟）单（单于）溅（溅溅）犍

仄声：上声十三阮（半）十四旱十五潸十六铣
去声十四愿（半）十五翰十六谏十七霰通用

【十三阮（半）】阮远（远近）晚苑返反饭（动词）偃蹇琬沅宛婉畹菀蜿绻巘挽堰

【十四旱】旱暖管琯满短馆（翰韵同）缓盥（翰韵同）碗懒伞伴卵（哿韵同）散（散布）伴诞罕澣（浣）断（断绝）侃算（动词）款但坦袒纂缎拌澸谰莞

【十五潸】潸眼简版板阪盏产限绾柬拣撰馔赧皖汕铲羼楝栈

【十六铣】铣善（善恶）遣（遣送）浅典转（霰韵同）衍犬选冕辇免展茧辨篆勉剪卷显饯（霰韵同）践喘藓软蹇（阮韵同）演兖件腆跣缅缱鲜（少也）殄扁匾蚬岘畎燹隽键变泫癣阐颤膳鳝舛娩辗邅（先韵同）脔辫捻

【十四愿（半）】愿怨万饭（名词）献健建宪劝蔓券远（动词）侃键贩畈曼挽（挽联）瑗媛圈（猪圈）

【十五翰】翰（寒韵同）瀚岸汉难（灾难）断（决断）乱叹（寒韵同）观（楼观）干（树干，干练）散（解散）旦算（名词）玩烂贯半案按炭汗赞漫（寒韵同。又副词，独用）冠（冠军）灌爨窜幔粲灿璨换焕唤涣悍弹（名词）惮段看（寒韵同）判叛绊鹳伴畔锻腕惋馆扞盰捍疸但罐盥婉缎缦侃蒜钻谰

【十六谏】谏雁患涧间（间隔）宦晏慢盼篆栈（潸韵同）惯

串绽幻瓣苋办谩讪（删韵同）铲绾孪篡裥扮

【十七霰】霰殿面县变箭战扇煽膳传（传记）见砚院练炼燕宴贱馔荐绢彦掾便（便利）眷倦羡奠遍恋啭眩钏倩卞汴片禅（封禅）谴溅饯善（动词）转（以力转动）卷（书卷）甸电咽茜单念（念书）眄淀靛佃钿（先韵同）镟漩拣缮现狷炫绚绽线煎选旋颤擅缘（衣饰）撰唁谚媛忭弁援研（磨研）

第八部

平声：二萧三肴四豪通用

【二萧】萧箫挑貂刁凋雕迢条髫调（调和）蜩枭浇聊辽寥撩寮僚尧宵消霄绡销超朝潮嚣骄娇蕉焦椒饶硝烧（焚烧）遥徭摇谣瑶韶昭招镳瓢苗猫腰桥乔娆妖飘逍潇鸮骁祧鴂鹩缭獠嘹夭（夭夭）幺邀要（要求）姚樵谯憔标飚嫖漂（漂浮）剽佻龆苕岧噍哓跷侥了（明了）魈峣描钊轺桡铫鹞翘枵侨窑礁

【三肴】肴巢交郊茅嘲钞包胶苞梢姣庖匏坳敲胞抛蛟崤鸡鞘抄螯咆哮凹淆教（使也）跑艄捎爻咬铙茭炮（炮制）泡鲛刨抓

【四豪】豪劳毫操（操持）髦绦刀萄猱褒桃糟旄袍挠（巧韵同）蒿涛皋号（号呼）陶鳌曹遭羔糕高搔毛艘滔骚韬缫膏牢醪逃濠壕饕洮淘叨啕篙熬遨翱嗷臊嗥尻麈螯獒敖牦漕嘈槽掏唠涝捞痨芼

仄声：上声十七筱十八巧十九皓
去声十八啸十九效二十号通用

【十七筱】筱小表鸟了（未了，了得）晓少（多少）扰绕绍杪沼眇矫皎杳窈窕袅挑（挑拨）掉（啸韵同）肇缥缈渺淼茑赵兆缴缭（萧韵同）夭（夭折）悄舀侥蓼娆硗剿晁藐秒殍了（了望）

【十八巧】巧饱卯狡爪鲍挠（豪韵同）搅绞拗咬炒吵佼姣（肴韵同）昴茆獠（萧韵同）

【十九皓】皓宝藻早枣老好（好丑）道稻造（造作）脑恼岛倒（跌到）祷（号韵同）捣抱讨考燥扫（号韵同）嫂保鸨稿草昊浩镐杲缟槁堡皂瑙媪燠袄懊葆褓毛澡套涝蚤拷栲

【十八啸】啸笑照庙窍妙诏召邵要（重要）曜耀调（音调）钓吊叫眺少（老少）诮料疗潦掉（筱韵同）峤徼跳嘹漂镣廖尿肖鞘悄（筱韵同）峭哨俏醮燎（筱韵同）鹩鹞轿骠票铫（萧韵同）

【十九效】效教（教训）貌校孝闹豹罩棹觉（寤也）较窖爆炮（枪炮）泡（肴韵同）刨（肴韵同）稍钞（肴韵同）拗敲（肴韵同）淖

【二十号】号（号令）帽报导操（操行）盗噪灶奥告（告诉）诰到蹈傲暴（强暴）好（爱好）劳（慰劳）躁造（造就）冒悼倒（颠倒）燥犒靠懊瑁燠（皓韵同）耄糙套（皓韵同）纛（沃韵同）潦耗

第九部

平声：五歌（独用）

【五歌】歌多罗河戈阿和（和平）波科柯陀娥蛾鹅萝荷（荷花）何过（经过）磨（琢磨）螺禾珂蓑婆坡呵哥轲沱鼍拖驼跎佗（他）颇（偏颇）峨俄摩么娑莎迦疴苛蹉嵯驮箩逻锣哪挪锅诃窠蝌髁倭涡窝讹陂鄱皤魔梭唆骡挼靴瘸搓哦瘥酡

仄声：上声二十哿
去声二十一箇通用

【二十哿】哿火舸亸舵我拖娜荷（负荷）可左果裹朵锁琐堕惰妥坐（坐立）裸跛颇（稍也）夥颗祸椏婀逻卵那坷爹（麻韵同）簸叵垛哆硪么（歌韵同）峨（歌韵同）

【二十一箇】个贺佐大（泰韵同）饿过（歌韵同。又过失，独用）座和（唱和）挫课唾播破卧货簸轲（轗轲）驮髁（歌韵同）磋作做剁磨（磨磬）懦糯缚锉挼些（楚些）

第十部

平声：九佳（半）六麻通用

【九佳（半）】佳涯（支麻韵同）娲蜗蛙娃哇

【六麻】麻花霞家茶华沙车（鱼韵同）牙蛇瓜斜邪芽嘉瑕纱鸦遮叉奢涯（支佳韵同）巴耶嗟遐加笳赊槎差（差错）蟆骅虾葭

袈裟砂衙呀琶耙芭杷笆疤爬葩些（少也）佘鲨查楂渣爹挝咤拿椰珈跏枷迦痂茄椏丫哑划哗夸胯抓洼呱

仄声：上声二十一马
去声十卦（半）二十二祃通用

【二十一马】马下（上下）者野雅瓦寡社写泻夏（华夏）也把厦惹冶贾（姓贾）假（真假）且玛姐舍喏赭洒瑕剐打耍那

【十卦（半）】卦挂画（图画）罣

【二十二祃】祃驾夜下（降也）谢榭罢夏（春夏）霸暇灞嫁赦藉（凭藉）假（休假）蔗化舍（庐舍）价射骂稼架诈亚麝怕借卸帕坝靶鹧贳炙嗄乍咤诧侘罅吓娅哑讶迓华（姓华）桦话胯（遇韵同）跨衩柘

第十一部

平声：八庚九青十蒸通用

【八庚】庚更（更改）羹盲横（纵横）觥彭亨英烹平枰京惊荆明盟鸣荣莹兵兄卿生甥笙牲擎鲸迎行（行走）衡耕萌甍宏闳茎罂莺樱泓橙争筝清情晴精睛菁晶旌盈楹瀛嬴赢营婴缨贞成盛（盛受）城诚呈程酲声征正（正月）轻名令（使令）并（交并）倾萦琼峥嵘撑粳坑铿撄鹦黥蘅澎膨棚浜坪苹钲伧檠嘤轰铮狰宁狞瞪绷怦璎砰氓鲭侦桯蛏茔赪茕赓黉瞠

【九青】青经泾形陉亭庭廷霆蜓停丁仃馨星腥醒（醉醒）惺

俜灵龄玲铃伶零听（径韵同）冥溟铭瓶屏萍荧萤荣扃坰蜻硎苓聆瓴翎娉婷宁暝瞑螟猩钉疔叮厅町泠棂囹羚蛉咛型邢

【十蒸】蒸烝承丞惩澄陵凌绫菱冰膺鹰应（应当）蝇绳升缯凭乘（驾乘，动词）胜（胜任）兴（兴起）仍兢矜征（征求）称（称赞）登灯僧憎增曾矰层能朋鹏肱薨腾藤恒罾崩滕誊崚嶒姮塍冯症簦瞢凝（径韵同）棱楞

仄声：上声二十三梗二十四迥
去声二十四敬二十五径通用

【二十三梗】梗影景井岭领境警请饼永骋逞颖颍顷整静省幸颈郢猛丙炳杏秉耿矿冷靖哽绠荇艋蜢皿儆悻婧阱狰（庚韵同）靓惺打瘿并（合并）犷眚憬鲠

【二十四迥】迥炯茗挺艇梃醒（青韵同）酩酊并（并行，并且）等鼎顶肯拯謦到溟

【二十四敬】敬命正（正直）令（命令）证性政镜盛（茂盛）行（学行）圣咏姓庆映病柄劲竞靓净竟孟诤更（更加）并（合并，梗韵同）聘硬炳泳迸横（蛮横）摒阱檠迎郑獍

【二十五径】径定听胜（胜败）罄磬应（答应）赠乘（名词）佞邓证秤称（相称）莹（庚韵同）孕兴（兴趣）剩凭（蒸韵同）迳甑宁胫暝（夜也）钉（动词）订饤锭謦泞瞪蹭蹬亘（亘古）镫（鞍镫）滢凳磴泾

第十二部

平声：十二尤（独用）

【十二尤】尤邮优流旒留骝榴刘由油游猷悠攸牛修羞秋周州洲舟酬雠柔俦畴筹稠丘邱抽瘳遒收鸠搜驺愁休囚求裘仇浮谋牟眸侔矛侯喉猴讴鸥楼陬偷头投钩沟幽纠啾楸蚯踌绸惆勾娄琉疣犹邹兜呦咻貅球蜉蝣犏帱阄瘤硫浏庥湫泅酋瓯啁飕鍪篌抠篝诌骰偻沤（水泡，名词）蝼髅搂欧彪掊虬揉蹂抔不（与有韵“否”通）瓿缪（绸缪）

仄声：上声二十五有
去声二十六宥通用

【二十五有】有酒首口母（麌韵同）妇（麌韵同）柳友斗狗久负（麌韵同）厚手叟守否（麌韵同）右受牖偶走阜（麌韵同）九后咎薮吼帚垢舅纽藕朽臼肘韭亩（麌韵同）剖诱牡（麌韵同）缶酉苟丑糗扣叩某莠寿绶玖授蹂（尤韵同）揉（尤韵同）溲纣钮扭呕殴纠耦掊瓿拇姆擞绺抖陡蚪篓黝赳取（麌韵同）

【二十六宥】宥候就售（尤韵同）寿（有韵同）秀绣宿（星宿）奏兽漏富（遇韵同）陋狩昼寇茂旧胄宙袖岫柚覆复（又也）救厩臭佑右囿豆饾窦瘦漱咒究疚谬皱逅嗅遘溜镂逗透骤又侑幼读（句读）堠仆副（遇韵同）锈鹫绉咮灸籀酎诟蔻傲构扣购彀戊懋贸袤嗽凑鼬甃沤（动词）

第十三部

平声：十二侵（独用）

【十二侵】侵寻浔临林霖针箴斟沈心琴禽擒衾钦吟今襟（衿）金音阴岑簪（覃韵同）壬任（负荷）歆森禁（力所胜任）祲喑琛涔骎参（参差）忱淋妊掺参（人参）椹郴芩檎琳蟫愔喑黔嵚

仄声：上声二十六寝 去声二十七沁通用

【二十六寝】寝饮（饮食）锦品枕（枕衾）审甚（沁韵同）廪衽稔凛懔沈（姓氏）朕荏婶沈（沈阳）葚禀噤谂怎恁饪覃

【二十七沁】沁饮（使饮）禁（禁令）任（信任）荫浸谮谶枕（动词）噤甚（寝韵同）鸩赁喑渗窨妊

第十四部

平声：十三覃十四盐十五咸通用

【十三覃】覃潭参（参考）骖南楠男谙庵含涵函（包函）岚蚕探贪耽眈龛堪谈甘三酣柑惭蓝担簪（侵韵同）谭昙坛婪戡颔痰篮褴蚶憨泔聃邯蟫（侵韵同）

【十四盐】盐檐廉帘嫌严占（占卜）髯谦奁纤签瞻蟾炎添兼缣沾尖潜阎镰黏淹钳甜恬拈砭詹蒹歼黔钤佥觇崦渐鹣腌襜阉

【十五咸】咸函（书函）缄岩谗衔帆衫杉监（监察）凡馋芟

搀喃嵌掺巉

仄声：上声二十七感二十八俭二十九豏
去声二十八勘二十九艳三十陷通用

【二十七感】感览揽胆澹（淡，勘韵同）啖坎惨敢颔（覃韵同）撼毯糁湛菡萏罱椠喊嵌（咸韵同）橄榄

【二十八俭】俭焰敛（艳韵同）险检脸染掩点簟贬冉苒陕谄俨闪剡忝（艳韵同）琰奄歉芡崭堑渐（盐韵同）罨捡弇崦玷

【二十九豏】豏槛范减舰犯湛巉（咸韵同）斩黯范

【二十八勘】勘暗滥啖担憾暂三（再三）绀憨澹（感韵同）瞰淡缆

【二十九艳】艳剑念验堑赡店占（占据）敛（聚敛）厌焰（俭韵同）垫欠僭酽潋滟俺砭玷

【三十陷】陷鉴泛梵忏赚蘸嵌站馅

第十五部

入声：一屋二沃通用

【一屋】屋木竹目服福禄谷熟肉族鹿漉腹菊陆轴逐苜蓿宿（住宿）牧伏夙读（读书）犊渎牍椟黩毂复（恢复）粥肃碌骕鬻育六缩哭幅斛戮仆畜蓄叔淑倏独卜馥沐速祝麓辘镞蹙筑穆睦秃縠覆辐瀑郁（忧郁，郁郁葱葱）舳掬踘蹴踼茯袱鹏鸽髑槲扑匐簌蔟煜复（复杂）蝠菔孰塾矗竺曝鞠嗾谡簏国（职韵同）副

【二沃】沃俗玉足曲粟烛属录辱狱绿毒局欲束鹄蜀促触续浴酷躅褥旭欲笃督赎渌纛碡北（职韵同）瞩嘱勖溽缛梏

第十六部

入声：三觉十药通用

【三觉】觉（知觉）角桷榷岳乐（音乐）捉朔数（频数）卓啄琢剥驳雹璞朴壳确浊擢濯渥幄握学龌龊槊搦镯喔邈荦

【十药】药薄恶（善恶）作乐（哀乐）落阁鹤爵弱约脚雀幕洛壑索郭错跃若酌托削铎凿箔鹊诺萼度（测度）橐钥龠瀹着著虐掠获（收获）泊搏藿嚼勺谑廓绰霍镬莫鏴缚貉各略骆寞膜鄂博昨柝格拓铄铄烁灼疟蒻箬芍躇却噱矍攫醵踱魄酪络烙珞膊粕簿柞漠摸酢怍涸郝垩谔鳄噩锷颚缴扩榜陌（陌韵同）

第十七部

入声：四质十一陌十二锡十三职十四缉通用

【四质】质日笔出室实疾术一乙壹吉秩率律逸佚失漆栗毕恤密蜜桔溢瑟膝匹述黜弼跸七叱卒（终也）虱悉戌嫉帅（动词）蒺侄踬怵蟋筚篥必泌荜秫栉唧帙溧谧昵轶聿诘耋垤捽茁鹬鹬窒苾

【十一陌】陌石客白泽伯迹宅席策册碧籍（典籍）格役帛戟璧驿麦额柏魄积（积聚）脉夕液尺隙逆画（动词）百辟赤易（变易）革脊翮屐获（猎获）适索厄隔益窄核舄掷责坼惜癖僻掖腋释译峄

择摘弈奕迫疫昔赫瘠谪亦硕貊跖鹊碛蹐只炙（动词）踯斥穸鬲骼舶珀吓磔拆喀蚱舴剧檗擘栅啧帻箦扼划蜴辟帼蝈刺嵴汐藉螫蓦摭襞虢哑（笑声）绎射（音亦）

【十二锡】锡壁历枥击绩笛敌滴镝檄激寂觌溺觅狄荻幂戚鹢涤的吃沥雳霹惕剔砾翟籴倜析晰淅蜥甓甓嫡轹栎阋菂踢迪皙裼逖虩阒汨（汨罗江）

【十三职】职国德食（饮食）蚀色力翼墨极殛息熄直值得北黑侧贼饰刻则塞（闭塞）式轼域蜮殖植敕亟棘惑忒默织匿慝亿忆臆薏特勒肋幅仄昃稷识（知识）逼克即唧（质韵同）弋拭陟恻测翊洫啬穑鲫抑或匐（屋韵同）

【十四缉】缉辑戢立集邑急入泣湿习给十拾袭及级涩楫（叶韵同）粒汁蛰执笠隰汲吸絷挹浥悒岌熠葺什芨廿揖煜（屋韵同）歙笈（叶韵同）圾褶翕

第十八部

入声：五物六月七曷八黠九屑十六叶通用

【五物】物佛拂屈郁（馥郁，郁郁乎文哉）乞掘（月韵同）吃（口吃）讫绂弗勿迄不怫绋沸茀厥倔黻崛尉蔚契屹熨（未韵同）绂

【六月】月骨发阙越谒没伐罚卒（士卒）竭窟笏钺歇突忽袜曰阀筏鹘（黠韵同）蕨（物韵同）蹶蕨殁橛掘（物韵同）核蝎勃渤悖（队韵同）孛揭（屑韵同）碣粤樾鳜脖饽鹁捽（质韵同）猝惚兀讷（呐）羯凸咄（曷韵同） 矻

【七曷】曷达末阔钵脱夺褐割沫拔（挺拔）葛闼渴拨豁括抹遏挞跋撮泼秣掇（屑韵同）聒獭（黠韵同）剌喝磕蘖瘌袜活鸹斡怛钹捋

【八黠】黠拔（拔擢）八察杀刹轧戛瞎刮刷滑辖鍁猾捌叭札扎帕茁鹘揠萨捺

【九屑】屑节雪绝列烈结穴说血舌洁别缺裂热决铁灭折拙切悦辙诀泄锲咽（呜咽）轶噎彻澈哲鳖设啮劣玦截窃孽浙孑桔颉拮撷揭褐（曷韵同）缬碣（月韵同）挈抉亵薛拽（曳）爇洌瞥迭跌阅饕耋垤捏页阕触谲鸩撇蹩篾楔惙辍啜缀撤绁杰桀涅霓蜺（齐锡韵同）批 （齐韵同）

【十六叶】叶帖贴牒接猎妾蝶叠箧惬涉鬣捷颊楫（缉韵同）聂摄慑镊蹑协侠荚挟铗浃睫厌靥蹀躞燮摺辄婕谍堞霎嗫喋碟鲽捻晔躐笈（缉韵同）

第十九部

入声：十五合十七洽通用

【十五合】合塔答纳榻阁杂腊匝阖蛤衲沓鸽踏拓拉盍塌咂盒卅搭褡飒磕榼遢蹋蜡溘邋趿

【十七洽】洽狭峡法甲业郏匣压鸭乏怯劫胁插锸押狎夹恰蛱硖掐劄袷眨胛呷歃闸霎（叶韵同）

后记

中国自古就是一个诗的国度，中国文学史主要是诗的历史。有人说中国文化是诗性的文化，此话不无道理。真善美和谐统一的诗词作品永远闪烁着耀眼的光辉，诗词的元素已经渗透进我们民族的血液和灵魂，成为我们精神生活的重要组成部分。自古至今，著名诗人词家灿若繁星，优秀作品浩如烟海。唐诗曾取得辉煌的成就，以至于鲁迅说："我以为一切好诗，到唐已被做完，此后倘非能翻出如来掌心之'齐天大圣'，大可不必动手。"相信这也是不少人的浩叹，但鲁迅并没有把话说死，唐以后依然有"翻出如来掌心之'齐天大圣'"，开疆辟土，诗艺添新。"五四"新文化运动倡导白话新诗，将旧体诗词作为打倒对象，但旧体诗词的生命力非常强大，诗词创作不绝如缕，至20世纪80年代中华诗词学会成立以来，诗词复兴已是有目共睹之事。诗词本是国学之精华，是今天我们继承优秀传统文化的重要载体，也是当今文化繁荣、发展的标志之一。

目前，想学习、创作诗词的人相当多，兴趣很大，但多数人缺少诗词的基本修养和专业训练，苦于无法入门。谈诗词创作的书籍亦复不少，宜加选择、学习和训练。有专讲诗词格律的著作，如王力的《诗词格律》，龙榆生的《唐宋词格律》；有总结古代诗歌创作经验的著作，如易闻晓的《中国古代诗法纲要》；有专谈某一体裁诗词创作技法的著作，如张梦机的《近体诗发凡》，该书专谈律诗和绝句的创作技法；有较全面地介绍诗词创作的著作，如夏传才的《诗词入门》，该书通俗易懂，但诗词鉴赏偏多，又如徐晋如的《禅心剑气相思骨——中国诗词的道与法》，该书思辨性较强，适用于提高，于初学者有较大难度。我这本小书从格律、立意、取材、结构、字句、修辞、阅读七个主要方面谈诗词创作的基本知识和技法，突出诗词创作的创新意识，力图通俗、简洁，适用于诗词初学者。所举例子以正面为主，有时引用反面例子作对比；也引用了不少现当代诗词，以增强现实性和新鲜感。当然，书中所谈主要也还是古人、今人的经验，其中也有一些自己的阅读、创作体会，写出来，或许对初学写作者有点帮助。由于本人才疏学浅，涉猎诗词领域时间不长，错谬之处在所难免，恳请方家、学者和广大诗词爱好者批评指正。

2014 年 4 月 15 日于芜湖